Yasunari Kawabata

SCHÖNHEIT UND TRAUER

ROMAN
AUS DEM
JAPANISCHEN
VON
HEINZ HAASE

VERLAG
VOLK UND WELT
BERLIN

ANMERKUNGEN
AM SCHLUSS DES BANDES

ISBN 3-353-00222-7

1. Auflage

L. N. 302, 410/138/87

Originalausgabe: *Utsukushisa To Kanashimi To*,
erschienen bei Chuokoronsha, Tokyo;

Printed in the German Democratic Republic

Einbandentwurf: Gerhard Medoch
Satz, Druck und Einband:
Karl-Marx-Werk Pößneck V 15/30
LSV 7371
Bestell-Nr. 648 818 7

00920

Neujahrsglocken

Im Aussichtswagen des Expreßzuges »Hato« der Tokaido-Linie standen an der einen Fensterseite fünf Drehsessel in einer Reihe. Toshio Oki bemerkte, daß sich der letzte Sessel in dieser Reihe durch die Bewegungen des Zuges geräuschlos hin- und herdrehte. Er starrte gebannt darauf. Die niedrigen Sitze mit Armlehne auf der Seite, wo er saß, waren fest und unbeweglich.

Oki war der einzige Reisende im Aussichtswagen. Tief in seinen Sitz zurückgelehnt, beobachtete er den sich hin- und herdrehenden Sessel auf der anderen Seite. Nicht daß dieser sich immer in dieselbe Richtung mit immer derselben Geschwindigkeit bewegte, er drehte sich mal etwas schneller, mal etwas langsamer, stand zuweilen still und schwenkte dann wieder in die entgegengesetzte Richtung. Der Anblick dieses einen sich im Aussichtswagen hin- und herdrehenden Sessels weckte ein Gefühl der Einsamkeit in ihm. Die verschiedensten Gedanken gingen ihm durch den Kopf.

Es war der 29. Dezember. Oki war auf dem Weg nach Kyoto, um dort das Neujahrsglockenläuten mitzuerleben.

Wie viele Jahre mochte er es wohl schon in der Silvesternacht im Radio gehört haben? Wie viele Jahre gab es diese Sendung schon? Hatte er es überhaupt je versäumt, sie zu hören? Während das Geläut berühmter Glocken alter Tempel aus allen Teilen Japans erklang, sprach der Ansager seinen Kommentar. Da im Verlaufe dieser Sendung das alte Jahr zu Ende ging und das neue anbrach, wurde der Kommentar mit feierlicher und emphatischer Stimme gehalten. Im Ton der in langen Intervallen geläuteten alten buddhistischen Tempelglocken, in ihrem lange nachschwingenden Ton war das Fließen der Zeit, war der Hauch des alten Japan zu spüren. Nach den Glocken aus Nordjapan klangen gewöhnlich die aus Kyushu, aber immer beendeten die Glocken der Tempel in Kyoto das Neujahrsläuten. In Kyoto gab es so viele Tempel, daß die ineinander übergehenden Töne der Vielzahl von Glocken im Radio manchmal nicht mehr zu unterscheiden waren.

Zu der Zeit, wenn das Glockenläuten gesendet wurde, bereiteten seine Frau und seine Tochter in der Küche das Neujahrsessen vor, räumten im Haushalt auf, ordneten die Kimonos oder waren mit dem Blumenstecken beschäftigt. Oki saß im Eßzimmer und hörte Radio. Während des Läutens der Glocken hielt er Rückschau auf das vergangene Jahr. Ein Gefühl der Wehmut überkam ihn. In manchen Jahren war dieses Gefühl heftig und qualvoll. Zuweilen wurde er auch von Kummer und Reue gequält. Obschon ihn die Sentimentalität der Radiosprecher abstieß, das Geläut der Glocken bewegte sein Gemüt zutiefst. Schon seit langem aber fühlte er sich verlockt, irgendwann einmal am Silvesterabend in Kyoto zu sein und das Neujahrsläuten der alten Tempel nicht aus dem Radio, sondern im Original zu hören.

An diesem Jahresende nun hatte er plötzlich den Entschluß gefaßt, nach Kyoto zu fahren. Er war dabei von der verführerischen Idee besessen, nach all diesen langen Jahren Otoko Ueno in Kyoto wiederzusehen und mit ihr zusammen das Läuten zu erleben. Seitdem Otoko nach Kyoto gezogen war, hatte sie ihm nicht mehr geschrieben. Otoko hatte sich dort als Malerin des klassischen japanischen Malstils etabliert. Sie war unverheiratet geblieben.

Weil er spontan diesen Entschluß gefaßt hatte und sich nicht gern vorher um eine Fahrkarte kümmerte, war er einfach zum Bahnhof Yokohama gegangen und in den Aussichtswagen des »Hato-Expresses« eingestiegen. So kurz vor dem Jahreswechsel würde der Zug auf der Tokaido-Linie bestimmt voll sein, aber der Kellner war ein alter Bekannter von ihm, und so verließ er sich darauf, irgendwie einen Sitzplatz zu bekommen.

Oki fand diesen »Hato-Expreß«, der nachmittags in Tokyo und Yokohama abfuhr und auf der Rückfahrt ebenfalls am Nachmittag in Osaka und Kyoto abfuhr, sehr bequem. Wenn er nach Kyoto reiste, nahm er immer diesen Zug. Die meisten Zugbegleiterinnen der 2. Klasse kannten ihn schon vom Sehen.

Als er eingestiegen war und sich umsah, stellte er fest, daß sogar der 2.-Klasse-Wagen leer war. Lag es an diesem 29. Dezember, daß es so wenig Fahrgäste gab? Am 30. und 31. würde der Zug sicher wieder überfüllt sein.

Während Oki den sich drehenden Sessel beobachtete, verfiel er in tiefes Nachdenken. Da kam der ältere Kellner mit dem Tee.

»Bin ich der einzige Reisende?« fragte Oki.

»Es sind nur fünf oder sechs Fahrgäste.«

»Ob es am Neujahrstag voller ist?«

»Nein, mein Herr. Neujahr ist es immer leer. Fahren Sie denn Neujahr wieder zurück?«

»Leider ja . . .«

»Ich werde Bescheid sagen. Ich selbst habe am Neujahrstag keinen Dienst.«

Nachdem der Kellner gegangen war, schaute sich Oki im Wagen um und bemerkte zu Füßen des letzten Sessels zwei Koffer aus weißem Leder. Sie hatten eine quadratische, ziemlich schmale und moderne Form. Das weiße Leder war mit blassen, ins Rötlichbraune gehenden Flecken verziert. Beide Koffer waren von einer Qualität, wie er sie in Japan noch nicht gesehen hatte. Auf dem Sitz lag eine große Handtasche aus Leopardenfell. Die Besitzer dieser Gepäckstücke waren sicherlich Amerikaner. Sie waren anscheinend in den Speisewagen gegangen.

Draußen zogen, in einen dichten, warm erscheinenden Nebel gehüllt, Wälder vorbei. Die weißen Wolken hoch über dem Nebel leuchteten. Es sah aus, als käme dieses Licht von der Erde. Aber während der Zug dahinfuhr, klärte sich der Himmel auf. Das Sonnenlicht fiel durch die Fensterscheiben auf den Fußboden. Als sie an einem mit Kiefern bewachsenen Berg vorbeifuhren, konnte er erkennen, daß der Boden dort über und über mit Kiefernnadeln bedeckt war. An einer Gruppe von Bambusstämmen hatten sich die Blätter gelb verfärbt. Gegen ein schwarzes Vorgebirge brandeten funkelnde Wellen.

Zwei amerikanische Ehepaare in mittleren Jahren, die aus dem Speisewagen zurückgekehrt waren, machten, als man hinter Numazu den Fujiyama sehen konnte, am Fenster stehend, eifrig Fotos. Als aber bald darauf der Fujiyama ganz bis zu seinem Fuß hervortrat, hatten sie die Lust am Fotografieren wohl verloren und kehrten dem Fenster den Rücken zu.

An diesem Wintertag dunkelte es schnell. Oki schaute einem matt silbergrauen Fluß nach. Als er aufblickte, sah er vis-à-vis die untergehende Sonne. Gleich darauf kam kalt ein heller Schimmer aus einer sichelförmigen Lücke in den schwarzen Wolken und verlosch lange nicht. Im Wagen war bereits das Licht angeschaltet, als sich plötzlich aus irgendeinem Grund alle Drehsessel gleichzeitig halb um sich selbst drehten. Nur der eine Sitz am Ende schwenkte, ohne aufzuhören, immer weiter hin und her.

Als Oki in Kyoto ankam, ging er sofort ins Hotel. Er dachte daran, daß Otoko ihn vielleicht besuchen würde, und verlangte deshalb ein ruhiges Zimmer. Mit dem Fahrstuhl fuhr er sechs oder sieben Etagen hinauf. Da das Hotel stufenförmig an einen steilen Hang der Östlichen Berge gebaut war, lag das Ziel, dem er am Ende eines langen Ganges zustrebte, wiederum im Erdgeschoß eines Flügels. In den Zimmern entlang des Flures war es so still, als wohnten dort keinerlei Gäste. Kurz nach zehn Uhr jedoch ertönten aus den beiden Zimmern nebenan lärmende Stimmen von Ausländern. Oki erkundigte sich bei dem Etagenboy.

»Es sind zwei Familien. Sie haben zwölf Kinder«, wurde ihm gesagt. Diese zwölf Kinder lärmten nicht nur in ihren Zimmern, sondern rannten auch ständig von einem Raum in den anderen und tobten dabei laut über den Flur. Warum hatte man ihn, wenn offensichtlich so viele Zimmer leer waren, zwischen solche lauten Gäste eingezwängt? Aber da es nun einmal

Kinder waren und diese bald schlafen gehen würden, unterdrückte er seinen Ärger. Die Kinder beruhigten sich jedoch nicht im geringsten. Sie schienen durch die Aufregung der Reise völlig aus dem Häuschen. Besonders mißtönend empfand er das Geräusch ihrer Schritte auf dem Gang.

Die in den beiden Nachbarzimmern geführten lauten Gespräche in einer fremden Sprache verstärkten Okis Gefühl der Einsamkeit noch. Er erinnerte sich wieder an den sich im Aussichtswagen des »Hato-Expresses« hin- und herdrehenden Sessel. Ihm war, als sähe er in seinem Herzen seine eigene Einsamkeit lautlos hin- und herschwingen.

Oki war nach Kyoto gekommen, um die Neujahrsglocken zu hören und um Otoko Ueno zu treffen. Aufs neue versuchte er, sich darüber klarzuwerden, was von beiden denn wohl der eigentliche Zweck seines Hierseins war. Daß er die Neujahrsglocken hören konnte, war sicher. Otoko zu treffen war nicht sicher. War aber dieses Sichere nicht mehr als nur ein Vorwand und das Unsichere sein eigentlicher tiefster Herzenswunsch? Oki war in der Hoffnung nach Kyoto gekommen, zusammen mit Otoko die Neujahrsglocken zu hören. Er war hierhergekommen, weil ihm dies nicht unerreichbar schien. Aber zwischen ihm und ihr lag eine Kluft von vielen Jahren. Otoko war noch unverheiratet. Ob sie sich deshalb aber von einem alten Liebhaber einladen lassen würde, dessen war Oki keineswegs sicher.

»Nein, diese Frau ist nicht so«, murmelte Oki. Aber wie »diese Frau« sich verändert hatte und wie sie jetzt war, wußte er nicht.

Otoko sollte das Gästehaus eines Tempels gemietet haben und dort mit ihrer Schülerin zusammen leben. Oki hatte einmal in einer Kunstzeitschrift ein Foto gesehen. Das Haus schien nicht zu klein zu sein. Auch das Wohnzimmer, das sie als Atelier benutzte, war wohl groß genug. Und da war noch ein schöner, stiller Garten. Otoko hielt einen Pinsel in der Hand und hatte sich über ein Bild gebeugt, aber Stirn und Nasenrücken waren unverkennbar. Sie hatte eine schlanke Figur und machte nicht den Eindruck einer Frau in mittleren Jahren. Noch bevor die Erinnerungen an frühere Zeiten in ihm erwachten, wurde Oki von dem Gedanken gequält, er habe Otokos Leben zerstört, indem er sie ihrer Möglichkeit beraubte, Ehefrau und Mutter zu werden. Von allen Leuten, die dieses Foto in der Zeitschrift betrachteten, würde nur Oki derart empfinden. Daran bestand kein Zweifel. Für diese Leute, die Otoko ja vorher nicht gekannt hatten, war sie nur eine Malerin, die nach Kyoto gegangen und dort eine typische Kyoto-Schönheit geworden war.

Oki hatte die Absicht, Otoko, wenn schon nicht am Abend des 29., so doch am darauffolgenden 30. Dezember anzurufen oder sie in ihrem Haus zu besuchen. Aber am Morgen, nachdem er wegen des Lärms so früh aufgestanden war, verzagte er doch und wurde in seinem Entschluß schwankend. Er setzte sich an den Tisch, um zunächst einen Eilbrief zu schreiben. Schon bei dem ersten Satz hielt er inne. Während er auf das weiße Briefpapier starrte, das zur Ausstattung des Hotelzimmers gehörte, überlegte er, ob es nicht vielleicht besser wäre, Otoko nicht zu treffen und sich das Neujahrsglockenläuten lieber allein anzuhören und dann nach Hause zurückzufahren.

Oki war bereits früh am Morgen vom Lärm der Kinder aufgeweckt worden. Aber nachdem die Familien jetzt fortgegangen waren, schlief er noch einmal ein. Als er wieder wach wurde, war es fast elf Uhr.

In aller Ruhe seine Krawatte bindend, erinnerte er sich plötzlich an Otoko, wie sie sagte: »Ich binde sie dir. Laß mich es tun ...« Sie war damals fünfzehn, und das war das erste, was sie sagte, nachdem er ihr die Unschuld geraubt hatte. Oki selbst hatte noch kein einziges Wort gesprochen. Es gab nichts, was er hätte sagen wollen. Er drückte sie zärtlich an sich, streichelte ihr Haar und brachte kein einziges Wort hervor. Schließlich entzog sie sich seiner Umarmung und kleidete sich als erste an. Dann stand auch Oki auf, zog sein Oberhemd über und war im Begriff, die Krawatte zu binden. Otoko blickte ihm gerade ins Gesicht. Ihre Augen schimmerten feucht, aber es waren keine Tränen darin, eher ein glitzerndes Leuchten. Oki wich diesem Blick aus. Auch als sie sich zuvor geküßt hatten, hielt Otoko die Augen weit geöffnet, bis Oki sie mit seinen Lippen schloß.

In Otokos Stimme schwang ein mädchenhaft unschuldiger Klang, als sie ihn bat, die Krawatte binden zu dürfen. Oki fühlte sich erleichtert. Was sie da verlangte, kam so völlig unerwartet für ihn. Vielleicht tat sie es auch mehr, um vor sich selbst zu fliehen, denn als ein Zeichen dafür, daß sie ihm verzieh. Ihre Hände, die mit der Krawatte spielten, bewegten sich flink. Aber es wollte ihr nicht gelingen.

»Kannst du denn überhaupt einen Knoten binden?« fragte Oki.

»Ich glaube schon. Ich habe oft meinem Vater dabei zugesehen.«

Ihr Vater starb, als Otoko elf Jahre alt war.

Oki setzte sich auf einen Stuhl und nahm Otoko auf den Schoß. Dann hob er sein Kinn, damit Otoko leichter den Knoten binden konnte. Sie duckte sich ein wenig und knotete mehrmals an der Krawatte herum.

»So, junger Mann, fertig. Das dürfte genügen.« Mit diesen Worten erhob sie sich von seinem Schoß, ließ ihre Finger an seiner rechten Schulter entlanggleiten und betrachtete die Krawatte. Oki stand auf und ging zum Spiegel. Die Krawatte war korrekt gebunden. Er wischte mit der flachen Hand über sein verschwitztes Gesicht. Er wagte es nicht, sich in die Augen zu sehen, nachdem er ein so junges Mädchen verführt hatte. Im Spiegel gewahrte er ihr sich dem seinen näherndes Gesicht. Ihre Frische und Anmut schmerzten ihn. Von ihrer unglaublichen Schönheit verwirrt, drehte er sich zu ihr um. Da schmiegte sie ihr Gesicht leicht an seine Brust und sagte: »Ich liebe dich.«

Es erschien Oki schon seltsam, daß ein fünfzehnjähriges Mädchen ihn mit seinen dreißig Jahren einen jungen Mann genannt hatte.

Das alles lag vierundzwanzig Jahre zurück. Oki wurde jetzt vierundfünfzig. Otoko mußte demnach neununddreißig sein.

Nachdem er ein Bad genommen hatte, stellte er das Radio in seinem Zimmer an und erfuhr aus den Nachrichten, daß in Kyoto leichte Minustemperaturen herrschten. Der Wetterbericht gab bekannt, daß der milde Winter bis Neujahr anhalten würde.

Oki ließ sich Toast und Kaffee aufs Zimmer bringen und nahm, nachdem er gefrühstückt hatte, ein Taxi. Er konnte sich jedoch nicht dazu entschließen, Otoko an diesem Tag zu besuchen, und hatte also kein rechtes Ziel. So ließ er sich denn zum Arashiyama fahren. Die niedrigen, sich von Norden nach Westen aneinanderreihenden Berge, die er aus dem Wagenfenster sehen konnte, lagen halb im hellen Sonnenlicht, halb im Schatten. Trotz ihrer sanften Rundungen standen sie da wie die kalte Eintönigkeit eines Kyoto-Winters. Selbst die Farbe des Lichts an den Bergseiten, die von der Sonne beschienen wurden, sah matt aus wie nahe der Abenddämmerung. Oki stieg kurz vor der Togetsu-Brücke aus, ging dann aber, anstatt diese zu überqueren, die Straße am Flußufer entlang in Richtung Kameyama-Park.

Jetzt am Jahresende war selbst der sonst vom Lärm der Touristenscharen erfüllte Arashiyama menschenleer und hatte sein Aussehen völlig verändert. Der ehrwürdige Berg lag still vor ihm. Das Wasser des Flusses war von klarem Grün. Bis in weite Ferne hallte das Poltern von Holzstämmen, die am Ufer von Flößern auf Lastwagen geladen wurden. Die zum Flusse zeigende Seite des Berges war wohl der Teil des Arashiyama, dessen Sehenswürdigkeit wegen die Menschen hierherkamen. Aber sie lag jetzt im Schatten. Nur über den sich flußaufwärts hinziehenden Rücken des Berges fielen einige Sonnenstrahlen.

Oki hatte die Absicht, am Arashiyama in Ruhe zu Mittag zu essen. Er hatte dort früher schon einmal zwei

Restaurants besucht. Das eine lag in der Nähe der Togetsu-Brücke. Aber seine Tore waren geschlossen. Es war Ruhetag. Es schien wohl auch unwahrscheinlich, daß am 30. Dezember irgendwelche Gäste hierher an den einsamen Arashiyama kommen würden. Oki fragte sich, ob das kleine altmodische Restaurant weiter flußabwärts ebenfalls geschlossen wäre, und ging dann langsam in diese Richtung. An und für sich mußte er ja nicht unbedingt am Arashiyama essen. Als er dann die verwitterten Steinstufen hinaufgestiegen war, entschuldigte sich eine junge Angestellte: das gesamte Personal sei nach Kyoto gefahren.

Wie viele Jahre mochte es wohl her sein, daß er zur Bambussprossenzeit hier in diesem Restaurant in große Scheiben geschnittene und mit Katsuobushi-Brühe gekochte Bambusschößlinge gegessen hatte? So ging Oki wieder hinunter zur Straße und weiter am Ufer entlang. Dort bemerkte er eine alte Frau, die von den lockeren Stufen einer Treppe, die zu einem in der Nähe liegenden Restaurant führte, das hier überall die Erde bedeckende Ahornlaub wegfegte. Auf seine Frage antwortete ihm die alte Frau, daß das Restaurant geöffnet sei. Oki blieb einen Moment stehen und gab seiner Verwunderung über die hier herrschende Stille Ausdruck.

»Ja, man kann deutlich verstehen, was die Menschen drüben am anderen Ufer reden«, antwortete sie.

Das Restaurant, das den Eindruck erweckte, es wäre in einem Gehölz tief im Bauch des Berges versteckt, hatte ein dickes, feucht aussehendes altes Schilfdach und einen dämmerigen Flur. Dieser Flur hatte jedoch wenig Ähnlichkeit mit dem Vorraum eines Restaurants. Vor dem Eingang stand dicht an dicht ein Gewirr von Bambusstämmen. Auf der anderen Seite reckten sich hinter dem Schilfdach vier oder fünf prächtige rote Kiefern in die Höhe. Oki wurde in das Gastzimmer geführt. Außer ihm war kein weiterer Gast da. Draußen vor den Glasschiebetüren waren rote Aoki-Beeren zu sehen. Er entdeckte auch eine einzelne Azalie, die jetzt zum zweitenmal blühte. Die Aoki-Büsche, die Bambusstämme und die roten Kiefern versperrten ihm die Aussicht auf den Fluß. Aber eine Untiefe im Wasser, die er durch eine Lücke zwischen den Blättern erblicken konnte, war klar wie ein jadegrüner Edelstein. Das Wasser dort schien völlig stillzustehen. Alles am Arashiyama war so still wie diese Untiefe im Fluß.

Oki stützte beide Ellenbogen auf das durch ein Holzkohlefeuer beheizte, angenehm warme *kotatsu*. Er hörte einen Vogel singen. Das Poltern vom Verladen der Baumstämme echote durch das Tal. Das Pfeifsignal eines Zuges, der gerade irgendwo im Schatten der Berge in einen Tunnel hinein- oder aus ihm hinausfuhr, hallte von den Bergwänden wider und verging in einem wehmütigen Nachklang. Es erinnerte ihn an das dünne Schreien eines neugeborenen Kindes ... Otoko hatte mit sechzehn Jahren, als sie von Oki schwanger war, im achten Monat eine Frühgeburt. Es war ein Mädchen.

Das Kind konnte nicht am Leben erhalten werden. Otoko bekam es nicht einmal zu sehen. »Ich glaube, es ist besser, die Wöchnerin erfährt es erst, wenn es ihr besser geht«, sagte der Arzt, als das Baby tot war. Otokos Mutter bat Oki damals: »Herr Oki, sagen Sie es ihr bitte. Meine Tochter ist doch selbst noch ein Kind. Sie hat sich bei alldem so überanstrengt, und ich bedauere sie so. Ich fange schon vorher zu weinen an.«

Als die Niederkunft ihrer Tochter herannahte, hatte Otokos Mutter ihren Zorn und ihre Verbitterung Oki gegenüber verloren. Ihre Tochter war ihr ein und alles. Und da Otoko nun ein Kind bekam – wenn auch von einem Mann, der selbst Frau und Kind hatte – mochte sie wohl die Kraft verlassen haben, diesem Mann ständig mit Vorwürfen zu begegnen und ihn mit ihrer Verbitterung zu verfolgen. Ihre Widerstandskraft schwand schnell dahin, obwohl sie eigentlich den Eindruck erweckte, vom Charakter her unnachgiebiger zu sein als Otoko. Aber war sie denn nicht auf Oki angewiesen, wenn das Kind heimlich geboren und für das Neugeborene dann auch gesorgt werden sollte? Außerdem hatte Otoko, die stolz auf ihre Schwangerschaft war, ihrer Mutter gedroht, sich das Leben zu nehmen, wenn sie Oki nicht in Ruhe ließ.

Als Oki zurück ins Krankenzimmer kam, strahlte Otoko ihn mit den sorglosen, unschuldigen Augen einer Wöchnerin an. Aber dann kamen ihr plötzlich die Tränen, flossen zu den äußeren Augenwinkeln heraus und näßten das Kopfkissen. Sie muß es geahnt haben, dachte Oki. Die Tränen flossen ihr in Strömen über die Wangen. Als einer der Tränenströme sich ihrem Ohr näherte, wischte Oki ihn hastig ab. Sie ergriff seine Hand und brach das erstemal in ein lautes Schluchzen aus. Sie weinte nun völlig hemmungslos.

»Ist es tot? Das Baby, es ist tot, es ist tot!«

Während sie in ihrem tiefen Schmerz schluchzte, umarmte Oki sie und hielt sie auf diese Weise fest. Eine ihrer mädchenhaft kleinen Brüste, prall vor Milch, berührte seinen Arm.

Draußen vor der Tür war ein Geräusch zu hören. Ihre Mutter kam herein und rief: »Otoko! Otoko!«

Oki beachtete sie gar nicht. Er hielt Otoko fest im Arm.

»Du tust mir weh«, sagte sie schließlich. »Laß mich los.«

»Wirst du auch stilliegen? Dich nicht bewegen?«

»Ich liege still.«

Oki ließ sie los, und Otoko holte tief Luft. Sie fing erneut an zu weinen.

»Mutter, läßt du es verbrennen?«

». . . «

»Dieses kleine Baby?«

». . . «

»Hast du nicht gesagt, ich hätte ganz schwarze Haare gehabt, als ich geboren wurde?«

»Ja, pechschwarze Haare.«

»Ob mein Baby auch solche schwarzen Haare hatte? Mutter, könntest du ihm nicht ein paar Haare abschneiden?«

»Ob das möglich ist, Otoko . . .«

Die Mutter war ein wenig verwirrt und sagte dann wie geistesabwesend: »Otoko, du kannst doch wieder ein Kind bekommen.« Sie wandte dabei das Gesicht ab, als hätte sie diese Worte lieber verschlucken wollen.

Hatten nicht Otokos Mutter und Oki insgeheim

gehofft, daß das Kind niemals das Licht der Welt erblickt? Otoko hatte in einer gewöhnlichen, in einem Vorort von Tokyo gelegenen Geburtsklinik entbunden. Oki fühlte einen stechenden Schmerz in der Brust bei dem Gedanken, das Kind hätte vielleicht gerettet werden können, wenn es in einem guten Krankenhaus zur Welt gekommen wäre. Er hatte Otoko selbst in die Klinik gebracht. Ihre Mutter fühlte sich außerstande mitzukommen. Der Arzt mit einem vom Alkohol geröteten Gesicht war etwa vierzig Jahre alt. Die junge Krankenschwester sah Oki vorwurfsvoll an. Otoko hatte einen dunkelroten Kimono und einen dazu passenden Mantel getragen – beides von kindlichem Schnitt.

Nach dreiundzwanzig Jahren erschien nun hier am Arashiyama vor Oki deutlich die Gestalt einer Frühgeburt mit pechschwarzen Haaren. Sie mochte sich im winterlichen Waldesdickicht versteckt haben oder in der grünen Tiefe des Wassers versunken gewesen sein.

Er klatschte in die Hände, um die Kellnerin herbeizurufen. Ihm war klar, daß man hier heute keine Gäste erwartete und es deshalb längere Zeit dauern würde, ihm ein Essen zu bereiten. Die Kellnerin, die in das Gastzimmer kam, schien denn auch die Absicht zu haben, ihm etwas die Zeit zu vertreiben. Sie bereitete von neuem Tee und setzte sich zu ihm.

Munter drauflosplaudernd, erzählte sie von einem Mann, der von einem Dachs behext worden war. Diesen Mann hatte man gefunden, als er im Morgengrauen im Fluß watete und um Hilfe rief. Er taumelte unter der Togetsu-Brücke umher, obwohl er an dieser

Stelle, weil es dort seicht ist, leicht das Ufer hätte hinaufsteigen können. Der Mann erklärte, nachdem er gerettet und wieder zu sich gekommen war, daß er seit dem vergangenen Abend um zweiundzwanzig Uhr in traumwandlerischem Zustand am Berg umhergeirrt und schließlich, ohne genau zu wissen wie, in den Fluß geraten sei.

Jetzt rief jemand aus der Küche, und die Kellnerin stand auf. Dann wurde ihm *funa-no-tsukuri* serviert. Oki trank in aller Ruhe etwas Sake dazu.

Beim Verlassen des Restaurants bewunderte er noch einmal das schwere, schilfgedeckte Dach. Mit seinem moosbewachsenen, verwitterten Äußeren erschien es ihm überaus reizvoll.

»Hier unter den Bäumen wird es niemals ganz trokken«, erklärte die Wirtin. Das Dach schien noch keine zehn Jahre alt zu sein. Vielleicht war es vor acht Jahren erst gedeckt worden. Links über dem Schilfdach leuchtete hell die Sichel des Mondes. Es war halb vier. Als Oki in die Uferstraße einbog, sah er Eisvögel dicht über der Wasseroberfläche dahinfliegen. Er konnte gut die Farben ihrer Flügel erkennen.

In der Nähe der Togetsu-Brücke nahm er ein Taxi. Er wollte nun zum Adashino-Friedhof fahren. Die Ansammlung von Jizo-Figuren und von steinernen Grabmalen würde ihn – so nahe der Abenddämmerung – die Vergänglichkeit der Dinge bewußt werden lassen. Als er aber die Düsternis des Bambushains vor dem Eingang des Gio-Tempels wahrnahm, kehrte er um. Er beschloß, den Moos-Tempel zu besuchen und dann ins Hotel zurückzukehren. Im Garten des Tempels war nur ein junges Paar, das auf der Hochzeitsreise zu sein schien. Verdorrte Kiefernnadeln lagen überall auf dem Moos verstreut, und die Silhouetten der sich im Teich spiegelnden Bäume bewegten sich bei seinen Schritten. Noch einmal in den Anblick der Östlichen Berge versunken, die nun im Schein der rotglühenden Abendsonne lagen, fuhr Oki ins Hotel zurück.

Nachdem er sich durch ein heißes Bad aufgewärmt hatte, suchte er im Telefonbuch Otoko Uenos Nummer heraus. Die Stimme einer jungen Frau – ihre Schülerin wahrscheinlich – meldete sich. Dann war Otoko selbst am Apparat.

»Ja, bitte?«

»Hier ist Oki.«

». . . «

»Hier ist Oki. Hier ist Toshio Oki.«

»Ja. Wir haben uns lange nicht mehr gesehen«, sagte sie in ihrem weichen Kyoto-Dialekt.

Oki war sich nicht sicher, wie er am besten beginnen sollte. Er vermied es, auf heikle Dinge zu sprechen zu kommen, tat, als wäre es ein ganz spontaner Anruf, und redete schnell, um nur ja keinen Widerstand bei ihr aufkommen zu lassen.

»Ich wollte mir in Kyoto die Neujahrsglocken anhören. Deshalb bin ich hier.«

»Die Neujahrsglocken . . .?«

»Hättest du nicht Lust, sie mit mir zusammen zu hören?«

». . . «

»Würdest du sie dir mit mir zusammen anhören?«

». . . «

Es erfolgte lange keine Antwort. Otoko war wohl

zu erstaunt und zu verlegen, um etwas sagen zu können.

»Hallo, hallo . . .«, rief Oki.

»Bist du allein hier?« fragte Otoko.

»Ich bin allein gekommen.«

Otoko schwieg erneut.

»Ich wollte nur die Glocken hören. Am Neujahrsmorgen fahre ich wieder zurück. Ich möchte mir mit dir zusammen das Einläuten des neuen Jahres anhören. Deshalb bin ich hergekommen. Ich bin auch schon ziemlich alt geworden. Wie viele Jahre haben wir uns nicht mehr gesehen? Es ist schon so lange her. Ich würde es nicht wagen, dich um eine Verabredung zu bitten, wenn ich nicht hergekommen wäre, um das Neujahrsglockenläuten zu hören.«

». . . «

»Wäre es dir recht, wenn ich dich morgen abhole?«

»Nein.« Otoko sprach ein wenig hastig. »Ich komme zu dir. Um acht . . . nein, das ist wohl zu früh. Erwarte mich kurz nach neun im Hotel. Ich werde irgendwo einen Tisch bestellen.«

Oki hatte gehofft, mit Otoko in Ruhe zu Abend zu essen. Aber neun Uhr war für ein Abendessen zu spät. Trotzdem! Otoko hatte seine Einladung angenommen. Die Otoko seiner so fernen Erinnerungen war wieder lebendig geworden.

Der nächste Tag, den er bis abends um neun in seinem Hotelzimmer verbrachte, wurde ihm lang. Es war der letzte Tag des Jahres, und die Zeit schien ihm noch langsamer zu vergehen, da es nichts gab, was er hätte tun können. Zwar hatte er ein paar Bekannte in Kyoto, aber es war Silvester, und da er nachts mit

Otoko zusammen das Läuten der Glocken hören wollte, lag ihm allzuwenig daran, irgend jemandem einen Besuch abzustatten. Obwohl es in der Stadt eine Menge Restaurants gab, die mit Kyoto-Spezialitäten lockten, wollte er nur ein einfaches Abendessen im Hotel einnehmen. So war der letzte Tag des Jahres ausgefüllt mit Erinnerungen an Otoko. Dieselben Erinnerungen tauchten immer wieder vor seinem geistigen Auge auf, und sie wurden dadurch klarer und stärker. Ereignisse, die nun mehr als zwanzig Jahre zurücklagen, waren lebendiger als solche vom Tag zuvor.

Da er fast reglos am Fenster stand und sich nicht vorbeugte, konnte er die Straße, die unten am Hotel vorbeiführte, nicht sehen. Er blickte über die Häuserdächer der Geschäftsstraßen von Kyoto zu den Westlichen Bergen hinüber. Selbst diese Westlichen Berge waren so nah. Verglichen mit Tokyo war Kyoto doch eine kleine, liebenswürdige Stadt. Die über den Bergen schwebenden, schwach goldfarbenen, durchsichtigen Wolken verfärbten sich, während er sie betrachtete, und wurden aschgrau. Die Abenddämmerung brach herein.

Was waren schon Erinnerungen? Was war das für eine Vergangenheit, die so deutlich vor ihm stand? Als Otoko damals mit ihrer Mutter nach Kyoto umzog, war Oki überzeugt, sie und er hätten sich getrennt. War es denn aber wirklich ein endgültiger Bruch? Oki kam von dem peinigenden Gedanken nicht los, er habe Otokos Leben zerstört, er habe sie der Möglichkeit beraubt, Ehefrau und Mutter zu werden. Was mochte Otoko, die unverheiratet geblieben war, über Oki denken, und wie mochte es ihr wohl in all den langen Jahren ergangen sein? Die Otoko, die in seinen Erinnerungen lebte, war eine unvergleichliche, leidenschaftliche Frau. Und hatte diese auch heute noch so lebendige Erinnerung an sie nicht vielleicht zu bedeuten, daß ihre Trennung nicht endgültig gewesen war? Oki hatte niemals hier gelebt. Aber das Abendwerden, die Lichter Kyotos in der Nacht – all das weckte in ihm das Gefühl, dies hier sei seine Heimat. Vielleicht, weil jeder Japaner so über Kyoto dachte. Aber auch Otoko lebte ja hier. Oki nahm hastig ein Bad, wechselte Wäsche, Hemd und Krawatte und lief, sich von Zeit zu Zeit im Spiegel betrachtend, im Zimmer auf und ab und wartete auf Otoko. Es war fast zwanzig nach neun, als endlich der Anruf von der Rezeption kam.

»Ein Fräulein Ueno möchte Sie sprechen.«

»Ich komme sofort hinunter. Sagen Sie ihr bitte, sie möchte im Foyer warten«, antwortete Oki und dachte gleich darauf: Oder hätte ich sie lieber auf mein Zimmer kommen lassen sollen?

In dem geräumigen Foyer war Otoko nirgends zu sehen. Eine junge Frau kam auf ihn zu.

»Sind Sie Herr Oki?«

»Ja.«

»Fräulein Ueno hat mich gebeten, Sie abzuholen.«

»Oh?« Oki versuchte, möglichst gelassen zu wirken. »Das ist sehr nett von Ihnen.«

Er hatte erwartet, daß nur Otoko kommen würde, und fühlte nun, daß sie ihm auswich. Die so lebendigen Erinnerungen an Otoko, die seinen ganzen Tag ausgefüllt hatten, schienen sich zu verflüchtigen.

Nachdem sie in das Taxi gestiegen waren, das die junge Frau vor dem Hotel hatte warten lassen, schwiegen sie eine Weile. Dann fragte Oki: »Sind Sie Fräulein Uenos Schülerin?«

»Ja.«

»Und Sie wohnen bei ihr?«

»Ja. Sie hat auch noch eine Haushaltshilfe.«

»Sie sind wohl aus Kyoto?«

»Nein, aus Tokyo. Aber ich bin eine Verehrerin ihrer Malerei und habe mich einfach aufgedrängt und wohne jetzt bei ihr.«

Oki drehte sich zu ihr um und betrachtete sie. Schon im Hotel war ihm ihre außergewöhnliche Schönheit aufgefallen. Mit ihrem länglich schmalen Kopf und den zierlichen Ohren zeigte sie ein liebliches Profil. Sie war so hübsch, daß man ihr kaum in die Augen zu schauen wagte. Sie sprach ruhig und reserviert. Ob sie wohl wußte, was zwischen Oki und Otoko gewesen war? Ihre Beziehungen zueinander gehörten einer Zeit an, da diese junge Frau noch nicht geboren war. Aus seinen Betrachtungen heraus fragte er plötzlich: »Tragen Sie immer einen Kimono?«

»Nein. Zu Hause habe ich meist Flanellhosen an, weil ich mich dort viel bewege. Aber Fräulein Ueno hat mich gebeten, meinen Neujahrskimono anzuziehen, weil es Neujahr wird, während wir den Glockenklängen lauschen«, sagte sie leichthin. Diese junge Frau war also nicht nur ins Hotel gekommen, um ihn abzuholen. Sie würde auch dabeisein, wenn er und Otoko dem Neujahrsläuten zuhörten. Oki begriff, daß Otoko es vermeiden wollte, mit ihm allein zu sein.

Das Auto fuhr durch den Maruyama-Park in Richtung Chionin-Tempel. Im separaten Gastzimmer eines schönen alten Teehauses wurden sie von Otoko und zwei jungen Geishas erwartet. Abermals war er überrascht. Otoko saß an einem *kotatsu* und hielt die Knie ein wenig unter dessen Decke. Die beiden Geishas saßen an einem Kohlebecken einander gegenüber. Die junge Frau kniete an der Tür nieder und verbeugte sich in Richtung Otoko.

»Wir sind da.«

Otoko rückte ein wenig von dem *kotatsu* ab, um Oki zu begrüßen.

»Wir haben uns lange nicht gesehen«, sagte sie. »Ich dachte mir, daß es dir hier wegen der Glocke des Chionin-Tempels gefallen würde. Aber auch hier ist heute geschlossen, und man wird uns wohl nichts anbieten können.«

»Ich danke dir sehr für deine Mühe«, das war alles, was Oki sagen konnte. Außer ihrer Schülerin hatte sie also auch noch zwei Geishas mitgenommen. Er dürfte im Gespräch also nicht auf ihre gemeinsame Vergangenheit anspielen. Ja, er würde selbst seinen Gesichtsausdruck beherrschen müssen. Sein Telefonanruf hatte sie anscheinend so beunruhigt, daß sie auf die Idee gekommen war, auch diese Geishas einzuladen. Ob ihr Bestreben, einem Beisammensein mit ihm allein auszuweichen, anzeigte, wie es um ihre Gefühle ihm gegenüber stand? Oki spielte mit diesem Gedanken, als er den Raum betrat und Otoko von Angesicht zu Angesicht gegenüberstand. Auf den ersten Blick spürte er, daß er ihr noch immer etwas bedeutete. Vielleicht merkten es die anderen nicht. Oder vielleicht doch. Otokos Schülerin lebte ja ständig mit ihr zusammen. Und die beiden Geishas waren zwar noch sehr jung, aber sie waren Frauen des Freudenviertels. Jedenfalls ließ sich keine von den dreien das geringste anmerken.

Otoko bat Oki, Platz zu nehmen.

»Fräulein Sakami, bitte hier«, sagte sie zu ihrer Schülerin. Als diese jetzt Oki gegenüber am *kotatsu* Platz nahm, hatte er erneut den Eindruck, Otoko weiche ihm aus. Otoko rückte nun ebenfalls wieder in die Nähe des *kotatsu*. Die beiden Geishas setzten sich neben sie.

»Fräulein Sakami, haben Sie sich schon Herrn Oki vorgestellt?« fragte Otoko und fuhr fort, wie um sie in aller Form miteinander bekannt zu machen: »Man sieht es ihr vielleicht nicht an, aber sie ist ein bißchen verrückt.«

»Oh, Fräulein Ueno, wie können Sie das sagen.«

»Sie malt abstrakt in einem sehr eigenwilligen Stil. Ihre Bilder sind so außerordentlich leidenschaftlich gemalt, daß sie zuweilen etwas Wahnsinniges an sich haben. Aber mich faszinieren diese Bilder. Ich beneide dieses Mädchen. Wenn sie malt, zittert sie vor Erregung.«

Eine Kellnerin brachte Sake und allerlei Naschereien. Die beiden Geishas schenkten ein.

»Ich hätte nicht gedacht, so das Neujahrsglockenläuten zu erleben«, sagte Oki.

»Ich habe mir vorgestellt, daß es netter wäre, mit jungen Menschen zusammenzusein. Man kommt sich so verlassen vor, wenn die Glocken läuten, und man ist wieder ein Jahr älter.« Otoko hielt den Blick gesenkt. »Ich frage mich oft, warum ich überhaupt lebe.«

Oki erinnerte sich, daß Otoko zwei Monate nach dem Tod ihres Babys versucht hatte, sich mit Schlaftabletten das Leben zu nehmen. Ob sie jetzt auch gerade daran denken mußte? Oki war damals, gleich nachdem er es von ihrer Mutter erfahren hatte, zu Otoko geeilt. Es war wohl deshalb zu diesem Selbstmordversuch gekommen, weil ihre Mutter sie gedrängt hatte, Oki zu verlassen. Trotzdem bat sie ihn zu kommen. Oki quartierte sich bei Otoko ein und pflegte sie. Ohne sich eine Pause zu gönnen, massierte er ihre von zahlreichen Infusionen hart angeschwollenen Oberschenkel. Ihre Mutter ging in einem fort in die Küche, um Handtücher mit heißem Dampf neu anzuwärmen. Sie hatte Otoko die Unterwäsche ausgezogen. Für ihre sechzehn Jahre hatte sie lange, dünne Schenkel. Die Schwellungen durch die Infusionen bildeten unförmige Beulen darauf. Zuweilen, wenn er zu viel Kraft in seine Hand legte, rutschte diese tief nach innen zwischen ihre Schenkel. Während ihre Mutter gerade nicht im Zimmer war, wischte er ihr den übel aussehenden Schleim, der dort hervorsickerte, ab. Seine eigenen Tränen, die ihm vor Mitleid und Scham kamen, benetzten diese Schenkel, und er schwor sich im stillen, alles zu tun, um Otokos Leben zu retten und – was immer auch kommen würde – sich niemals von ihr zu trennen. Otokos Lippen hatten sich jetzt violett verfärbt. Er hörte ihre Mutter in der Küche schluchzen. Oki stand auf, ging hinüber und fand sie vor dem Gasherd kauernd. Ihre Schultern zuckten.

»Sie stirbt. Sie liegt im Sterben.«

»Und wenn sie jetzt eben gestorben wäre, sie haben ihr mit ihrer Liebe alles gegeben, was sie ihr nur geben konnten.«

Sie faßte nach Okis Hand.

»Auch Sie, Herr Oki.«

Drei Tage lang hatte Oki, ohne zu schlafen, bei Otoko gewacht. Dann endlich schlug sie die Augen auf.

»Ich habe Schmerzen«, stöhnte sie mit einem unsteten Blick und krümmte sich ächzend. Sie bemerkte Oki.

»Nein, nein. Geh fort.«

Zwei Ärzte hatten alles getan, was in ihrer Macht stand. Aber Oki fühlte, daß durch seine Pflege Otokos Leben gerettet worden war.

Wahrscheinlich hatte Otoko von ihrer Mutter nicht alle Einzelheiten erfahren, was seine Bemühungen betraf. Für ihn aber blieb dies alles unvergessen. Noch lebendiger als an Otokos Körper in seiner Umarmung war die Erinnerung an ihre Schenkel, die er verzweifelt massierte, als sie zwischen Leben und Tod schwebte. Selbst noch nach zwanzig Jahren, da er hier im Teehaus auf seinem Sitzkissen am *kotatsu* saß und darauf wartete, das Läuten der Glocken zu hören, konnte er sie deutlich vor sich sehen.

Kaum hatten Oki oder eine der Geishas Otokos Trinkschälchen mit Sake gefüllt, als sie es auch schon austrank. Sie schien ziemlich viel zu vertragen. Eine der Geishas sagte, es würde wohl eine ganze Stunde dauern, einer Glocke alle einhundertacht Schläge zu geben. Beide Geishas waren nicht zum

Ausgehen gekleidet. Sie trugen einfache Kimonos. Ihr Obi war nicht allzu elegant gebunden, aber aus gutem Stoff und sehr hübsch. Anstatt der üblichen, mit künstlichen Blumen verzierten Haarnadeln hatten sie schöne Kämme ins Haar gesteckt. Beide schienen gute Bekannte von Otoko zu sein. Oki konnte nur nicht verstehen, warum sie so wenig festlich gekleidet waren. Während er seinen Sake trank und dem oberflächlichen Geplauder der Geishas in ihrer weichen Kyoto-Mundart zuhörte, wurde ihm leicht ums Herz. Otokos Plan war sicher klug. Sie hatte es vermieden, mit ihm allein zu sein, aber sie wollte wohl auch ihre eigenen Gefühle gegenüber diesem unerwarteten Beisammensein mit Oki ordnen und zur Ruhe bringen. Allein ihr Zusammensitzen hier ließ einen Strom von Gefühlen zwischen ihnen beiden entstehen.

Jetzt schlug die Glocke des Chionin-Tempels.

Die Anwesenden verstummten. Es schien eine sehr alte, abgenutzte, schon ziemlich rissige Glocke zu sein. Ihr Ton verhallte in einem tiefen, schwebenden Klang. Nach einem Intervall ertönte sie erneut. Es hörte sich an, als wäre sie sehr nahe.

»Wir sind zu nahe am Tempel. Man hat mir gesagt, dies hier sei der passende Ort, um die Glocke des Chionin-Tempels zu hören. Aber etwas weiter weg, irgendwo in der Nähe des Kamo-Flusses, würde es sich doch besser anhören, glaube ich«, sagte Otoko.

Oki öffnete eines der *shoji* und sah, daß sich der Glockenturm gleich unterhalb des kleinen Gartens befand, der zum Teehaus gehörte.

»Es ist tatsächlich sehr nahe«, sagte Oki. »Man kann sehen, wie gegen die Glocke geschlagen wird.«

»Wir sind wirklich zu nahe«, wiederholte Otoko.

»Nein, es ist schon richtig so. Ich bin froh darüber, diese Glocke, die ich jedes Jahr im Radio gehört habe, einmal ganz aus der Nähe hören zu können«, sagte Oki. Jedoch war es zweifellos irgendwie unvollkommen. Vor dem Glockenturm versammelten sich schwarze, schattenhafte Gestalten. Oki schloß das *shoji* und ging wieder zum *kotatsu* zurück. Nach und nach hörte er auf, angestrengt zu lauschen, und nun erst nahm er wirklich einen Ton wahr, wie ihn nur eine alte Glocke hervorbringen konnte – einen Ton, der mit all der inneren Kraft einer fernen Welt fort und fort zu schallen schien.

Nachdem sie das Teehaus verlassen hatten, gingen sie zur Neujahrszeremonie zum Gion-Schrein. Unterwegs begegneten ihnen viele Menschen, die bereits von dort zurückkamen und brennende Schnüre, deren Spitzen sie im Schrein angezündet hatten, hin- und herschwenkten. Nach alter Sitte wurde damit das Feuer auf dem Herd entzündet, auf dem man dann das Festessen – Suppe mit Reiskuchen und Gemüse – zubereitete.

Frühlingsanfang

Versunken in den Anblick des purpurroten Abendhimmels verharrte Toshio Oki auf einem kleinen Hügel. Seit dem frühen Nachmittag hatte er am Schreibtisch gesessen und einen Abschnitt seines Fortsetzungsromans für die Abendzeitung zu Ende geschrieben. Nun war er hinausgegangen, um einen Spaziergang zu machen. Sein Haus stand auf einem Hügel im nördlichen Stadtgebiet von Kamakura. Im Westen zeigte sich die Abendröte, und leichter Dunst kam auf. Das Purpurrot am Himmel war so tiefsatt, daß er sich fragte, ob dort vielleicht eine dünne Wolkenschicht lag. Selten hatte er einen solchen Sonnenuntergang gesehen. Es gab Schattierungen von Hell bis Dunkel, und es sah aus, als wäre ein breiter Farbpinsel über feuchtes Papier gezogen worden. Die Weichheit dieses Rots deutete den nahenden Frühling an. An einer Stelle war der Himmel hellrot. Dort mußte die Sonne stehen.

Oki erinnerte sich, daß die Bahngleise, als er am Neujahrstag mit dem Zug aus Kyoto zurückkehrte, in der Abendsonne ebenso rot gefunkelt hatten. Auf der einen Seite lag das Meer. Sobald die Gleise in den Schatten der Berge kamen, verlosch das Rot. Der Zug fuhr in eine Schlucht, und sofort brach die Abenddämmerung herein. Aber das leuchtende Rot der Bahngleise hatte ihm erneut die Vergangenheit mit Otoko ins Gedächtnis gerufen. Otoko hatte es vermieden, mit ihm allein zu sein. Aber gerade dies, fühlte er, war der Beweis, daß er ihr auch jetzt noch etwas bedeutete. Auf dem Rückweg vom Gion-Schrein durch die Shijo-Straße waren sie in der Menschenmenge von Betrunkenen und Jugendlichen belästigt worden, die nach den Haarknoten der Geishas faßten und die Mädchen auf ungehörige Weise anredeten. So etwas war in Kyoto ungewöhnlich. Oki ging neben den beiden Geishas und beschützte sie. Otoko und ihre Schülerin folgten einige Schritte hinter ihnen.

Als Oki am Neujahrstag in den Zug stieg und mit Bedauern daran dachte, daß Otoko auf keinen Fall zum Bahnhof kommen und sich von ihm verabschieden würde, tauchte ihre Schülerin Keiko Sakami auf.

»Ich möchte Ihnen ein gesundes neues Jahr wünschen. Fräulein Ueno hätte sich eigentlich von Ihnen verabschieden müssen, aber sie läßt sich entschuldigen, da sie wie jedes Jahr am Neujahrstag Verpflichtungen wahrzunehmen hat und deshalb unabkömmlich ist. Sie erwartet später Gäste und ist bereits früh aus dem Hause gegangen, um ihrerseits Besuche zu erledigen. Ich bin deshalb an ihrer Stelle gekommen. Entschuldigen Sie dies bitte.«

»Das ist sehr nett von Ihnen«, antwortete Oki. Am Neujahrstag waren auf dem Bahnsteig nur wenig Reisende. Keikos Schönheit erregte trotzdem Aufmerksamkeit. »Sie haben mich Silvester vom Hotel abgeholt, und nun kommen Sie zum Bahnhof, um sich zu verabschieden. Ich möchte mich sehr bei Ihnen bedanken.«

»Aber nein.«

Keiko trug wie am Abend zuvor einen Kimono. Er war aus blauem Satin mit aufgemalten, verschiedengestaltigen Kiebitzen und vielen Schneeflocken. Die Kiebitze gaben ihm Farbe, doch er war für Keikos Alter etwas zu schlicht und als Neujahrskimono ein bißchen zu dunkel.

»Das ist ein hübscher Kimono. Hat ihn Fräulein Ueno entworfen?« erkundigte sich Oki.

»Nein.« Sie errötete ein wenig. »Ich habe ihn selbst gemacht. Aber er ist mir nicht so gelungen, wie ich es mir vorgestellt hatte.«

Tatsächlich aber ließ der etwas zu dunkle Kimono Keikos verwirrende Schönheit nur noch mehr zur Geltung kommen. Und in der Harmonie der Farben der Kiebitze und der Mannigfaltigkeit ihrer Formen lag das Sinnbild der Jugend selbst. Sogar die Schneeflocken schienen zu tanzen.

Keiko überreichte Oki ein paar Geschenke von Otoko, Konfekt, sauer eingelegtes Gemüse und andere Delikatessen aus Kyoto.

»Eine Kleinigkeit zum Essen für unterwegs.«

Während der ein oder zwei Minuten, die der »Hato-Expreß« Aufenthalt hatte, war Keiko zu ihm ans Fenster getreten. Und wie sie so zu ihm aufsah, kam ihm der Gedanke, daß sie wohl jetzt – in diesem Moment – am allerschönsten in ihrem ganzen bisherigen Leben sei. Oki hatte Otoko in der Blütezeit ihrer jugendlichen Schönheit nicht gesehen. Sie war sechzehn gewesen, als sie sich trennten. Die Otoko, die er gestern traf, war neununddreißig Jahre alt.

Er nahm seinen Imbiß früher zu sich als sonst, etwa um halb fünf. Es war eine Auswahl von Neujahrsgerichten, und außerdem hatte Otoko gekochte Reisklöße mitgegeben. Diese Reisklöße waren klein und schön geformt. Otoko hatte sie wohl mit eigener Hand für den Mann gemacht, der einstmals ihre Jungmädchenhaftigkeit mit Füßen trat. Während er die ein bis anderthalb Bissen großen Reisklöße kaute, fühlte er auf der Zunge, daß Otoko ihm verzieh. Nein, es war kein Verzeihen, es war Liebe. Es mußte wohl die Liebe sein, die noch immer tief in ihrem Herzen lebte. Nachdem Otoko damals mit ihrer Mutter nach Kyoto gezogen war, hatte Oki nichts weiter über sie erfahren, als daß sie malte und allein lebte. Vielleicht hatte sie andere Männer geliebt, andere Liebhaber gehabt. Aber er wußte: Was sie für ihn fühlte, war die verzweifelte Liebe eines jungen Mädchens. Oki hatte nach der Affäre mit Otoko mehrere andere Frauen gehabt, doch keine dieser Frauen hatte er mit einem derart tiefen Schmerz geliebt.

Ein guter Reis, dachte er. Wo mochte er wohl geerntet worden sein? In der Gegend um Kyoto? Während er dies überlegte, schob er sich erneut einen der kleinen Reisklöße in den Mund. Sie waren gut gewürzt und nicht zu salzig.

Zwei Monate nach der Frühgeburt und dem Selbstmordversuch – Otoko war sechzehn – wurde sie in eine psychiatrische Klinik mit vergitterten Fenstern eingeliefert. Oki erfuhr es von ihrer Mutter. Ihm wurde nicht erlaubt, sie zu sprechen.

»Sie können sie im Korridor von weitem sehen«, hatte ihre Mutter gesagt. »Aber bitte, tun Sie es nicht. Ich möchte nicht, daß Sie sie in ihrem jetzigen Zustand sehen. Und wenn sie Sie sieht, würde sie nur noch mehr aus dem Gleichgewicht kommen.«

»Meinen Sie, daß sie mich erkennt?«

»Ich glaube nicht ... Ist das alles nicht Ihretwegen gekommen?«

»...«

»Sie soll aber nicht unheilbar geistesgestört sein. Es wird nur etwas Zeit brauchen, hat mich der Arzt beruhigt. Sie benimmt sich so merkwürdig.« Ihre Mutter tat so, als wiege sie ein Baby in ihren Armen. »Sie denkt, es ist ihr Kind. Es ist ein Anblick zum Erbarmen.«

Nach drei Monaten wurde Otoko aus dem Krankenhaus entlassen. Ihre Mutter traf sich mit Oki, um mit ihm zu sprechen.

»Ich weiß, daß Sie verheiratet sind und ein Kind haben. Auch Otoko muß dies von Anfang an gewußt haben. Sie werden jetzt wohl denken, ich sei verrückt geworden, wenn ich im Bewußtsein all dessen und in meinem Alter diese Bitte an Sie richte.« Ihre Schultern zuckten. »Können Sie Otoko nicht heiraten?«

Sie weinte und schlug die Augen nieder.

»Ich habe auch schon daran gedacht«, antwortete Oki verlegen. Bei ihm zu Hause hatte es bereits Streit gegeben. Seine Frau war damals dreiundzwanzig. »Ich habe sehr oft darüber nachgedacht.«

»Sie können mich meinetwegen ignorieren, so als wäre ich mit meiner Tochter zusammen halbwegs verrückt geworden. Ich werde Sie kein zweites Mal bitten. Ich habe nicht gesagt, daß es sofort sein muß. Otoko kann zwei Jahre, drei Jahre, ja selbst fünf oder sieben Jahre warten. Sie ist ein Mädchen, das auf jeden Fall wartet. Selbst wenn ich sie nicht darum bitte. Und sie ist erst sechzehn und geht noch zur Schule . . .«

So leidenschaftlich, wie die Mutter jetzt sprach . . . Ihm wurde klar, daß Otoko ihr Temperament von der Mutter geerbt hatte.

Ohne jedoch auch nur ein einziges Jahr gewartet zu haben, verkaufte die Mutter ihr Haus in Tokyo und zog mit ihrer Tochter nach Kyoto.

Otoko wechselte in Kyoto auf eine höhere Mädchenschule. Sie hatte ein Jahr verloren. Nach Absolvierung dieser Schule besuchte sie dann eine Kunsthochschule.

Bis zu diesem Tag, an dem sie gemeinsam das Neujahrsglockenläuten des Chionin-Tempels hörten und sie ihm einen Reisimbiß zum Zug bringen ließ, waren mehr als zwanzig Jahre vergangen.

Nicht nur die Reisklöße, auch die Neujahrsspeisen schienen nach altem Kyotoer Brauch hergestellt zu sein, konstatierte Oki, während er Bissen für Bissen mit den Eßstäbchen faßte und zum Munde führte. Auch zum Frühstück im Hotel war ihm die traditionelle Neujahrssuppe in einer Schüssel von entsprechender Form serviert worden. Aber das gewisse Fluidum des Festes ging nur von diesen Speisen hier aus. Zu Hause in Kamakura würde selbst das Neujahrsessen nach westlichem Vorbild zubereitet sein und aussehen wie auf einem Farbfoto in einer modernen Frauenzeitschrift.

Für eine Kyotoer Malerin wie Otoko gab es zum Neujahrsfest zweifellos gesellschaftliche Verpflichtungen, doch sie hätte ihnen sicherlich – und wenn auch nur für zehn Minuten oder eine Viertelstunde – entfliehen und zum Bahnhof kommen können. Aus demselben Grund, aus dem sie es vermieden hatte, mit ihm zu zweit dem Neujahrsglockenläuten zuzuhören, hatte sie wohl jetzt auch ihre Schülerin zu seiner Verabschiedung zum Bahnhof geschickt. Auch wenn er am Abend zuvor aus Rücksicht auf die Schülerin und die beiden Geishas mit Otoko nicht über die Vergangenheit gesprochen hatte – diese Vergangenheit hatte bei ihnen beiden alte Gefühle wiedererweckt. Und diese Speisen waren ein Beweis dafür. Als sich der Zug langsam in Bewegung setzte, klopfte Oki mit der flachen Hand von innen gegen die Fensterscheibe. Als er merkte, daß Keiko ihn nicht hörte, schob er das Fenster einige Zentimeter in die Höhe und sagte: »Ich danke Ihnen, daß Sie gekommen sind. Ihre Eltern wohnen doch in Tokyo, und Sie besuchen sie manchmal. Kommen Sie doch mal bei mir vorbei. Kamakura ist klein. Wenn Sie sich am Bahnhof erkundigen, wird man Ihnen ohne weiteres den Weg zu meinem Haus zeigen. Und schicken Sie mir bitte eines oder zwei von Ihren abstrakten Bildern, die Fräulein Ueno für so verrückt hält.«

»Ich schäme mich so. Wie konnte Fräulein Ueno sagen, meine Bilder wären verrückt ...« In Keikos Augen blitzte für einen Moment ein seltsames Funkeln.

»Vielleicht, weil sie so etwas nicht malen kann?«

Oki selbst hatte Erzählungen in »abstraktem« Stil noch nicht geschrieben, obwohl einige seiner Werke Elemente des Phantastischen enthielten. Insofern sich Schrift und Sprache dort vom Alltäglichen entfernten, mochte man dies vielleicht als »abstrakt« oder »symbolistisch« ansehen. Oki aber hatte von Jugend an seinen Hang und sein Talent, Abstraktes in der Prosa zu schaffen, zu unterdrücken versucht. Ihm gefiel die Lyrik des französischen Symbolismus ebenso wie die mittelalterliche japanische Lyrik des Shinkokinshu und die Haiku-Lyrik. Aber er hatte von Anfang an gelernt, eine konkrete, realistische Ausdrucksweise mit Elementen einer abstrakten, symbolischen Sprache zu verfeinern. Er war der Meinung, durch ein Vertiefen dieser Ausdrucksweise ebenfalls zu einer symbolistischen, abstrakten Qualität gelangen zu können.

Aber in welcher Beziehung zum Beispiel stand nun jene Otoko, die er mit seiner Sprache in seinem Roman beschrieb, zu der tatsächlich existierenden Otoko? Das war schwer zu sagen.

Von all seinen Romanen war dieser der erfolgreichste – er wurde auch jetzt noch am häufigsten gelesen. Es war die Geschichte, die seine Liebe zu der fünfzehn- und sechzehnjährigen Otoko beschrieb. Die Publikation dieses Romans schadete Otokos Ruf noch mehr. Sie stellte sie in der Öffentlichkeit bloß und war zweifellos die eigentliche Ursache dafür, daß Otoko nicht geheiratet hatte. Warum aber fand diese Otoko seines Romans auch jetzt noch, nach mehr als zwanzig Jahren, ein solches Interesse bei den Lesern?

Vielleicht war es richtig, wenn man annahm, daß die Otoko seines Romans die Leser mehr fesselte als jene, die das Modell dieser literarischen Figur war. Denn nicht Otoko erzählte diese Geschichte, sondern er, Oki, hatte sie geschrieben. Oki als Schriftsteller hatte in seiner Phantasie Geborenes, Fiktives hinzugefügt und selbstverständlich auch vieles dabei idealisiert. Selbst wenn man das außer acht ließ – wer könnte sagen, welches die wirkliche Otoko war, die, die Oki beschrieb, oder die, die sich zeigte, wenn sie ihre eigene Geschichte selbst erzählen würde.

Aber das Mädchen in seinem Roman war nun einmal Otoko. Hätte es diese Affäre zwischen ihnen nicht gegeben, wäre der Roman nicht entstanden. Und es war offenkundig Otokos Verdienst, daß sie über zwanzig Jahre hinweg bis zum heutigen Tag ein breites Leserpublikum faszinierte. Daß Oki mit dreißig Jahren Otoko begegnet war und sich in sie verliebt hatte, mochte man als schicksalhafte Fügung ansehen. Er konnte noch so lange darüber nachdenken, er begriff es nicht. Kein Zweifel aber bestand daran, daß ihm diese Begegnung zu einem glücklichen Debüt als Schriftsteller verholfen hatte.

Oki hatte seinen Roman »Ein Mädchen von sechzehn Jahren« genannt. Damals, vor zwanzig Jahren, schockierte es die Öffentlichkeit, daß eine sechzehnjährige Schülerin ein intimes Verhältnis mit einem Mann unterhielt, eine Frühgeburt hatte und als Folge dessen eine Zeitlang geistesgestört war. Aber Oki, ihr Liebhaber, fand dies nicht schockierend. Selbstverständlich hatte er nichts geschrieben, was im Detail anstößig gewesen wäre, auch hatte er Otoko in keiner Weise bloßstellen wollen. So einfach wie der Titel des Romans war auch die Vorstellung des Autors von seinem Thema. Otoko wurde als unverdorbenes, leidenschaftliches junges Mädchen beschrieben. Er hatte sich bemüht, seinen Eindruck von ihrem Gesicht, ihrer Gestalt und der Art und Weise, wie sie sich verhielt, wiederzugeben. Kurz, er hatte all seine frische, jugendliche Liebe in den Roman eingebracht. Wahrscheinlich lag es daran, daß er in all den Jahren von so vielen Menschen gelesen wurde. Er schilderte die unglückliche Liebe zwischen einem sehr jungen Mädchen und einem Mann, der zwar ebenfalls noch jung war, aber eine Frau und ein Kind hatte. Nur war die Reinheit dieses Verhältnisses in eine Dimension erhöht, die kleinliche moralische Überlegungen ausschloß.

In der Zeit, als er sich heimlich mit Otoko traf, hatte sie ihn einmal mit den Worten erschreckt: »Du bist ein Mensch, der immer Angst hat vor dem, was andere Leute reden. Du müßtest ein bißchen mutiger werden.«

»Ich bin doch schamlos genug. Wie soll ich denn jetzt noch sein?«

»Nein. Ich spreche nicht von uns.«

». . . «

»Du solltest mehr du selbst sein.«

Oki wußte keine Antwort und fing an, über sich nachzudenken. Noch lange blieben ihm Otokos Worte im Gedächtnis. Er spürte, daß es die Augen der Liebe waren, mit denen dieses fünfzehnjährige Mädchen seinen Charakter und sein Leben durchschaute. Wohl neigte er immer mehr dazu, seinem eigenen Kopf zu folgen, aber nachdem sie sich getrennt hatten, erinnerte er sich jedesmal an ihre Worte, wenn er in eine Situation geriet, wo er die Meinung anderer Leute fürchtete. Und er erinnerte sich daran, wie sie es gesagt hatte.

Oki hatte aufgehört, sie zu streicheln. Otoko dachte, das sei vielleicht ihrer Äußerung wegen, und legte den Kopf auf seinen Arm. Sie schwieg eine Weile und berührte dann mit geöffnetem Mund seine Armbeuge. Dann biß sie zu, stärker und stärker. Oki bewegte den Arm nicht und unterdrückte den Schmerz. Otokos Tränen näßten seine Haut.

»Du tust mir weh«, sagte er schließlich, faßte sie bei den Haaren und zog ihren Kopf zurück. Auf seinem Arm war der Abdruck ihrer Zähne zu sehen. Blut sickerte heraus. Otoko leckte es ab.

»Beiß mich auch«, sagte sie. Oki betrachtete ihren Arm von den Fingerspitzen bis zur Schulter und streichelte ihn dann. Es war doch wirklich noch der Arm eines jungen Mädchens. Er küßte sie auf die Schulter. Otoko krümmte sich vor Lachen.

Oki schrieb nicht deshalb »Ein Mädchen von sechzehn Jahren«, weil ihm Otoko gesagt hatte: »Du solltest mehr du selbst sein«, doch während er an dem Roman schrieb, erinnerte er sich oft an diese Worte. Zwei Jahre nach der Trennung von Otoko wurde »Ein Mädchen von sechzehn Jahren« veröffentlicht. Otoko war mit ihrer Mutter nach Kyoto gezogen und lebte nun dort. Otokos Mutter wußte einerseits, daß er Frau und Kind hatte, andererseits jedoch hatte sie ihn gebeten, Otoko zu heiraten. Sie war wohl deshalb aus Tokyo fortgegangen, weil sie keine positive Antwort erhalten hatte. Wahrscheinlich konnte sie Kummer und Schmerz, die sie mit ihrer einzigen Tochter teilte, nicht länger ertragen. Ob Otoko und ihre Mutter in Kyoto seinen Roman gelesen hatten? Ob sie wußten, daß dieser Roman mit Otoko als Hauptperson literarisches Aufsehen erregte und von einem breiten Publikum gelesen wurde? Selbstverständlich gab es in der Öffentlichkeit keine Diskussion über jene Frau, die das Vorbild für die Heldin des Romans war. Erst nachdem Oki die Fünfzig überschritten und sich einen Namen als Schriftsteller gemacht hatte, nahm man seinen Lebenslauf unter die Lupe, und nun kam es an den Tag, daß Otoko das Vorbild für die Hauptperson in »Ein Mädchen von sechzehn Jahren« war. Dies geschah nach dem Tode ihrer Mutter. Da auch Otoko sich inzwischen einen Namen als Malerin gemacht hatte, wurde sie – wegen ihrer Rolle als Vorbild für die Heldin des Romans – nun nur noch bekannter. Fotos von ihr als »Ein Mädchen von sechzehn Jahren« erschienen in den verschiedensten Zeitschriften. Oki vermutete, daß Otoko niemandem erlauben würde, solche Fotos von ihr zu machen, und daß sie wohl ohne ihr Wissen für diesen Zweck benutzt worden waren. Selbstverständlich gab Otoko auch keine Interviews zu ihrer Vergangenheit. Selbst nach dem Erscheinen des Romans hatte Oki weder von Otoko noch von ihrer Mutter etwas gehört.

Den Skandal gab es bei ihm zu Hause. Das hatte so kommen müssen. Bis zu ihrer Heirat hatte Okis Frau Fumiko als Stenotypistin bei einer Nachrichtenagentur gearbeitet. Oki ließ nun seine junge Frau die fertigen Manuskripte abtippen. Es war eine Art Liebesspiel, ein zärtliches Zusammensein eines jungen Ehepaares. Aber es war noch etwas mehr. Als das erstemal eine literarische Arbeit von ihm in einer Zeitschrift erschien, war er erstaunt über den beträchtlichen Unterschied in der optischen Wirkung des handgeschriebenen Manuskripts und des mit kleinen Drucklettern ausgeführten Drucks. Je erfahrener er jedoch im Schreiben wurde, desto mehr sah er den optischen Effekt, den sein handgeschriebenes Manuskript im Druck haben würde, voraus. Nicht, daß er schrieb und den Effekt dabei im Auge gehabt hätte. So etwas wäre ihm nie in den Sinn gekommen, doch der Unterschied zwischen dem handgeschriebenen Manuskript und dem fertigen Druck verschwand immer mehr. Er konnte nun schreiben wie jemand, der nicht das Manuskript, sondern den fertigen Druck vor Augen hatte. Passagen, die im Manuskript ermüdend wirkten oder nicht besonders ins Auge fielen, erwiesen sich im Druck als literarisch dicht. Dies bedeutete wohl, daß er sein Handwerk gelernt hatte. Literarischen Anfängern erklärte Oki oft: »Lassen Sie einmal etwas in einer Literaturzeitschrift oder anderswo drucken. Es wird sich sehr von Ihrem Manuskript unterscheiden. Sie werden überrascht sein, was Sie dabei alles lernen.«

Die gegenwärtige Publikationsform war der Typendruck. Aber Oki erlebte auch eine gegenteilige Überraschung. Zum Beispiel hatte er »Die Geschichte vom Prinzen Genji« sowie den Band mit den Anmerkungen dazu bisher immer in einer modernen kleinformatigen Ausgabe gelesen. Als er aber eines Tages den Roman in einer alten, noch als Holzdruck publizierten Ausgabe – dem »Kogetsusho« von Kigin Kitamura – las, erhielt er einen völlig anderen Eindruck. Er fühlte sich noch einmal weit in die Vergangenheit zurückversetzt und versuchte sich vorzustellen, welchen Eindruck man wohl damals in der Heian-Zeit am kaiserlichen Hof beim Lesen dieses in schöner Kana-Silbenschrift geschriebenen Manuskripts gehabt hatte. »Die Geschichte vom Prinzen Genji« war heute ein tausend Jahre altes Werk der klassischen Literatur. In der Heian-Zeit war es ein moderner Roman. Aber niemals wieder würde man »Die Geschichte vom Prinzen Genji« als modernen Roman lesen können. Es bereitete jedoch mehr Vergnügen, eine noch im Holzdruck geschriebene Ausgabe zu lesen als ein in modernen Typen gedrucktes Exemplar. Zweifellos galt dies auch für die Gedichte des Koyagire aus dem »Kokinshu« der Heian-Zeit. Was spätere Literatur anbetrifft, so hatte Oki sich bemüht, die Werke von Saikaku in Faksimileausgaben der Holzdrucke des späten siebzehnten Jahrhunderts zu lesen. Das geschah nicht aus antiquarischem Interesse, sondern weil er dem Wesen des Werkes so nahe wie möglich kommen wollte. Aber moderne Romane im Faksimiledruck des Manuskripts zu lesen war alles andere als erbaulich. Sie waren dafür gemacht, in Drucklettern zu erscheinen, und nicht, als ermüdendes handgeschriebenes Exemplar gelesen zu werden.

Zum Zeitpunkt, als er Fumiko heiratete, gab es kaum noch einen wesentlichen Unterschied zwischen seinem handgeschriebenen Manuskript und dem gedruckten Text. Und da seine Frau Stenotypistin war, ließ er sie seine Manuskripte mit der Maschine abschreiben. Maschinengeschriebene Manuskripte sind im Japanischen einem Typendruck ähnlicher als einem handgeschriebenen Manuskript. Er wußte, daß die Manuskripte in den westlichen Ländern entweder gleich in die Maschine getippt oder aber mit der Maschine sauber abgeschrieben wurden. Aber seine mit der Maschine geschriebenen Romane erschienen ihm, wohl weil er es noch nicht gewohnt war, sie so zu lesen, langweiliger und kälter als sein handgeschriebenes Manuskript oder das fertige Druckexemplar. Er erkannte jedoch nun etwaige schwache Stellen, und es fiel ihm leicht, Korrekturen und Verbesserungen vorzunehmen. Auf diese Weise war es üblich geworden, daß Fumiko alle seine Manuskripte abtippte.

Aber wie sollte er mit dem Manuskript »Ein Mädchen von sechzehn Jahren« verfahren? Es Fumiko abschreiben zu lassen würde ihr Qualen bereiten und sie demütigen. Es wäre grausam von ihm. Als Otoko fünfzehn war, war seine Frau zweiundzwanzig und hatte ihm gerade einen Sohn geboren. Selbstverständlich blieb ihr die Affäre ihres Mannes mit Otoko nicht verborgen. Mitten in der Nacht nahm sie ihr Baby auf den Rücken und lief auf die Bahngleise. Selbst als sie nach zwei Stunden zurückkehrte, wollte sie nicht ins Haus kommen. Sie stand im Garten, an einen alten Pflaumenbaum gelehnt. Oki hatte sie zur Pforte hereinkommen sehen, war hinausgegangen, um sie zu suchen, und entdeckte sie dort. Sie schluchzte.

»Was ist los mit dir? Willst du, daß sich das Baby erkältet?«

Es war Mitte März und ziemlich kühl. Das Kind erkältete sich tatsächlich. Es mußte wegen des Verdachts auf Pneumonie ins Krankenhaus gebracht werden. Fumiko ging mit ins Krankenhaus und pflegte es dort.

»Wenn das Baby stirbt, hast du es leicht, dich von mir zu trennen«, sagte sie. Oki nutzte die günstige

Gelegenheit, daß seine Frau nicht zu Hause war, und traf sich mit Otoko. Das Baby wurde wieder gesund.

Als Otoko mit sechzehn eine Frühgeburt hatte, erfuhr Fumiko zufällig durch einen Brief von Otokos Mutter aus dem Krankenhaus davon. Es war nichts Ungewöhnliches, daß ein sechzehnjähriges Mädchen ein Kind bekam, aber was ihr hier angetan wurde, hätte Fumiko sich nie träumen lassen. In einem Anfall von Erregung verfluchte sie ihren Mann, der sich mit einem so jungen Ding eingelassen hatte, und biß sich auf die Zunge. Als Oki Blut zwischen den Lippen seiner Frau hervortreten sah, öffnete er ihr etwas verwirrt den Mund und schob seine Hand hinein. Fumiko rang nach Luft und wurde von einem Brechreiz gepackt. Dann ermattete sie. Oki zog die Hand wieder heraus. An seinen Fingern waren die Abdrücke ihrer Zähne zu erkennen. Aus einigen Wunden quoll Blut. Fumiko sah dies und beruhigte sich sofort. Sie wusch ihm die verletzten Finger und legte einen blutstillenden Verband an.

Fumiko brachte auch in Erfahrung, daß Otoko sich von Oki getrennt hatte und mit ihrer Mutter nach Tokyo gezogen war. Oki hatte gerade seinen Roman beendet. Ihn Fumiko abschreiben zu lassen hätte zur Folge, daß die gerade verheilten Wunden der Eifersucht und des Schmerzes erneut aufbrachen. Wenn er das Manuskript aber nicht von ihr abschreiben ließ, könnte der Verdacht entstehen, er wolle etwas vor ihr verheimlichen. Oki war unschlüssig, gab ihr aber schließlich das Manuskript. Sie sollte alles wissen. Bevor Fumiko es abtippte, las sie es von Anfang bis Ende.

»Ich sollte mich von dir trennen«, sagte sie, bleich im Gesicht. »Warum habe ich mich nicht schon längst von dir getrennt? Jeder, der dies liest, wird Sympathie für Otoko empfinden.«

»Ich wollte nicht über dich schreiben.«

»Ich weiß. Ich kann nicht mit deiner Idealfrau verglichen werden.«

»Das habe ich nicht gemeint.«

»Diese scheußliche Eifersucht hat mich fast wahnsinnig gemacht.«

»Otoko ist jetzt fort. Du und ich, wir werden noch lange, lange zusammen leben. Aber vieles von der Otoko in dem Roman ist reine Fiktion und hat nichts mit der wirklichen Otoko zu tun. Ich habe zum Beispiel keine Ahnung, wie sie in ihrem geistesgestörten Zustand war.«

»Deine Liebe hat diese Fiktionen geschaffen.«

»Ohne sie hätte ich den Roman nicht schreiben können«, sagte Oki abrupt. »Würdest du auch dies für mich abschreiben? Es fällt mir schwer, dich darum zu bitten.«

»Ich tippe es ab. Eine Schreibmaschine ist nichts weiter als eine Maschine. Und ich bin einfach ein Teil dieser Maschine.«

Selbstverständlich konnte Fumiko nicht einfach wie eine Maschine funktionieren. Sie schien sich häufig zu vertippen. Oki hörte jedenfalls oft, daß sie Papier zerriß und fortwarf. Dann wieder machte sie eine Pause, schluchzte leise, und es hatte den Anschein, als wäre sie nahe daran, sich zu erbrechen. Wegen der geringen Größe des Hauses – neben seinem kaum als Arbeitszimmer zu bezeichnenden, unfreundlichen

Sechsmattenzimmer lag das viereinhalb Matten große Wohnzimmer, in dessen einer Ecke die Schreibmaschine aufgestellt war – konnte Oki, wenn er sich in seinem Zimmer aufhielt, genau hören, was im Wohnzimmer vor sich ging. Es fiel ihm nicht leicht, ruhig zu bleiben und sich auf seine Arbeit zu konzentrieren.

Fumiko indessen verlor kein einziges Wort über seinen Roman. Sie sagte sich wohl, eine Maschine solle nicht sprechen. Okis Manuskript hatte einen Umfang von annähernd dreihundertfünfzig Seiten zu je vierhundert Schriftzeichen. Für die Stenotypistin Fumiko, die bisher seine Manuskripte abgeschrieben hatte, bedeutete dies etliche Tage Arbeit. Sie wurde bald blaß und hohlwangig. Zuweilen runzelte sie die Stirn und starrte ins Leere. Dann wieder tippte sie wie besessen. Eines Tages aber, kurz vor dem Abendessen, erbrach sie eine gelbliche Substanz und fiel zu Boden. Oki eilte herbei und massierte ihr den Rücken.

»Wasser, Wasser«, stöhnte sie und weinte.

»Es tut mir leid. Ich hätte dich dies nicht abschreiben lassen sollen«, sagte er. »Aber ausgerechnet dieses eine Manuskript vor dir zu verheimlichen . . .«

Selbst wenn das ihre Ehe nicht zerstört hätte, so wäre doch eine Wunde zurückgeblieben, die kaum jemals wieder verheilt wäre.

»Ich bin aber froh darüber, daß du es mir gegeben hast. Auch wenn es eine mühsame Arbeit ist.« Fumiko lächelte schwach. »Ich habe noch nie ein so umfangreiches Manuskript abgeschrieben. Deshalb bin ich wohl auch so erschöpft.«

»Je umfangreicher es ist, um so länger mußt du leiden. Vielleicht ist das das Los der Frau eines Schriftstellers.«

»Durch deinen Roman verstehe ich Otoko jetzt recht gut. Wieviel ich dabei auch gelitten habe – ich weiß jetzt: Es war gut für dich, daß du ihr begegnet bist.«

»Habe ich dir nicht gesagt, daß ich sie idealisiert dargestellt habe?«

»Ich weiß. Solche Mädchen gibt es in Wirklichkeit gar nicht. Aber ich wünschte, du hättest etwas mehr über mich geschrieben. Es hätte mir nichts ausgemacht, wenn du mich als ein von Eifersucht verzehrtes böses Monster dargestellt hättest.«

Oki wußte einen Moment lang nicht, was er antworten sollte. »Du bist nie so gewesen.«

»Du hast nicht gewußt, wie es in meinem Innersten aussah.«

»Ich wollte nicht unsere privaten Dinge an die Öffentlichkeit zerren.«

»Nein. Du warst so begeistert von dieser kleinen Otoko, daß du nur über sie schreiben wolltest. Ich glaube, hättest du auch über mich geschrieben, so wäre ihre Schönheit befleckt und dein Roman beschmutzt worden. Aber muß denn ein Roman immer makellos sein?«

Gerade sein Widerstreben, die Eifersucht seiner Frau zu beschreiben, hatte einen erneuten Ausbruch von Eifersucht zur Folge. Nicht, daß er Fumikos Eifersucht überhaupt nicht erwähnt hatte. Er hatte sich vielmehr einen reizvolleren Effekt davon versprochen, auf sie nur am Rande einzugehen. Fumiko aber schien es zu enttäuschen, daß er auf Details nicht näher eingegangen war. Oki fand die Logik seiner Frau unverständlich. Wie konnte sie meinen, sie sei vernachlässigt, ja nahezu mit Ignoranz behandelt worden? Da der Roman seine unglückliche Liebe zu Otoko zum Gegenstand hatte, war es selbstverständlich, daß Fumiko nicht im gleichen Ausmaß wie Otoko in Erscheinung trat. Zwar enthielt der Roman eine Menge Fiktives, andererseits aber war er auf viele Fakten eingegangen, die er seiner Frau bisher verschwiegen hatte. Davor, daß sie dies alles nun erfahren würde, hatte er am meisten Angst gehabt. Sie jedoch schien stärker verletzt zu sein, weil er so wenig über sie geschrieben hatte.

»Ich wollte auf keinen Fall deine Eifersucht benutzen, um Otoko herauszustellen«, sagte Oki.

»Weil du nicht über jemanden schreiben kannst, den du nicht liebst, den du nicht einmal haßt . . . Die ganze Zeit, wo ich dies hier abschreibe, denke ich nur darüber nach, warum ich mich nicht von dir trenne.«

»Du redest schon wieder Unsinn.«

»Ich meine es ernst. Es war falsch, mich nicht von dir zu trennen. Ich werde das wohl mein ganzes Leben lang bereuen.«

»Was redest du da!«

Er packte sie bei den Schultern und schüttelte sie heftig. Fumiko zuckte konvulsivisch und erbrach erneut eine gelbliche Flüssigkeit. Oki ließ sie los.

»Es ist schon wieder gut«, sagte sie. »Ich . . . ich glaube, ich habe Schwangerschaftserbrechen.«

»Was?«

Oki erschrak. Fumiko hielt sich beide Hände vor das Gesicht und weinte laut.

»Dann mußt du dich schonen. Höre auf mit dem Abschreiben.«

»Nein, ich schreibe weiter. Bitte, laß mich weiterschreiben. Es ist ja nicht mehr viel, und ich brauche dabei ja nur die Finger zu bewegen.«

Fumiko weigerte sich entschieden, auf Oki zu hören. Eine knappe Woche nach Beendigung der Arbeit hatte sie eine Fehlgeburt. Die Ursache dafür war wohl eher der Schock, den ihr der Inhalt des Manuskripts versetzt hatte, als die Anstrengungen beim Abtippen. Die Ärztin machte ihre Hausbesuche, und Fumiko blieb im Bett. Ihr Haar, das sie zu Zöpfen geflochten trug, schien ein wenig dünner geworden zu sein. Fumiko hatte dichtes, weiches Haar. Ihre Lippen waren nur leicht geschminkt, und ihr bleiches Gesicht, auf dem nicht die geringste Spur von Puder zu finden war, hatte eine glatte, schöne Haut. Dank ihrer Jugend erlitt sie durch die Fehlgeburt keinen gesundheitlichen Schaden.

Oki legte das Manuskript zu seinen Akten. Er wußte nicht, ob er es zerreißen oder verbrennen oder jemals wieder in die Hand nehmen sollte. Zwei Leben waren mit diesem Roman begraben. War es nicht unglückverheißend, dieses Zusammentreffen von Otokos Frühgeburt und Fumikos Fehlgeburt? Beide Eheleute vermieden es eine Zeitlang, den Roman zu erwähnen. Schließlich brach Fumiko das Schweigen.

»Warum veröffentlichst du ihn nicht? Hast du Angst, mich zu verletzen? Wenn man mit einem Schriftsteller verheiratet ist, muß man so etwas nun mal in Kauf nehmen. Ich glaube, wenn du dir um irgend jemanden Gedanken machen mußt, dann doch wohl um Otoko.«

Im Verlauf der Genesung sah Fumikos Haut nun am ganzen Körper wieder schön und glänzend aus. War es das Wunder der Jugend? Auch in ihren sexuellen Beziehungen war sie jetzt aktiver als früher.

Zum Zeitpunkt der Veröffentlichung des Romans wurde Fumiko erneut schwanger.

»Ein Mädchen von sechzehn Jahren« erhielt das Lob der Kritik. Auch beim breiten Leserpublikum fand der Roman großen Anklang. Fumiko konnte schwerlich ihre Eifersucht und ihren Kummer vergessen haben, aber sie zeigte es nicht, und sie sprach auch nicht darüber. Vielmehr freute sie sich über den Erfolg ihres Mannes. Und es war dieser Roman, der als sein repräsentatives Frühwerk angesehen und von allen anderen Werken Okis auch jetzt noch am meisten verkauft wurde. Nun konnten nicht nur bescheidene Bedürfnisse befriedigt werden. Für Fumiko bedeutete dies, daß sie sich Kleidung und sogar Schmuck anschaffen konnte, ganz abgesehen davon, daß es half, die Kosten für die Erziehung von Sohn und Tochter zu bestreiten. Hatte Fumiko mittlerweile schon vergessen, daß sie dies alles dem Umstand verdankte, daß es da ein Mädchen namens Otoko gegeben und ihr Mann mit diesem Mädchen ein Verhältnis gehabt hatte? Betrachtete sie dieses Geld nicht vielmehr als das normale Einkommen ihres Mannes? Und diese weit zurückliegende Liebe zwischen den beiden – war das für sie nun schon keine Tragödie mehr?

Oki hatte zwar keineswegs etwas dagegen, aber zuweilen mußte er doch darüber nachdenken. Otoko hatte, obwohl sie das Modell seines Romans war, keinerlei Geld erhalten. Zu dem, was in dem Roman stand, war von ihr kein einziges Wort gekommen, auch ihre Mutter hatte sich in keiner Weise beklagt. Im Gegensatz zu einem realistischen Porträt eines Malers oder der Arbeit eines Bildhauers bestand ein Roman aus Sätzen und Schriftzeichen. Oki hatte sich in Otokos Gedanken und Gefühle hineinversetzt und ihre Erscheinung nach seinen Vorstellungen geformt, dabei aber in seiner Phantasie Entstandenes und auch Verschönerungen hinzugefügt. Doch das Mädchen war unverkennbar Otoko. Seine ganze jugendliche Leidenschaft in den Roman einbringend, hatte Oki nicht allzuviel über Otokos schlimme Situation und über die Unannehmlichkeiten, die als ledige Frau in Zukunft vor ihr lagen, nachgedacht. Es war wohl auch seine Leidenschaft, die die Leser so faszinierte, aber vielleicht verhinderte dies alles Otokos Heirat. Der Roman hatte ihm jedenfalls Ruhm und Geld eingebracht. Es sah so aus, als wäre Fumikos Eifersucht verebbt und ihre Wunde vernarbt. Otoko mit ihrer Frühgeburt und Fumiko, die noch immer seine Frau war, mit ihrer Fehlgeburt – selbst hier gab es Unterschiede. Fumiko genas schnell und brachte schon bald danach ohne irgendwelche Komplikationen ein Mädchen zur Welt. Die Jahre vergingen, und die einzige, die sich nicht veränderte, war die Otoko seines Romans. Mit Rücksicht auf die Familie war es schon ganz gut, daß er Fumikos zügellose Eifersucht nicht allzu stark herausgestellt hatte. Obwohl es vielleicht eine Schwäche des Romans war, machte gerade das ihn so lesenswert und jene Otoko darin so anziehend.

Auch jetzt, nach nunmehr zwanzig Jahren, galt »Ein Mädchen von sechzehn Jahren« unumstößlich als Okis repräsentativstes Werk. Als Schriftsteller machte ihn das hilflos, und manchmal sagte er zu sich selbst: »Ach nein, wie unsinnig.« Kam doch in diesem Buch, wenn man genauer darüber nachdachte, die Unbekümmertheit der Jugend zum Ausdruck. Aber der von der Meinung der etablierten Kritiker bestimmte Publikumsgeschmack ließ sich wohl kaum durch die Einwände des Autors beeinflussen. Das Buch hatte sich dem Autor entzogen und führte ein Eigenleben. Wie aber war es Otoko, dem Mädchen von sechzehn Jahren, in der Zwischenzeit ergangen? Immer wieder belastete ihn diese Frage. Wußte er doch nur, daß Otoko mit ihrer Mutter nach Kyoto gezogen war. Diese Sorgen um Otoko hatten ihren Grund wohl darin, daß der Roman so lebendig fortlebte.

Otoko hatte sich erst in den letzten Jahren einen Namen als Malerin gemacht. Bis dahin hatte er nichts von ihr gehört. Er vermutete, daß sie verheiratet war und ein normales Leben führte, so wie er es ihr gewünscht hatte. Aber bei ihrem Charakter konnte er sich das eigentlich nur schwerlich vorstellen.

Und trotzdem schockierte es ihn, zu erfahren, daß Otoko sich mit Malerei beschäftigte.

Oki hatte keine Ahnung, welche Not sie gelitten und welche Sorgen sie ausgestanden hatte, bis sie Malerin geworden war. Aber er fühlte, wie er vor Freude zitterte, als er zufällig in einer Galerie ein Bild von ihr sah. Ihm schlug das Herz höher. Unter den zum Verkauf ausgestellten Werken verschiedener Maler war auch eines von Otoko, das Bild einer Päonie. Fast am oberen Rand der Seide hatte Otoko eine einzige rote Päonie gemalt. Die Blume war in der Vorderansicht und größer als in Wirklichkeit dargestellt. Sie hatte einige wenige Blätter und unten am Stengel eine einzige weiße Knospe. In jener unnatürlich großen Blume sah er Otokos Stolz und Würde. Er kaufte das Bild sofort. Da es jedoch ihren Namenszug und ihr Siegel trug, brachte er es nicht fertig, es nach Hause zu tragen, sondern stiftete es dem Schriftstellerklub. Als einziges Bild hoch an der Wand des Klubs vermittelte es einen ganz anderen Eindruck als in der belebten Galerie. Die große rote Päonie wirkte wie eine geisterhafte Erscheinung. Aus ihrem Innersten schien Einsamkeit hervorzustrahlen. Zu jener Zeit sah er in einer Frauenzeitschrift ein Foto von Otoko in ihrem Atelier.

Viele Jahre lang war es Okis Wunsch gewesen, einmal in Kyoto das Neujahrsglockenläuten zu erleben. Das Bild dieser Päonie hatte ihn auf die Idee gebracht, den Versuch zu machen, es mit Otoko zusammen zu erleben.

Nord-Kamakura wurde auch Yamanouchi – »In den Bergen« – genannt, und eine mit vielen blühenden Bäumen gesäumte Straße führte zwischen den Hügeln im Norden und Süden hindurch. Bald würden die Blüten an diesen Bäumen anzeigen, daß auch in diesem Jahr der Frühling gekommen war. Oki hatte es sich angewöhnt, von Norden kommend, einen Spaziergang zu den südlichen Hügeln zu machen. Von der Höhe eines der im Süden liegenden Hügel erblickte er nun diesen purpurroten Sonnenuntergang.

Der Abendhimmel verlor rasch seine Röte und nahm ein kaltes Dunkelblau an, das, unmerklich seine Farbe verlierend, in Aschgrau überging. Der gerade erst gekommene Frühling schien dem Winter wieder Platz machen zu wollen. Die Sonne war nun untergegangen. Es war ungemütlich kühl geworden. Oki stieg von dem Hügel ins Tal hinab und kehrte dann zu seinem Haus zurück, das auf einem der Hügel im Norden stand.

»Eine junge Frau aus Kyoto, ein Fräulein Sakami, war hier«, berichtete ihm Fumiko. »Sie hat zwei Bilder und eine Schachtel Kekse als Geschenk dagelassen.«

»Ist sie schon wieder gegangen?«

»Taichiro hat sie zum Bahnhof gebracht. Vielleicht haben sie versucht, dich irgendwo zu finden.«

»Ach ja?«

»Sie war sehr schön. Was ist das für eine Frau?« erkundigte sich Fumiko und sah ihm fest in die Augen. Oki gab sich Mühe, sich nichts anmerken zu lassen. Aber mit ihrem weiblichen Instinkt ahnte sie wohl, daß diese Frau etwas mit Otoko Ueno zu tun hatte.

»Wo sind die Bilder?« fragte Oki.

»In deinem Arbeitszimmer. Sie sind noch eingepackt. Ich habe sie mir nicht angesehen.«

Offenbar hatte Keiko ihr Versprechen, das sie ihm beim Abschied auf dem Bahnhof in Kyoto gegeben hatte, gehalten und ihm die Bilder gebracht. Oki ging sofort in sein Arbeitszimmer und wickelte das Paket aus. Beide Bilder waren einfach gerahmt. Das eine Bild hieß »Pflaumenbaum«. Es zeigte aber keine Äste und keinen Stamm, nur eine Blüte – so groß wie das Gesicht eines Babys –, die leuchtend rote und weiße Blütenblätter hatte. Und jedes der roten Blütenblätter war in wunderbaren Nuancen von Dunkelrot bis Hellrot gemalt.

Die Form der großen Pflaumenblüte war nicht allzu sehr stilisiert, doch das Bild schien von einem seltsamen Geist beseelt. Das lag wohl an dem Hintergrund. Beim ersten flüchtigen Hinsehen hielt Oki das, was dort gemalt war, für aufeinanderliegende dicke Eisschollen. Doch als er das Bild genauer betrachtete, entdeckte er, daß es sich um schneebedeckte Berge handelte. Da es keine realistische Darstellung war, konnte man sie ebenso für Eisschollen wie für schneebedeckte Berge halten. Aber eben nur schneebedeckte Berge vermochten dem Betrachter ein solches Gefühl von Erhabenheit zu vermitteln. Doch Berge, die sich nach unten hin verjüngten und so zerklüftet waren, gab es selbstverständlich in Wirklichkeit nicht. Das war das abstrakte Element in Keikos Stil. Dieses Offenlassen, ob es sich um schneebedeckte Berge oder um dicke Eisschollen handelte, war wohl Teil ihrer künstlerischen Konzeption. Doch selbst wenn man es für übereinandergetürmte schneebedeckte Berge hielt, hatte man nicht die Empfindung, es sei kalter, weißer Schnee. Die Kälte des Schnees und seine warmen Farbtöne waren wie eine Art Musik. Denn der Schnee war nicht einheitlich weiß. Viele Farben schienen in ihm harmonisch vereint zu sein. Es war dieselbe Tönung in den Nuancen von Rot und Weiß wie in den Blütenblättern der Pflaumenblüte. Mochte man das Bild nun für kalt oder warm halten, in der Pflaumenblüte jedenfalls kamen die jugendlichen Empfindungen der Malerin zum Ausdruck. Vielleicht hatte Keiko extra für Oki ein zu der Jahreszeit passendes Bild gemalt. Die Pflaumenblüte war deutlich als solche zu erkennen, und so mußte man das Bild wohl als halbabstrakt einordnen.

Während Oki das Bild betrachtete, erinnerte er sich an den alten Pflaumenbaum in seinem Garten. Er hatte immer nur mit inneren Zweifeln die Meinung des Gärtners akzeptiert, es sei ein mißgestalter, anormaler Baum, aber nie den Versuch gemacht, die ihm fragwürdig erscheinende Qualifikation des Mannes zu überprüfen. Dieser eine alte Pflaumenbaum trieb weiße und rote Blüten. Ohne daß er gepfropft worden war, zeigten sich an einem Ast rote und weiße Blüten. Manche Äste hatten nur weiße, manche nur rote Blüten. Doch an den meisten kleinen Ästen wuchsen zugleich rote und weiße Blüten – aber nicht in jedem Jahr an denselben Ästen. Oki liebte diesen alten Pflaumenbaum. Gerade jetzt begannen seine Blütenknospen aufzubrechen.

Offenbar hatte Keiko in ihrem Bild diesen seltsamen Pflaumenbaum durch eine einzige Blüte symbolisiert. Sie mußte wohl durch Otoko von diesem Baum erfahren haben. Otoko war damals – Oki war ja mit Fumiko verheiratet – nie zu ihm nach Hause gekommen. Er hatte ihr von diesem alten Pflaumenbaum erzählt. Obwohl ihm dies nicht mehr bewußt war, mußte sie sich wohl daran erinnert und es ihrer Schülerin Keiko erzählt haben.

Ob sie außer dieser Geschichte von dem Pflaumenbaum wohl auch von ihrer einstigen unglücklichen Liebe erzählt hatte?

»Das ist doch von Otoko . . .«

»Wie?« Oki drehte sich um. Ganz in den Anblick des Bildes versunken, hatte er nicht bemerkt, daß Fumiko hinter ihn getreten war.

»Ich möchte meinen, das Bild ist von Otoko«, sagte sie.

»Nein, da irrst du dich. Sie würde etwas so jugendlich Anmutendes nicht malen. Das Bild ist von der jungen Frau, die vorhin hier war. Hier ist auch ihr Signum ›Keiko‹. Siehst du?«

»Ein merkwürdiges Bild.« Fumikos Stimme klang ein wenig streng.

»Ja. Ein merkwürdiges Bild«, bestätigte Oki, so freundlich er konnte. »Die jungen Leute heutzutage, selbst die Bilder im traditionellen japanischen Stil . . .«

»Bezeichnest du das als abstrakt?«

»Hm, vielleicht nicht direkt abstrakt . . .«

»Das andere ist noch merkwürdiger. Man kann nicht sagen, ob es Fische oder Wolken sein sollen. Ich habe noch nie ein Bild mit solch einer Farbkleckserei gesehen.« Fumiko kniete sich ein wenig seitwärts hinter Oki.

»Fische und Wolken sehen anders aus. Vielleicht ist es auch keines von beiden.«

»Aber was ist es dann?«

»Am besten ist, du nimmst es so, wie es ist.«

Oki betrachtete das Bild nicht mehr, sondern beugte sich über dessen Rückseite.

»›Ohne Titel‹. Sie nennt es ›Ohne Titel‹.«

Dieses Bild zeigte keinerlei erkennbare Formen, und seine Farben waren noch vielfältiger und kräftiger als die des anderen. Vielleicht fühlte sich Fumiko wegen der zahlreichen horizontalen Linien veranlaßt, diese als Fische oder Wolken zu deuten. Auf den ersten Blick schienen auch die Farben nicht miteinander zu harmonieren. Aber für ein im traditionellen japanischen Stil gemaltes Bild strahlte es eine ungewöhnliche Leidenschaftlichkeit aus. Ohne Titel ließ es jede Interpretation zu, vielleicht weil in ihm die versteckte Gefühlswelt der Malerin wirklich sichtbar wurde. Oki suchte nach dem Mittelpunkt des Bildes.

»In welcher Beziehung steht sie zu Otoko?« fragte Fumiko.

»Sie ist ihre Privatschülerin«, antwortete Oki.

»So? Könntest du nicht um meinetwillen diese Bilder zerreißen oder verbrennen?«

»Rede nicht solch einen Unsinn. Warum bist du so aggressiv?«

»Es sind Bilder, auf denen sie ihre Gefühle für Otoko ausdrückt. Diese Bilder haben nichts bei uns zu suchen.«

Überrascht über das plötzliche Aufflackern ihrer Eifersucht sagte Oki ruhig: »Warum denkst du, daß sie sie für Otoko gemalt hat?«

»Siehst du es denn nicht selbst?«

»Du hast Wahnvorstellungen. Du siehst Gespenster.« Während er das sagte, leuchtete im tiefsten Innern seines Herzens eine kleine Flamme auf.

Ihm war klargeworden, daß das Bild vom Pflaumenbaum Otokos Liebe zu ihm ausdrückte. Aber auch in dem Bild »Ohne Titel« schien ihre Liebe verborgen zu sein. In ihm hatte Keiko auch Mineralfarben verwendet. Sie hatte sie von der Bildmitte aus ein wenig nach links und nach unten dick auf die Aquarellfarben aufgetragen.

Oki war es, als erblicke er in dieser einem geheimnisvollen Fenster gleichen hellen, von Mineralfarben umgebenen Stelle den Geist des Bildes. Er hatte das Gefühl, das Bild zeige Otokos unvergängliche Liebe zu ihm.

»Und diese beiden Bilder hat nicht Otoko gemalt, sondern ihre Schülerin?«

Fumiko schien zu argwöhnen, daß Oki sich mit Otoko zusammen das Neujahrsglockenläuten in Kyoto angehört hatte. Damals hatte sie nichts gesagt. Vielleicht weil es der Neujahrstag war, als er von dort zurückkehrte.

»Jedenfalls verabscheue ich diese Bilder. Ich möchte sie nicht im Hause haben.«

»Ob du sie magst oder nicht, es sind immerhin Werke einer Malerin. Noch dazu ist sie jung. Meinst du, es sei richtig, mutwillig ein Kunstwerk zu zerstören? Sie hat uns die Bilder doch gegeben, damit wir sie uns ansehen. Verstehst du?«

Fumiko schwieg ein Weilchen. Dann sagte sie: »Taichiro kümmert sich jedenfalls um sie. Er müßte aber schon längst wieder zurück sein.«

Dies beunruhigte sie wohl auch. Der Bahnhof war nicht allzu weit entfernt, und die Züge fuhren alle fünfzehn Minuten.

»Diesmal wird vielleicht Taichiro verführt. Sie ist wirklich eine dämonisch schöne Frau.«

Oki legte die beiden Bilder wieder übereinander und wickelte sie ein.

»Hör auf, von Verführung zu reden. Ich kann dieses Wort nicht leiden. Wenn sie so ist, wie du sagst, warum sollten diese Bilder dann nicht auch etwas von ihr haben? Der Narzismus eines jungen Mädchens . . .«

»Nein, ich bin sicher, sie beziehen sich auf Otoko.«

»Angenommen, es ist so. Dann hat sie sie vielleicht gemalt, weil sie und Otoko sich lieben.«

»Sich lieben?« Fumiko war sprachlos. »Du meinst, die beiden lieben sich?«

»Ich weiß es nicht. Aber wundern würde es mich nicht, wenn sie lesbisch wären. Beide wohnen zusammen auf dem Gelände eines alten Tempels in Kyoto, beide sind leidenschaftlich veranlagt.«

Fumiko schwieg verwirrt. Sie schwieg eine ganze Weile.

»Selbst wenn sie wirklich lesbisch sind, diese Bilder zeigen, glaube ich, daß Otoko dich noch immer liebt.« Sie hatte jetzt in ruhigem Ton gesprochen. Oki schämte sich, weil er, um sich herauszureden, den Gedanken mit der lesbischen Liebe ins Gespräch gebracht hatte.

»Was du gesagt hast und was ich gesagt habe, vielleicht ist beides Unsinn. Weil wir beide uns, von Vorurteilen befangen, die Bilder angesehen haben.«

»Warum mußte sie dann aber so unverständliche Bilder malen?«

Ob ein Bild realistisch gemalt ist oder nicht, es

drückt immer die Gedanken und Gefühle des Malers aus. Aber Oki hatte im Moment kein Verlangen, diesen Disput mit seiner Frau fortzusetzen. Aus Feigheit! Vielleicht war Fumikos erster Eindruck von Keikos Bildern doch richtig. Und vielleicht war sein eigener, unreflektierter Eindruck von ihrer lesbischen Liebe ebenfalls richtig. Er versank in Nachdenken.

Fumiko verließ das Arbeitszimmer. Oki wartete auf die Rückkehr seines Sohnes.

Taichiro lehrte japanische Literatur an einer Privatuniversität. An den vorlesungsfreien Tagen besuchte er die Seminare seiner Lehranstalt oder las zu Hause seine Lektüre. Ursprünglich wollte er sich auf die moderne Literatur seit der Meiji-Zeit spezialisieren, aber weil sein Vater dagegen war, beschäftigte er sich mit der Erforschung der Literatur der Kamakura- und Muromachi-Zeit. Seine Fähigkeit, Englisch, Französisch und Deutsch im Original lesen zu können, war für ihn als Literaturwissenschaftler sicher von großem Vorteil. Er besaß eine beachtliche Begabung, und er war ruhig, fast ein wenig zu melancholisch und das ganze Gegenteil seiner flatterhaften, fröhlichen Schwester Kumiko mit ihren oberflächlichen Kenntnissen vom Nähen westlicher Kleider, von billigem Schmuck, Blumenstecken, Stricken und was es sonst noch so gab. Taichiro hatte, wenn Kumiko ihn zum Schlittschuhlaufen oder zum Tennis einlud, nie eine konkrete Antwort gegeben. Kumiko hielt ihn deshalb für einen Sonderling. Er wollte auch nichts mit ihren Freundinnen zu tun haben. Er lud seine Studenten zu sich nach Hause ein, stellte ihnen aber kaum jemals seine Schwester vor. Kumiko war nicht der Typ, der jemandem etwas übelnahm, trotzdem zeigte sie sich manchmal verstimmt, weil ihre Mutter Taichiros Studenten so wohlwollend empfing.

»Wenn Taichiro Gäste hat, serviert das Dienstmädchen Tee. Das ist alles, was wir zu tun haben. Du aber durchwühlst von oben bis unten den Kühlschrank und die Wandschränke, bestellst per Telefon nach eigenem Gutdünken *sushi* und was weiß ich noch alles und veranstaltest ein furchtbares Durcheinander«, erklärte ihr die Mutter.

»Ja, es sind eben Studenten«, antwortete Kumiko dann schnippisch.

Kumiko hatte geheiratet und war mit ihrem Mann nach London gezogen. Nur zwei- oder dreimal im Jahr kam von dort Post. Taichiro konnte selbstverständlich finanziell noch nicht auf eigenen Füßen stehen und hatte noch nie von Heirat gesprochen.

Inzwischen begann auch Oki, sich über das lange Ausbleiben Taichiros Sorgen zu machen.

Er trat an das französische Fenster seines Arbeitszimmers und schaute hinaus. Der große Erdhaufen am Fuß des Hügels hinter dem Haus, den man während des Krieges beim Bau eines Luftschutzbunkers aufgeworfen hatte, war mit Gras bewachsen, in dem massenhaft lasurblaue Blumen blühten. Das Gras wuchs so dünn, daß es kaum ins Auge fiel. Auch die Blumen waren ungemein klein, doch ihr Blau leuchtete hell und kräftig. Außer der süß riechenden Daphne blühten diese Blumen früher als alle anderen in Okis Garten. Und sie standen besonders lange in voller Blüte. Was für eine Sorte Blumen es auch sein mochte, sie kündigten jedenfalls nicht den Frühling an. Sie wuchsen so nahe vor dem Fenster seines Arbeitszimmers, daß er oft daran dachte, solch eine winzigkleine Blume in die Hand zu nehmen und sie genau zu betrachten, doch er war nie hinausgegangen, um es zu tun. Das schien seine Liebe zu diesen lasurblauen Blumen nur noch größer werden zu lassen.

Etwas später blühte in diesem Gras dann der Löwenzahn. Auch dessen Blüten hielten sich lange. Selbst jetzt im Licht der Abenddämmerung war das Gelb des Löwenzahns und das Lasurblau der vielen kleinen Blumen noch nicht ganz verloschen. Oki schaute lange aus dem Fenster. Er konnte sich einfach nicht von diesem Anblick trennen.

Taichiro kam immer noch nicht.

Vollmondfest

Otoko hatte beschlossen, gemeinsam mit Keiko das Vollmondfest zu besuchen, das im Mai auf dem Kurama-Berg gefeiert wurde. Der Mai ist ein Monat des neuen Sonnenkalenders, während das Datum des Vollmondfestes selbstverständlich nach dem alten Mondkalender bestimmt wurde. Am Abend vor dem Fest war der Mond am klaren Himmel über den Östlichen Bergen aufgegangen.

»Ich glaube, wir werden auch morgen einen schönen Mond haben«, rief Otoko, die ihn von der Veranda aus betrachtete, Keiko zu. Da die Besucher des Festes Sake aus Trinkschälchen, in denen sich der Vollmond widerspiegeln mußte, trinken wollten, wäre ein bewölkter, mondloser Himmel ein Ärgernis gewesen.

Keiko kam auf die Veranda und legte die Hand auf Otokos Schulter.

»Der Mond im Mai«, sagte Otoko.

Keiko stand eine Weile da, ohne sich zu bewegen, und schwieg. Dann sagte sie: »Wollen wir nicht eine Spazierfahrt entlang der Östlichen Berge machen oder in Richtung Otsu und uns den Mond anschauen, wie er sich im Biwa-See spiegelt?«

»Den Mond im Biwa-See? Das ist doch nichts Besonderes.«

»Spiegelt sich der Mond in einem Sakeschälchen besser als im Wasser eines Sees?« fragte Keiko. Sie hatte sich zu Otokos Füßen niedergesetzt.

»Otoko, was für wunderbare Farben der Garten hat.«

»Ach ja?« Auch Otoko schaute nun in den Garten hinaus. »Keiko, bring mir doch bitte ein Sitzkissen. Und mache gleich das Licht im Zimmer aus.«

Von der Veranda aus konnte man nur den mittleren Teil des Gartens überblicken, da ein anderes Wohngebäude des Tempels die weitere Sicht versperrte. Es war ein ziemlich kunstlos angelegter Garten, ungefähr die Hälfte wurde vom Licht des Mondes erhellt. Selbst die Schrittsteine nahmen bei dieser Beleuchtung verschiedene Farben an. Eine weiße Azalee, die im dunklen Teil blühte, schien in der Luft zu schweben. Obwohl es bereits Mai war, hatten die jungen Blätter des roten Ahorns gerade erst die Knospen gesprengt. Jetzt in der Dunkelheit sahen sie fast schwarz aus. Im Frühling hielten manche Besucher diese tiefroten jungen Ahornknospen für Blüten und erkundigten sich, was dies wohl für ein Baum sei. Im Garten wuchs auch sehr viel Haarmoos.

»Soll ich etwas von unserem diesjährigen Tee kochen?« fragte Keiko. Sie konnte sich gut vorstellen, warum Otoko diesen keinerlei Nutzen bringenden Garten so gern betrachtete. Der Garten gehörte zu ihrem Haus, und sein Anblick war ihr nur allzu vertraut. Otoko, die, leicht nach vorn geneigt und ohne sich zu bewegen, auf die im Mondlicht liegende Gartenhälfte blickte, schien über irgend etwas nachzusinnen.

In diesem Moment kam Keiko auf die Veranda zurück, der Tee war fertig.

»Rodins Modell für seine Plastik ›Der Kuß‹ soll jetzt achtzig Jahre alt geworden sein. Ich habe es irgendwo gelesen. Wenn ich mir diese Plastik vorstelle ... Es ist einfach unglaublich.«

»Das sagst du, weil du jung bist. Muß man denn früh sterben, weil man für ein berühmtes Kunstwerk, das die Jugend symbolisiert, Modell gestanden hat? Wer solch ein Modell aufspürt, tut nichts Gutes.«

Keiko überlegte, ob sie mit ihrer unbedachten Äußerung Otoko Okis Roman in Erinnerung gebracht hatte. Aber Otoko war mit ihren neununddreißig Jahren doch noch immer eine Schönheit. Keiko setzte ihren Gedanken fort.

»Als ich von diesem Modell las, kam ich auf die Idee, mich auch einmal von dir malen zu lassen, und zwar so jung, wie ich jetzt bin.«

»Warum nicht? Aber warum willst du nicht versuchen, ein Selbstporträt zu machen?«

»Ich? Ich habe nicht das nötige Geschick dazu. Selbst wenn ich mich malen würde, kämen nur alle möglichen in mir steckenden schlechten Charaktereigenschaften ans Tageslicht, und ich würde das Bild letzten Endes verabscheuen. Außerdem würden die Leute denken, ich wäre eingebildet, wenn ich in realistischem Stil ein Selbstporträt von mir male.«

»Du möchtest trotzdem ein realistisches Porträt von dir? Das ist doch ein Widerspruch. Du bist noch jung und weißt nicht, wie du dich einmal verändern wirst.«

»Ich möchte, daß du mich malst.«

»Wenn ich es könnte, würde ich es gerne tun«, entgegnete Otoko.

»Liebst du mich denn nicht mehr, oder hast du Angst vor mir?« Keikos Stimme nahm an Schärfe zu. »Ein Mann würde mich bestimmt gerne malen. Auch nackt.«

»Meinetwegen.« Otoko schien von Keikos Ausbruch nicht besonders überrascht zu sein.

»Wenn es so wichtig für dich ist, dann werde ich dich malen.«

»Oh, wie ich mich freue!«

»Aber nicht nackt. Wenn eine Frau eine andere Frau als Akt malt, so wird das nicht besonders interessant. Jedenfalls nicht in meinem altmodischen Stil.«

»Wenn ich einmal ein Porträt von mir mache, dann werde ich es so einrichten, daß wir beide auf dem Bild sind«, sagte Keiko kokett.

»Was für eine Bildkomposition schwebt dir vor?«

Keiko tat geheimnisvoll. »Wenn du mich porträtierst, dann darf ich mein Bild abstrakt malen. Niemand wird es deuten können. Du brauchst dir keine Sorgen zu machen.«

»Es ist nicht so, daß ich mir Sorgen mache«, sagt Otoko und nahm einen Schluck von dem aromatisch duftenden Tee. Es war der erste Tee der Saison, ein Geschenk der Teeplantage in Uji, wo Otoko Landschaftsstudien gemacht hatte. Die Tee-Ernte hatte zu dieser Zeit bereits begonnen, aber nicht eine einzige Teepflückerin war auf Otokos Bildern zu sehen. Die ganze Bildfläche war einzig und allein mit sich überlappenden Reihen von hohen und niedrigen Teebüschen ausgefüllt. Tag für Tag war Otoko dorthin zurückgekehrt und hatte eine Studie nach der anderen gemacht. Mit der Tageszeit veränderte sich auch das

Sonnenlicht auf den Teebüschen. Und immer wurde Otoko von Keiko begleitet.

»Ist das nicht abstrakt?« fragte Keiko einmal.

»Wenn du es gemalt hättest, ja. Ich glaube, es ist selbst von mir sehr gewagt, alles nur in Grün zu malen. Aber ich will versuchen, das Grün der jungen Blätter und das der alten Blätter und auch den Wechsel der weichen Wellenformen und der Farben in eine Harmonie zu bringen.«

An Hand ihrer zahlreichen Studien war dann im Atelier ein Entwurf entstanden. Aber es war nicht nur der Reiz der Farbnuancen von Hell und Dunkel des Grüns und die Faszination der auf- und abwogenden Linien, was Otoko dazu bewogen hatte, die Teeplantage in Uji zu malen. Damals nach dem Abbruch ihrer Beziehungen zu Toshio Oki war sie mit ihrer Mutter nach Kyoto geflohen, aber dann noch mehrmals wieder nach Tokyo gefahren. Was sie aus dieser Zeit ganz besonders tief in Erinnerung behalten hatte, waren die Teefelder in der Gegend um Shizuoka, die sie jedesmal vom Zugfenster aus draußen vorbeiziehen sah. Manchmal sah sie sie am Mittag, manchmal in der Abenddämmerung. Otoko, die noch zur Oberschule ging, hatte damals noch nicht die Absicht, Malerin zu werden. Aber es waren immer jene Teefelder, bei deren Anblick sie der Schmerz über die Trennung von Oki bedrängte. Sie konnte nicht sagen, warum ausgerechnet diese ziemlich unscheinbaren Teefelder sie in diese Stimmung versetzten, gab es doch entlang der Tokaido-Linie Berge, Seen, das Meer, ja zuweilen nahmen auch die Wolken dort sentimental stimmende Farben an. Aber vielleicht war es das melancholische Grün der Teefelder und der schwermütige Abendschatten an ihren Rändern, was jenen Schmerz wieder besonders stark zum Ausbruch kommen ließ. Diese Teefelder waren nicht die weite, unberührte Natur, sondern von Menschenhand angelegt und klein und hatten Ränder mit tiefen, dunklen Schatten. Und die Reihen der runden Teebüsche sahen aus wie eine Herde sanfter grüner Schafe. Aber vielleicht lag es einfach daran, daß der Schmerz, den sie bereits vor der Abfahrt aus Tokyo empfand, dort in Shizuoka seinen Höhepunkt erreichte.

Wenn sie nun die Teeplantagen von Uji sah, überwältigte sie dieser Schmerz jedesmal aufs neue. Schließlich entschied sie sich, diese Teefelder zu malen. Selbst Keiko schien ihren Seelenzustand nicht zu bemerken. Als Otoko in die in vollem jungen Grün stehende Teeplantage kam, stellte sie fest, daß die Felder dort gar nicht so melancholisch waren, wie sie aus dem vorbeifahrenden Zug immer auf sie gewirkt hatten; selbst für eine japanische Teesorte war das frische Grün sehr hell.

Keiko hatte Okis Roman gelesen und von Otoko bei ihren intimen Gesprächen alles über ihn erfahren. Trotzdem schien sie nicht zu bemerken, daß sich in den Landschaftsbildern der Teeplantage der Schmerz der alten Liebe widerspiegelte. Keiko, die zu den Malstudien mitgekommen war, hatte ihre Freude daran, die hintereinanderliegenden, sich überlappenden Reihen der weich gerundeten Teebüsche in ihrem abstrakten Stil darzustellen, und je mehr sie malte, desto weiter entfernte sie sich von der Realität. Otoko mußte lachen, als sie Keikos Farbkompositionen sah.

»Du malst alles nur in Grün«, sagte Keiko.

»Selbstverständlich. Es sind doch Felder zur Zeit der Tee-Ernte. Eine Vielfalt und Harmonie von grünen Farben.«

»Ich mache mir Gedanken, ob ich Rot oder Violett benutze. Mir ist es egal, wenn die Leute nicht sehen, daß es ein Teefeld ist.«

Auch Keikos Studie wurde im Atelier aufgestellt.

»Was für ein vorzüglicher frischer Tee. Mach uns noch ein wenig davon in deinem abstrakten Stil«, sagte Otoko lächelnd.

»In meinem abstrakten Stil? Soll ich ihn so bitter machen, daß wir ihn nicht trinken können?«

»Wäre das abstrakt?«

Keiko lachte.

»Keiko. Als du neulich in Tokyo warst, bist du da auch in Kamakura ausgestiegen?« fragte Otoko nun beinahe streng.

»Ja.«

»Warum?«

»Als ich mich am Neujahrstag auf dem Bahnhof von Herrn Oki verabschiedete, äußerte er den Wunsch, meine Bilder zu sehen.«

». . . ?«

»Otoko, ich möchte gern Rache für dich nehmen«, sagte Keiko ein wenig haßerfüllt, beruhigte sich aber sofort wieder.

»Rache?« Otoko war fassungslos. »Rache? Für mich?«

»Ja.«

»Keiko. Setz dich her zu mir. Trinken wir deinen abstrakten bitteren Tee und sprechen wir darüber.«

Keiko schwieg. Sie kniete sich nun so nahe neben Otoko, daß beider Knie sich berührten, und nahm ebenfalls ein volles Teeschälchen in die Hand.

»Oh, ist das bitter«, sagte sie und runzelte die Stirn. »Ich werde ein neues Kännchen kochen.«

»Nein.« Otoko hielt Keikos Knie fest. »Rache ... Warum in aller Welt sprichst du von Rache?«

»Du kannst dir nicht vorstellen, was ich meine?«

»Ich habe noch nie auch nur im Traum an so etwas gedacht. Ich kenne niemanden, den ich hassen würde.«

»Weil du ihn immer noch liebst. Weil du dein ganzes Leben lang nicht aufhören kannst, ihn zu lieben.« Keiko sprach jetzt mit leiser Stimme. »Deshalb werde ich nun für dich diese Rache üben.«

»Aber warum?«

»Aus Eifersucht.«

»Wirklich?« Otoko legte die Hand auf Keikos Schulter. Sie zitterte.

»Es ist so. Ich verstehe alles genau. Ich finde es abscheulich.«

»Du wildes Kind«, sagte Otoko leise. »Rache. Warum? Was meinst du damit? Was soll das alles bedeuten?«

Keiko blickte vor sich hin, regte sich nicht. Das Mondlicht hatte mittlerweile weitere Teile des Gartens erfaßt.

»Warum bist du in Kamakura gewesen? Noch dazu, ohne mir etwas davon zu sagen?«

»Ich wollte die Familie des Mannes kennenlernen, der dich so unglücklich gemacht hat.«

»Und hast du das?«

»Nur seinen Sohn Taichiro. Ich glaube, er ist genauso wie sein Vater, als dieser jung war. Er hat die Universität absolviert und beschäftigt sich nun mit der Literatur der Kamakura- und Muromachi-Zeit. Jedenfalls war er sehr nett und hat mir verschiedene Tempel, wie den Enkakuji und den Kenchoji, gezeigt. Wir sind sogar in Enoshima gewesen.«

»Aber Keiko, du bist in Tokyo groß geworden und müßtest doch alles kennen.«

»Ja. Aber nur flüchtig. Enoshima zum Beispiel hat sich sehr verändert. Ich fand auch sehr interessant, was man uns über den Scheidungstempel erzählt hat.«

»Ist das deine Rache, Taichiro zu verführen? Oder von ihm verführt zu werden?« Otoko nahm die Hand von Keikos Schulter. »Es sieht so aus, als sei ich diejenige, die eifersüchtig sein müßte.«

»Oh, Otoko, du und eifersüchtig? Wie glücklich ich bin.« Keiko legte ihre Arme um Otokos Nacken und lehnte sich an sie. »Zu jedem Menschen außer dir könnte ich zu einem Teufel oder Dämon werden.«

»Aber du hast ihm zwei Bilder mitgenommen. Zwei von deinen Lieblingsbildern.«

»Selbst ein Dämon möchte zu Anfang einen guten Eindruck machen. Taichiro hat mir bereits einen Brief geschrieben. Er berichtet, daß meine Bilder in seinem Arbeitszimmer hängen.«

»So«, sagte Otoko ruhig. »Ist das deine Rache? Der Beginn deiner Rache?«

»Ja.«

»Taichiro war damals noch ein Kind. Er hat überhaupt nichts von dem Verhältnis zwischen mir und seinem Vater gewußt. Mir tat es nur besonders weh, als ich bald nach unserer Trennung erfuhr, daß ihm eine kleine Schwester geboren worden war. Wenn ich jetzt daran zurückdenke, erinnere ich mich wieder, wie mir damals zumute war. Ich glaube, diese Schwester ist jetzt bereits verheiratet.«

»Soll ich ihre Ehe zerstören?«

»Was redest du da, Keiko. So hübsch und reizvoll du auch bist, aber es ist wirklich frivol von dir, derart unsinnige Scherze zu machen. Ich warne dich. Das ist kein Spiel. Und auch kein Lausbubenstreich.«

»Solange ich dich habe, habe ich weder Angst noch Zweifel. Wenn ich dich verliere, was für Bilder sollte ich da noch malen? Ich würde alle meine Bilder fortwerfen, sogar mein Leben!«

»Sag nicht so etwas Schreckliches. Ich bitte dich.«

»Warum ist es dir nur nicht gelungen, Herrn Okis Ehe zu zerstören?«

»Aber ich war damals doch noch ein altmodisches kleines Schulmädchen. Und Herr Oki hatte auch ein Kind.«

»Wäre ich an deiner Stelle gewesen, ich hätte sie zerstört.«

»Das sagst du so. Eine Familie kann sehr stark sein.«

»Stärker als die Kunst?«

»Nun . . .« Otoko schaute zu Boden. Auf ihrem Gesicht zeigte sich ein Anflug von Kummer. »Ich habe damals nicht an Kunst gedacht.«

»Otoko!« Keiko sah ihr voll ins Gesicht und rückte, sanft nach Otokos Handgelenk fassend, etwas näher an sie heran. »Warum hast du mich

Herrn Oki vom Hotel abholen lassen, und warum hast du mich zu seiner Verabschiedung zum Bahnhof geschickt?«

»Weil du jung und schön bist. Weil ich stolz auf dich bin.«

»Ich mag es nicht, wenn du irgend etwas vor mir verbirgst. Und ich habe dich genau beobachtet. Mit meinen eifersüchtigen Blicken . . .«

»So?« Otoko schaute Keiko in die Augen, die im Licht des Mondes funkelten. »Ich will vor dir nichts verbergen. Aber ich war erst sechzehn Jahre alt, als wir uns trennten. Und jetzt bin ich eine Frau in mittleren Jahren und um die Taille herum schon ein bißchen dick. Die Wahrheit ist, ich hatte nicht allzu große Lust, ihn wiederzusehen. Ich wollte ihn nicht desillusionieren.«

»Desillusionieren? Inwiefern desillusionieren? Du brauchst so etwas doch nicht zu sagen! Von allen Menschen, die ich kenne, bist du es, die ich am meisten bewundere. Ich bin über Herrn Oki desillusioniert. Seitdem ich mit dir zusammen lebe, langweilen mich junge Männer. Deshalb habe ich gedacht, Herr Oki würde mich vielleicht beeindrucken. Wie du ihn mir geschildert hast, habe ich ihn mir als einen außergewöhnlichen Mann vorgestellt.«

»Du hast ihn nur flüchtig kennengelernt und kannst ihn deshalb nicht beurteilen.«

»Doch.«

»Wie willst du das können?«

»Es würde mir keine Schwierigkeiten machen, Herrn Oki oder seinen Sohn zu verführen.«

»Oh, was redest du da für schreckliche Dinge!« rief

Otoko und wurde blaß. »Mit deiner Überheblichkeit wirst du noch einmal schlimm enden.«

»Das glaube ich nicht«, sagte Keiko, nicht im geringsten beeindruckt.

»Ich fürchte doch. Mußt du denn ein derart männerfressendes Wesen sein? Eine Frau, so jung und so schön wie du?«

»Wenn ich ein männerfressendes Wesen bin, dann sind es alle anderen Frauen auch.«

»So? War das einer der Gründe, Herrn Oki deine Lieblingsbilder zu bringen?«

»Nein. Ich brauche keine Bilder, um ihn zu verführen. Ich habe ihm nur deshalb meine besten Bilder gegeben, weil ich deine Schülerin bin.«

»Vielen Dank. Aber du sagst, du hast auf dem Bahnhof nur ein paar Worte mit ihm gewechselt. War das Grund genug, ihm die Bilder zu schenken?«

»Ich hatte es ihm versprochen. Ich brauchte außerdem einen Vorwand, um Herrn Okis Familie kennenzulernen. Und ich wollte sehen, was er zu meinen Bildern sagt.«

»Es ist nur gut, daß er nicht zu Hause war.«

»Ich kann mir vorstellen, daß er sie sich sofort angesehen hat. Aber er wird sie wahrscheinlich nicht verstanden haben.«

»Sag das nicht.«

»Nach dem Roman ›Ein Mädchen von sechzehn Jahren‹ hat er nichts mehr geschrieben, was annähernd so gut gewesen wäre.«

»Das ist nicht wahr. Du siehst den Roman mit diesen Augen, weil ich die Heldin bin und er mich idealisiert hat. Ein Jugendroman wie dieser findet eben

Anklang bei der Jugend. Ich verstehe voll und ganz, weshalb seine späteren Werke für dich in deinem Alter nicht leicht zu verstehen und nicht attraktiv genug sind.«

»Wenn er heute sterben würde, bliebe dieser Roman sein einziges wichtiges Werk.«

»Sag das bitte nicht.« Otokos Stimme klang scharf. Sie entzog ihr Handgelenk Keikos Griff und rückte auch mit ihrem Knie ein wenig zur Seite.

»Hängst du denn immer noch so an ihm?« Auch Keiko wurde jetzt heftig. »Obwohl ich gesagt habe, ich werde dich rächen?«

»Es ist keine Anhänglichkeit.«

»Ist es . . . Ist es Liebe?«

»Vielleicht.«

Otoko stand auf und verließ die im hellen Mondlicht liegende Veranda. Keiko blieb, mit beiden Händen ihr Gesicht bedeckend.

»Otoko, auch ich lebe für jemanden.« Ihre Stimme zitterte. »Aber wenn es ein Mann wie Herr Oki ist . . .«

»Hab doch Nachsicht mit mir. Ich war doch noch so jung, als das alles passierte.«

»Ich werde dich rächen.«

»Deine Rache würde meine Liebe nicht zerstören.«

Von der Veranda her war Keikos Schluchzen zu hören. Sie hatte sich zusammengekauert auf den Boden gelegt.

»Otoko, bitte male mich. Bevor ich so ein männerfressendes Wesen werde, wie du gesagt hast. Bitte. Und male mich nackt.«

»Ich werde dich malen. Herzlich gern.«

»Ich freue mich so.«

Otoko hatte eine Vielzahl von Skizzen von ihrem zu früh geborenen Kind gemacht. Sie hatte sie gut verwahrt und selbst Keiko noch nicht gezeigt. Jahre waren inzwischen vergangen, aber sie trug sich immer noch mit der Absicht, sie für ein Bild, das sie »Himmelfahrt eines Kindes« nennen wollte, zu nutzen. Sie hatte Kunstbände über westliche Malerei gelesen, in denen Werke abgebildet waren, die die Jungfrau Maria mit ihrem Kind, umgeben von Engeln, zeigten. Doch die derbe Gesundheit dieser Figuren entsprach nicht ihrem vom Kummer geprägten Gemütszustand. Aber da gab es auch noch eine Sammlung berühmter alter japanischer Rollbilder, die den heiligen Kobo im Knabenalter darstellten. Diese Bilder mit ihrer Anmut, ihrer typisch japanischen Art des Gefühlsausdrucks hatten sie zutiefst berührt. Der dargestellte Heilige war weder ein Säugling noch jemand, der zum Himmel auffuhr. Auch Otokos Bild sollte nicht die Himmelfahrt selbst, sondern das Gefühl der Vorfreude auf dieses Ereignis zeigen. Aber würde sie dieses Bild jemals malen?

Jetzt, wo Keiko darum gebeten hatte, sie zu malen, mußte Otoko wieder an die lange nicht mehr hervorgeholten Skizzen denken. Vielleicht könnte sie Keiko wie den Heiligen auf jenen Rollbildern malen. Das würde ein sehr klassisches Porträt der Heiligen Jungfrau werden. Die alten Bildnisse des heiligen Kobo waren zwar buddhistisch, doch es gab unter ihnen unbeschreiblich reizvolle Porträts.

»Keiko, ich werde dich malen. Mir ist gerade eine Idee für die Konzeption des Bildes gekommen. Mir schwebt eine Art buddhistisches Rollbild vor, deshalb scheidet auch jede unschickliche Pose von vornherein aus.«

»Buddhistisch?« Keiko setzte sich erstaunt wieder hin. »Ich weiß nicht, ob ich dafür geeignet bin.«

»Laß es mich versuchen. Es gibt sehr viele buddhistische Bildnisse, die sehr schön sind, und ich würde es, wenn es fertig ist, ›Eine abstrakt malende Künstlerin‹ nennen. Wäre das nicht amüsant?«

»Du hältst mich zum besten.«

»Ich meine es ernst. Wir werden damit anfangen, sobald ich mit der Teeplantage fertig bin.« Otoko drehte sich um und schaute ins Zimmer. Dort, an die Wand gelehnt, standen ihre und Keikos Studien von der Teeplantage. Darüber hing ein Porträt ihrer Mutter.

Sie ließ den Blick ein Weilchen auf dem Porträt ruhen.

Ihre Mutter sah jung aus auf diesem Bild, viel jünger als Otoko jetzt. Vielleicht spiegelte es Otokos eigenes Alter zu jener Zeit wider – sie war Anfang dreißig, als sie das Porträt malte, vielleicht auch hatte sie das Bild ihrer jungen schönen Mutter einfach so gewollt.

»Ein Selbstporträt. Sehr schön«, meinte Keiko, als sie Otoko das erstemal besuchte und das Bild betrachtete. Otoko sagte ihr nicht, daß es ihre Mutter darstellte. Ein Fremder sollte es ruhig für ein Selbstporträt halten.

Otoko war ihrer Mutter sehr ähnlich. Wohl aus Sehnsucht nach der Verstorbenen war diese Ähnlichkeit auf dem Bild sehr stark herausgearbeitet. Otoko wußte nicht mehr, wie viele Porträts ihrer Mutter sie eigentlich gemalt hatte. Anfangs versuchte sie es mit einem Foto als Vorlage, doch keines der fertigen Porträts wollte ihr gefallen. Dann schaute sie nicht mehr auf das Foto. Und das Traumbild ihrer Mutter saß nun als Modell vor ihr. Erneut malte sie Bild auf Bild. Sie kam schnell voran, doch von Zeit zu Zeit traten ihr die Tränen in die Augen, und sie mußte die Arbeit unterbrechen. Schließlich stellte sie fest, daß das Porträt einem Selbstporträt immer ähnlicher wurde.

Das Bild, das nun über den Teeplantagenstudien hing, war das zuletzt gemalte. Alle anderen Versuche hatte Otoko verbrannt. Nur dieses eine Bild, das ihr Selbstporträt zu sein schien, hatte sie in der Überzeugung behalten, daß es gelungen sei. Immer, wenn sie es betrachtete, wurde ihr traurig zumute. Das Bild atmete in gleichem Atemzug mit ihr. Wieviel Zeit hatte sie wohl gebraucht, um dem Porträt diesen Ausdruck zu geben?

Bis zum heutigen Tag hatte Otoko keine anderen Porträts mehr gemalt. Menschen hatte sie nur als Staffage auf Landschaftsbildern benutzt. Aber an diesem Abend, durch Keikos Bitten gedrängt, bekam sie plötzlich Lust, sich wieder mit einem Porträt zu beschäftigen. Otoko hatte niemals über ihr lange geplantes Projekt »Die Himmelfahrt eines Kindes« in dieser Weise nachgedacht. Dieses Bild war wohl der tiefere Grund dafür, daß sie sich an die Bildnisse des heiligen Kobo erinnerte und Keiko in klassisch buddhistischem Stil als ›Heilige Jungfrau‹ malen wollte. Sie hatte ihre Mutter porträtiert und würde auch ihr verstorbenes Kind und ihre Schülerin Keiko malen. Waren das nicht jene drei Menschen, die sie am meisten liebte, wenn auch auf sehr unterschiedliche Weise?

»Otoko!« rief Keiko. »Du siehst dir das Bild deiner Mutter an und überlegst, wie du mich malst. Denkst du vielleicht, du kannst mich nicht porträtieren, weil du mich nicht in dem Maße wie deine Mutter liebst?«

»Ach, du Neidische. Ich bin nur unzufrieden mit mir, wenn ich mir jetzt dieses Bild ansehe. Ich habe mich doch in mancher Hinsicht verbessert seit damals. Aber so ist es eben. Es ist mir trotz seiner Schwächen sehr ans Herz gewachsen.«

»Du brauchst dir meines Bildes wegen keine unnötigen Gedanken zu machen. Fang nur einfach an.«

»Nein«, antwortete Otoko zerstreut. Beim Betrachten des Porträts war eine Flut von Erinnerungen an ihre Mutter vor ihrem geistigen Auge aufgetaucht. Keiko hatte sie angesprochen und dadurch wieder in die Gegenwart zurückgeholt. Wieder mußte sie an die alten Rollbilder mit dem heiligen Kobo denken. Einige Figuren sahen wie hübsche kleine Mädchen oder schöne junge Damen aus. Bei aller Erhabenheit und Würde, die einem buddhistischen Bildnis innewohnt, wirkten sie doch äußerst reizvoll. Man hätte sie für das Symbol der Liebe in mittelalterlichen Klöstern halten können, in denen Frauen der Aufenthalt verwehrt war, für das Sinnbild der Sehnsucht nach wohlgestalten Knaben, die schönen jungen Mädchen zum Verwechseln ähnlich sahen. Vielleicht war es das, was sie sich an die Bildnisse jenes Heiligen hatte erinnern lassen, als sie sich mit dem Gedanken beschäftigte, Keiko zu malen. Sein Haarschnitt war einem Bubikopf, wie ihn Mädchen heutzutage trugen, nicht unähnlich. Jedoch Kimonos und *hakama* aus einem derart eleganten Brokat konnte man heute außer im No-Theater nirgendwo mehr sehen. Für eine moderne junge Frau wie Keiko wäre eine derartige Kleidung, wollte man sie, dem Vorbild jener Heiligenbilder folgend, malen, doch wohl zu altmodisch. Otoko erinnerte sich jetzt auch an Ryusei Kishidas Porträt seiner Tochter Reiko. Die Ölbilder und Aquarelle, denen man den Einfluß Dürers ansah, waren äußerst sorgfältig in klassischem Stil gemalt. Manche von ihnen wirkten wie religiöse Bildwerke. Aber Otoko war ein ganz und gar ungewöhnliches Bild aufgefallen. Es war in hellen Farben auf halbformatigem Chinapapier gemalt und zeigte Reiko nackt, nur mit einem um die Hüfte gewickelten roten Lendentuch bekleidet, in sitzender Pose. Es war keines von Kishidas Meisterwerken, und Otoko fragte sich, warum er die eigene Tochter in dieser Weise auf einem in klassisch japanischem Stil gemalten Bild dargestellt hatte. Ähnliche Bilder hatte er nur in westlicher Manier gemalt.

Warum sollte sie Keiko nicht auch nackt malen, wenn sie es von ihr verlangte? Gab es doch auch viele buddhistische Statuen, bei denen die Frauenbrüste angedeutet waren. Und wenn sie sie nackt darstellte, welche Frisur sollte sie dann für sie auswählen? Sie hatte einmal Kokei Kobayashis meisterhaftes Porträt »Das Haar« gesehen, aber so groß der Eindruck auch war, den es auf sie machte, die dort dargestellte Frisur würde auf keinen Fall zu Keiko passen. Otoko spürte immer deutlicher, daß diese Aufgabe über ihre Kräfte gehen würde.

»Keiko, gehen wir zu Bett?« fragte sie.

»So früh? In dieser schönen Mondnacht?« Keiko drehte sich um und warf einen Blick auf die Standuhr im Zimmer. »Es ist erst fünf Minuten vor zehn.«

»Ich bin ein wenig müde. Können wir uns nicht im Liegen unterhalten?«

»Meinetwegen.«

Während Otoko sich vor dem Spiegel das Gesicht abschminkte, bereitete Keiko für sie beide das Bett. Sie machte das sehr flink. Nachdem Otoko fertig war, ging auch Keiko zum Spiegel, um ihr Gesicht zurechtzumachen. Den schlanken Hals ein wenig einziehend, betrachtete sie ihr Gesicht.

»Otoko, ich bin nicht der richtige Typ für ein buddhistisches Gemälde.«

»Es kommt auf die Einstellung des Malers an.«

Keiko zog ihre Haarnadeln heraus und schüttelte den Kopf.

»Kämmst du dich nicht?«

»Doch.« Während Keiko ihr lang herabhängendes Haar mit dem Kamm ordnete, beobachtete Otoko sie vom Bett aus.

»Trägst du deine Haare heute nacht offen?«

»Ich glaube, sie riechen ein bißchen. Ich hätte sie waschen sollen.« Keiko nahm eine Haarsträhne und roch daran.

»Otoko, wie alt warst du, als dein Vater starb?«

»Elf. So oft hast du mich schon gefragt, und du weißt es immer noch nicht?«

». . . «

Keiko schloß das *shoji* zur Veranda und das zum Atelier und legte sich neben Otoko. Zwischen ihren Betten gab es keinen Zwischenraum.

Seit einigen Nächten hatten sie die äußere Holzschiebetür zur Veranda nicht mehr geschlossen. Das *shoji*, das zum Garten führte, schimmerte hell im Licht des Mondes.

Otokos Mutter war an Lungenkrebs gestorben, ohne Otoko vorher erzählt zu haben, daß von einer anderen Mutter noch eine jüngere Halbschwester existierte. Bis zum heutigen Tag wußte Otoko nichts von der Existenz dieser Halbschwester.

Otokos Vater war Export-Import-Kaufmann für Seide gewesen. Zu seinem Begräbnis waren viele Menschen gekommen, um zu beten und Weihrauchstäbchen abzubrennen, wie es die Tradition gebot. Otokos Mutter entdeckte unter den Anwesenden eine ihr seltsam vorkommende junge Frau, die nicht rein japanisch zu sein schien. Als diese ihren Weihrauch abgebrannt hatte und sich vor den Hinterbliebenen verbeugte, bemerkte sie, wie verweint ihre Augen waren. Otokos Mutter fühlte, wie ihr Herz aussetzte. Mit einem Blick rief sie den Sekretär ihres Mannes zu sich und flüsterte ihm zu, sich nach dem Namen und der Adresse der wie eine Eurasierin aussehenden jungen Frau zu erkundigen. Der Sekretär stellte später noch weitere Nachforschungen an. Diese ergaben, daß die Großmutter der jungen Frau eine Kanadierin war, die einen Japaner geheiratet und die japanische Staatsangehörigkeit angenommen hatte. Die junge Frau selbst hatte eine Schule für Amerikaner absolviert und arbeitete als Dolmetscherin. Wie es hieß, wohnte sie mit einem Dienstmädchen in einem kleinen Haus in Azabu.

»Ich nehme an, sie hat keine Kinder?«

»Man sagt, sie habe ein kleines Mädchen.«

»Haben Sie es gesehen?«

»Nein. Ich habe das in der Nachbarschaft erfahren.«

Otokos Mutter war sich sicher, daß dieses Mädchen das Kind ihres Mannes war. Es gab bestimmt Wege, um endgültige Klarheit darüber zu erlangen, aber sie wartete darauf, daß die junge Frau zu ihr kam. Sie kam nicht. Ungefähr ein halbes Jahr später erfuhr Otokos Mutter von dem Sekretär, daß die Frau geheiratet und ihr Kind mit in die Ehe genommen hatte. Sie erfuhr auch, daß diese Eurasierin die Geliebte ihres Mannes gewesen war. Aber ihr Mann war tot, und so verebbten im Laufe der Zeit auch ihre Eifersucht und ihr Zorn. Schließlich erwachte der Wunsch in ihr, das Mädchen zu adoptieren. Das kleine Wesen würde sonst aufwachsen und den Mann der Mutter für den leiblichen Vater halten. Das Kind ihres eigenen Mannes würde groß werden und diesen nicht blutsverwandten Mann als Vater akzeptieren. Otokos Mutter wurde von dem Gedanken gequält, etwas Kostbares verloren zu haben. Nicht nur, weil Otoko ihr einziges Kind war. Natürlich konnte sie mit einem elfjährigen Mädchen nicht darüber sprechen, daß der Vater eine Geliebte gehabt und mit dieser ein uneheliches Kind hatte. In dem Jahr, als ihre Mutter starb, wäre Otoko in dem richtigen Alter gewesen, um es zu erfahren. Auf dem Sterbebett liegend, wurde die

Mutter von Zweifeln geplagt, aber sie sagte Otoko nichts. Otoko hatte also keine Ahnung von der Existenz ihrer Halbschwester.

Und diese Halbschwester ... was wohl aus ihr geworden war? Sie war bestimmt schon längst in dem Alter, wo man ihr dieses Geheimnis anvertraut hatte. Sie war vielleicht schon lange verheiratet und hatte selbst Kinder. Und Otoko wußte nicht einmal, daß es sie gab ...

»Otoko, Otoko!« Keiko rüttelte Otoko, so daß diese erwachte. »Hattest du einen Alptraum? Du hast so gejammert ...«

»Oh.«

Da Otoko noch immer nach Atem rang, streichelte Keiko ihr die Brust. Dann stützte sie sich auf einen Ellenbogen und richtete sich halb auf.

»Hast du mich beobachtet?«

»Ja, eine ganze Weile.«

»Wie gemein von dir.«

»Was hast du denn geträumt?«

»Von einem grünen Menschen.« Otoko hatte sich noch immer nicht beruhigt.

»Jemand in grünen Sachen?«

»Nein, er hatte nichts an. Er war am ganzen Körper grün, auch die Hände und Füße.«

»Ein grüner Dämon?«

»Spotte nicht. Es sah nicht aus wie ein Dämon. Es war ein grüner Mensch, und er schwebte um mein Bett herum.«

»Eine Frau?«

».. . «

»Das ist ein guter Traum. Bestimmt, es war ein guter Traum.« Keiko legte die Hand auf Otokos Gesicht und schloß mit sanftem Druck deren Augen. Mit der anderen ergriff sie einen von Otokos Fingern und biß hinein.

»Au!« Otoko war nun endgültig wach.

Keiko interpretierte den Traum. »Du hast gesagt, du würdest mich malen. Deshalb habe ich das Grün jener Teeplantage angenommen.«

»Meinst du wirklich? Du tanzt um mich herum, selbst wenn du schläfst? Das ist mir unheimlich.«

Keiko ließ den Kopf auf Otokos Brust sinken und kicherte. »Aber es deckt sich mit deiner Auffassung von Farben.«

Am nächsten Tag machten sich beide auf den Weg zum Kurama-Berg. Gegen Abend erreichten sie ihr Ziel. Im Tempelbereich hatten sich schon viele Gläubige eingefunden. Auf die umliegenden Berggipfel und hohen Wipfel der Wälder ringsum senkte sich nun auch an diesem langen Maitag die Abenddämmerung.

Über den Östlichen Bergen auf der anderen Seite von Kyoto war der Vollmond aufgegangen. Links und rechts vor dem Tempel brannten große Feuer. Nun kamen auch die Priester heraus und begannen, in singendem Tonfall die Sutren nachzusprechen, die der karmesinrot gekleidete Hauptpriester vorbetete. Ein Harmonium gab die Begleitmusik.

Die Gläubigen opferten brennende Kerzen. Direkt vor dem Tempel war eine große silberglänzende, mit Wasser gefüllte Schale aufgestellt. In ihr spiegelte sich der Vollmond. Jedem einzelnen der Gläubigen, die in langer Reihe angetreten waren, wurde Wasser aus dieser Schale in die hohle Hand gegossen. Einer nach dem anderen trat hervor, empfing sein Wasser und trank. Auch Otoko und Keiko.

»Wenn wir nach Hause kommen, finden wir bestimmt grüne Fußspuren im Zimmer«, sagte Keiko. Die Atmosphäre der Zeremonie auf dem Berg hatte sie in ihren Bann gezogen.

Regnerischer Himmel

Wenn Oki bei der Arbeit an einem Roman keine Lust mehr zum Schreiben hatte oder nicht mehr weiter wußte, legte er sich im Korridor auf die Couch. Es kam häufig vor, daß er nachmittags dort ein oder zwei Stunden schlief. In den letzten Jahren war ihm dieses Mittagsschläfchen zur Gewohnheit geworden. Früher hatte er zu dieser Zeit seine Spaziergänge gemacht, doch da er schon so viele Jahre in Kamakura lebte, kannte er einfach alle Tempel und auch die in der Nähe liegenden Hügel bereits zur Genüge. Als Frühaufsteher war er es gewohnt, schon morgens aus dem Haus zu gehen. Einmal aufgewacht, hatte er keine Lust, untätig im Bett liegenzubleiben. Durch diesen Morgenspaziergang vermied er es auch, dem Dienstmädchen beim Aufräumen im Wege zu stehen. Vor dem Abendessen machte er dann gewöhnlich noch einen längeren Spaziergang.

Der Korridor neben seinem Arbeitszimmer war geräumig. In einer Ecke stand sein Schreibtisch. Er schrieb entweder dort oder in seinem Arbeitszimmer auf dem mit Matten ausgelegten Fußboden. Die Couch war sehr bequem. Sobald er sich dort ausgestreckt hatte, verflogen seine Sorgen. Es war irgendwie rätselhaft. Während er an einem Roman schrieb, schlief er nachts nicht allzu tief und träumte von den Dingen, die ihn beim Schreiben beschäftigten, aber auf der Couch im Korridor verfiel er sofort in tiefen

Schlaf, der alles auslöschte. In jüngeren Jahren hatte er nie am Tage geschlafen. Oft waren schon am frühen Nachmittag Gäste gekommen. Deshalb hatte er es sich angewöhnt, nachts – und zwar von Mitternacht bis zum Morgengrauen – zu schreiben. Jetzt, wo er am Tage arbeitete, hatte er sich auf diesen Mittagsschlaf eingestellt, nur die Zeit dazu variierte. Er legte sich auf die Couch, sobald er mit dem Schreiben ins Stocken geriet. Manchmal geschah das am Tage, manchmal erst gegen Abend. Nur selten kam es vor, daß – wie er es bei der Arbeit in der Nacht gewohnt war – die Ermüdung seine Phantasie beflügelte.

Meine Mittagsschläfchen sind wohl ein Zeichen meines Alters, dachte Oki. Aber die Couch ist wirklich magisch.

Wann immer er sich dort niederlegte, schlief er ein – und erwachte dann ausgeruht und gestärkt. Häufig fand er auch die Lösung der Probleme, deretwegen er ins Stocken geraten war.

Die Regenzeit hatte gerade begonnen, die Jahreszeit, die er am wenigsten mochte. Nord-Kamakura lag ein Stück vom Meer entfernt, Hügel trennten es von ihm. Trotzdem herrschte eine hohe Luftfeuchtigkeit. Die Wolken zogen tief am Himmel dahin. Oki spürte einen dumpfen Druck unter seiner rechten Schläfe. Er hatte das Gefühl, in den Windungen seines Gehirns schwappe Modder. In dieser Jahreszeit gab es Tage, an denen er vormittags und nachmittags auf der magischen Couch schlief.

»Ein Fräulein Sakami aus Kyoto möchte Sie sprechen«, meldete das Dienstmädchen. Oki war gerade wach geworden. Da er dem Dienstmädchen keine Antwort gab, fragte dies: »Soll ich ihr sagen, daß Sie noch ruhen?«

»Nein. Ist es eine junge Frau?«

»Ja. Sie war schon einmal hier.«

»Bitten Sie sie ins Wohnzimmer.«

Er ließ den Kopf wieder zurückfallen und schloß die Augen. Nach dem Mittagsschlaf war seine Müdigkeit verflogen. Noch mehr aber munterte ihn die Nachricht auf, Keiko sei gekommen. Er erhob sich, wusch sich Gesicht und Körper und ging dann ins Wohnzimmer. Keiko stand errötend von ihrem Stuhl auf. Oki war nun auch verlegen.

»Ich freue mich, Sie wiederzusehen.«

»Entschuldigen Sie, daß ich hier einfach so hereinbreche.«

»Ach, das macht doch nichts. Als Sie das letztemal hier waren, war ich gerade auf einem Spaziergang über die Hügel hier in der Nähe. Sie hätten ruhig etwas warten können.«

»Taichiro hat mich zum Bahnhof gebracht.«

»Ich weiß. Hat er Ihnen auch etwas von der Stadt gezeigt?«

»Ja.«

»Da Sie ja aus Tokyo stammen, wird es wohl nichts Neues für Sie gewesen sein. Mit Kyoto oder Nara läßt sich Kamakura nicht vergleichen.«

». . . «

Keiko schaute Oki in die Augen. »An der See war ein wunderschöner Sonnenuntergang.«

Oki überraschte es, daß sein Sohn sie zum Strand geführt hatte. »Ein halbes Jahr ist es jetzt schon her, seit wir uns am Neujahrsmorgen auf dem Bahnhof verabschiedeten.«

»Ja. Das ist eine lange Zeit. Ist Ihnen dieses halbe Jahr lange vorgekommen?«

Oki begriff nicht, worauf sie hinauswollte, und sagte: »Ich glaube, es hängt davon ab, was man unter ›lange‹ versteht.«

Keiko sah ihn an, als hätte seine Antwort sie enttäuscht.

»Zum Beispiel, wenn Sie eine Geliebte hätten und sie ein halbes Jahr nicht sehen könnten, würde Ihnen das nicht lange vorkommen?«

Keiko sah ihn mit ihren grünen Augen herausfordernd an. Oki reagierte ein wenig gereizt.

»Wenn Sie ein halbes Jahr schwanger sind, können Sie fühlen, wie sich das Kind in Ihrem Bauch bewegt.« Keiko blieb unbeeindruckt. »Jedenfalls ist der Winter vergangen, und der Sommer ist gekommen, und nun ist die Regenzeit da, die ich am wenigsten mag ...«

»...«

»Was Zeit ist, darüber haben seit jeher Philosophen nachgedacht. Zu einer befriedigenden Antwort sind auch sie nicht gekommen. Man sagt, die Zeit löse alle Probleme. Ich habe da meine Zweifel. Was meinen Sie, Fräulein Sakami, ist der Tod das Ende von allem?«

»Ich bin nicht solch ein Pessimist.«

»Ich würde es nicht Pessimismus nennen«, widersprach Oki. »Natürlich ist dasselbe halbe Jahr für mich und für eine so junge Frau wie Sie eine grundverschiedene Größe. Oder zum Beispiel für einen

Menschen, der an Krebs erkrankt ist und nur noch ein halbes Jahr zu leben hat. Und dann gibt es ja auch Menschen, die bei einem Verkehrsunfall ums Leben kommen. Oder im Krieg. Manche werden ermordet.«

»Sie sind ein Künstler, Herr Oki.«

»Ich hinterlasse nur Dinge, deretwegen ich mich schämen müßte.«

»Sie brauchen sich keines einzigen Werkes zu schämen.«

»Meinen Sie? Ich wünschte, es wäre so. Doch ich glaube es nicht. Ich glaube eher, daß alles, was ich geschaffen habe, sich in nichts auflöst. Ich würde das jedenfalls für richtig halten.«

»Wie können Sie so etwas sagen! Der Roman, für den meine Lehrerin das Vorbild war, wird Bestand haben. Verstehen Sie?«

»Schon wieder dieser Roman!« Oki runzelte die Stirn. »Das sagen Sie als ihre Schülerin.«

»Weil ich Otoko wirklich kenne. Entschuldigen Sie bitte.«

»Ja, ist ja schon gut . . .«

Ihr Gesicht zeigte jetzt Neugierde. »Haben Sie sich danach eigentlich jemals wieder verliebt?«

»Ja, schon. Aber es war nie so wie mit Otoko.«

»Warum haben Sie darüber nicht geschrieben?«

»Wissen Sie . . .« Er zögerte. »Sie wollte es nicht, daß sie in einem Roman erscheint.«

»Wirklich?«

»Vielleicht habe ich auch als Autor versagt. Ich war einfach nicht mehr zu dieser Leidenschaft fähig wie damals, als ich über Otoko schrieb.«

»Ich hätte nichts dagegen, wenn Sie über mich schreiben würden.«

»So?« Oki war erstaunt. Nachdem sie ihn zu Silvester in Otokos Auftrag in Kyoto vom Hotel abgeholt und ihn am Neujahrstag auf dem Bahnhof verabschiedet hatte, war es nun hier in Kamakura ihr drittes Zusammentreffen. Wie könnte er überhaupt über sie schreiben, außer er verlieh ihre Schönheit irgendeiner fiktiven Person in einer seiner Erzählungen? Sie hatte gesagt, sie sei mit seinem Sohn am Strand gewesen. War dort vielleicht irgend etwas geschehen?

»Da habe ich also ein gutes Modell gefunden«, sagte Oki lachend, um seine Verlegenheit zu verbergen. Als er Keiko aber ansah, verstummte er unter der verführerischen Koketterie ihres Blickes. Ihre Augen schimmerten feucht. Oki war sprachlos.

»Fräulein Ueno hat versprochen, ein Porträt von mir zu machen«, sagte Keiko.

»Ja?«

»Und ich habe wieder ein Bild mitgebracht, das ich Ihnen zeigen möchte.«

»Ich verstehe nicht viel von abstrakter Malerei. Zeigen Sie es mir dort im Zimmer. Hier ist es ein bißchen eng. Die beiden Bilder, die Sie letzthin mitgebracht haben, hat mein Sohn in seinem Arbeitszimmer aufgehängt.«

»Ist er heute nicht zu Hause?«

»Nein. Er hat Vorlesungen an der Universität, und meine Frau ist ins Puppentheater gegangen.«

»Es freut mich, daß sie allein sind«, flüsterte Keiko und lief in den Flur, um ihr Bild zu holen. Es hatte einen einfachen Rahmen aus ungestrichenem Holz.

Der dominierende Farbton des Bildes war Grün, aber Keiko hatte, ihrer Intuition freien Lauf lassend, Tupfer in vielerlei Farben aufgesetzt. Auf der ganzen Fläche schienen Wellen hin und her zu wogen.

»Das ist in meinen Augen ein realistisches Bild. Es ist ein Teefeld in Uji«, erklärte Keiko.

»So? Ein Teefeld?« Oki betrachtete es etwas genauer. »Es ist ein Teefeld, das aussieht wie das wogende Meer. Ein Teefeld, überquellend vor Jugend. Auf den ersten Blick schien mir, es symbolisiere ein Herz, das in Flammen steht.«

»Ich freue mich, daß Sie es so sehen.« Keiko hatte sich hinter ihn gekniet, ihr Kinn berührte fast seine Schulter. Ihr süßer Atem wärmte sein Haar.

»Ich bin so glücklich, daß Sie in diesem Bild das Schlagen meines Herzens erkennen. Obwohl es nichts weiter ist als das Bild eines Teefeldes.«

»Es ist wirklich jugendlich.«

»Ich bin selbstverständlich dort gewesen, um an Ort und Stelle Studien zu machen. Aber nur in der ersten halben oder ganzen Stunde habe ich es als aus einzelnen Teebüschen, aus Reihen von Teebüschen bestehend, empfunden.«

»Ach?«

»Die Plantage war sehr ruhig. Dann aber fingen diese runden Wellen von frischem Grün an, sich zu bewegen, und schließlich ist dies dabei herausgekommen. Es ist nicht abstrakt.«

»Man sollte denken, ein Teefeld sei etwas Unauffälliges, Anspruchsloses, selbst wenn es in zartem Grün steht.«

»Ich habe es nicht gelernt, anspruchslos zu sein.

Weder in der Malerei, noch was meine Gefühle anbetrifft.«

»Auch nicht in Ihren Gefühlen?« Als er sich zu ihr umwandte, berührte seine Schulter leicht ihre Brust. Ganz nahe vor seinen Augen war ihr Ohr. »Wenn Sie so etwas sagen, dann werden Sie sich wohl eines Tages auch noch eines ihrer hübschen Ohren abschneiden.«

»Ich bin kein Genie wie van Gogh. Irgend jemand wird es wohl für mich abbeißen müssen.«

Erschrocken drehte Oki sich vollends zu ihr um, und Keiko schwankte, als hätte er sie angestoßen, und hielt sich an ihm fest.

»Es ist nicht meine Art, in meinen Gefühlen anspruchslos zu sein«, wiederholte Keiko, ohne ihre Haltung zu verändern. Der leiseste Druck von Okis Seite hätte genügt, sie widerstandslos in seine Arme gleiten zu lassen. Sie wartete darauf, von ihm geküßt zu werden.

Aber er bewegte sich nicht. Auch sie verharrte so, wie sie war.

»Herr Oki«, flüsterte sie und schaute ihn unverwandt an.

»Sie haben hübsche Ohren, Ihr Profil jedoch ist dämonenhaft schön.«

»Ich freue mich, daß Sie so etwas sagen.« Ihr langer, schmaler Hals errötete ein wenig. »Ich werde es niemals vergessen, solange ich lebe. Aber wie lange wird diese Schönheit dauern? Eine Frau wird traurig, wenn sie darüber nachdenkt.«

Oki schwieg.

»Es ist verwirrend, von jedem angesehen zu werden. Aber welche Frau wäre nicht glücklich, einem Mann wie Ihnen zu gefallen?«

Oki war erstaunt über die Wärme ihrer Worte. Wenn sie ihm eine Liebeserklärung gemacht hätte, wäre er wohl kaum überraschter gewesen.

»Ich bin ebenfalls glücklich. Obwohl Sie bestimmt noch in vielerlei anderer Hinsicht schön sind.«

»Meinen Sie? Ich weiß nicht. Ich bin kein Modell, nur jemand, der zu malen versucht.«

»Ein Maler kann irgendeinen Menschen als Modell benutzen, ein Schriftsteller nicht. Das ärgert mich zuweilen.«

»Wenn ich Ihnen irgendwie nützlich sein kann ...«

»Das ist sehr nett von Ihnen.«

»Ich habe Ihnen gesagt, daß es mir egal ist, was Sie über mich schreiben. Aber leider entspreche ich nicht Ihren Idealvorstellungen von einer Frau.«

»Soll ich abstrakt oder realistisch sein?«

»Das liegt in Ihrem Belieben.«

»Die Modelle eines Malers und die eines Schriftstellers sind völlig verschieden.«

»Ich weiß.« Keiko zwinkerte mit ihren dunklen Wimpern. »Zum Beispiel mein Bild von dem Teefeld. Es zeigt kein Teefeld schlechthin. Es ist kein bloßes Abbild der Natur. Es sagt etwas über mich selbst aus.«

»Das ist doch wohl bei allen Bildern so. Selbst bei abstrakten. Aber die bildende Kunst kommt nicht ohne den Menschen als Modell aus. Auch in der Literatur geht es um den Menschen, unabhängig davon, wieviel man über Landschaften oder Blumen schreibt.«

»Herr Oki, ich bin ein Mensch.«

»Eine Schönheit«, sagte Oki, faßte sie bei der Schulter und half ihr auf. »Aber in der bildenden Kunst braucht selbst ein Aktmodell nur still in Positur zu stehen. Das genügt nicht für einen Schriftsteller.«

»Ich weiß.«

»Und dann reden Sie so?«

»Ja.«

Oki fand ihre Kühnheit schockierend. »Vielleicht könnten Sie mir Ihre äußere Erscheinung für eine Figur in einer meiner Erzählungen ausleihen.«

»Das hört sich nicht allzu interessant an«, sagte Keiko, kokett an ihn heranrückend.

»Frauen sind seltsame Wesen«, entgegnete Oki und vergrößerte den Abstand zwischen sich und ihr wieder. »Zwei oder drei von ihnen glauben, daß ich über sie geschrieben, daß ich sie als Modell für meine Figuren benutzt hätte. Und zwar Frauen, die mir völlig unbekannt waren, mit denen ich nie zu tun hatte. Was für eine Selbsttäuschung ist das doch.«

»Eine Menge Frauen sind unglücklich. Sie brauchen diese Selbsttäuschungen, um sich zu trösten.«

»Ob sie vielleicht im Kopf nicht ganz richtig sind?«

»Eine Frau verliert schnell einmal den Verstand. Können Sie etwa nicht einer Frau den Verstand rauben?«

Er wußte keine Antwort.

»Warten Sie einfach kaltblütig darauf, bis so etwas passiert ist?«

Er war erneut ratlos und versuchte, dem Gespräch

eine andere Wendung zu geben. »Für einen Schriftsteller Modell zu sein bedeutet auf alle Fälle etwas anderes als für einen Maler. Es ist ein Opfer, das nicht belohnt wird.«

»Ich will mich gern opfern. Vielleicht ist das der Sinn meines Lebens.«

Abermals versetzte sie ihn in Erstaunen.

»In Ihrem Fall wäre es ziemlich eigennützig. Als wollten Sie das Opfer des anderen herausfordern.«

»Nein. Das ist nicht wahr. Das Opfer geschieht aus Liebe. Aus Sehnsucht.«

»Opfern Sie sich für Otoko?«

Sie schlug die Augen nieder.

»So ist es doch?«

»Vielleicht war es so. Aber Otoko ist eine Frau. Es ist nichts weiter dabei, wenn eine Frau einer anderen ihr Leben widmet.«

»Das verstehe ich nicht.«

»Ich habe Angst, wir gehen beide daran zugrunde.«

»Beide?«

»Ja.«

»So?«

»Mir sind unklare Verhältnisse zuwider. Mir ist es auch egal, ob es fünf oder zehn Tage dauert. Ich brauche jemanden, der mich so ausfüllt, daß ich mich selbst völlig vergesse.«

»Und wenn Sie heiraten?«

»Das hätte ich schon einige Male tun können. Aber Vergessen in einer Ehe – das ist es nicht, was ich suche. Es liegt mir nicht, nur mit mir selbst beschäftigt zu sein. Wie ich bereits gesagt habe, ich bin nicht anspruchslos in meinen Gefühlen.«

»Das klingt, als würden Sie einige Tage, nachdem Sie sich in jemanden verliebt haben, Selbstmord begehen.«

»Ich habe keine Angst vor dem Selbstmord. Am schlimmsten ist es, wenn man verzweifelt ist und Depressionen hat. Ich wäre glücklich, wenn Sie mich erdrosseln würden, nachdem Sie mich als Modell benutzt haben.«

Oki konnte sich des Verdachts nicht erwehren, daß Keiko gekommen war, um ihn zu verführen, doch es widerstrebte ihm, sie deshalb gleich für eine berechnende, leichtlebige Frau zu halten. Bestimmt würde sie ein ziemlich interessantes Modell für irgendeine Figur in einem Roman abgeben. Nicht unwahrscheinlich erschien es ihm, daß eine Liebesaffäre mit ihr und eine anschließende Trennung sie ebenso wie Otoko in eine psychiatrische Anstalt bringen würde.

Zu Beginn des Frühlings, als Keiko ihre beiden Bilder brachte, hatte Taichiro mit ihr gesprochen. Taichiro hatte sie, wie Keiko nun erzählte, nicht nur zum Bahnhof gebracht, sie waren zusammen sogar bis ans Meer gegangen. Offensichtlich war er ihrem verführerischen Charme erlegen.

Aber mit seinem Sohn ... Das ging auf keinen Fall. Sie würde ihn zugrunde richten, dachte Oki. Es war keine Eifersucht, die er dabei empfand.

»Ich hoffe, Sie hängen sich dieses Bild in Ihr Arbeitszimmer«, sagte Keiko.

»Ja, das werde ich«, antwortete Oki halbherzig.

»Ich möchte Sie bitten, es sich einmal abends bei Dunkelheit anzusehen. Dann ist das Grün des Teefeldes verschwunden, und alle meine anderen Farben werden sichtbar.«

»So? Vielleicht wird es mich zu wundersamen Träumen anregen.«

»Zu welchen Träumen?«

»Nun, Träume von der Jugend . . .«

»Wie nett von Ihnen, so etwas zu sagen. Meinen Sie das wirklich?«

»Sind Sie denn nicht jung? Diese runden Wellen von Teebüschen verraten mir Otokos Einfluß, aber dieses unbeschreibliche Grün, das sind Sie selbst.«

»Ein Tag genügt. Danach mag es meinetwegen in einer Ecke Ihres Wandschranks verstauben. Es ist ein schlechtes Bild. Irgendwann einmal werde ich kommen und es mit einem Messer zerschneiden.«

»Wie?«

»Mir ist es ernst«, sagte Keiko mit seltsam sanftem Gesichtsausdruck. »Es ist ein schlechtes Bild. Aber wenn Sie es wenigstens für einen einzigen Tag in ihr Arbeitszimmer hängen würden . . .«

Er wußte nicht, was er antworten sollte. Keiko schwieg und senkte den Kopf.

»Ich frage mich, ob dieses seltsame Bild Ihnen auch nur einen einzigen Traum bringen wird.«

»Ich fürchte, es wird mich eher in Versuchung führen, von Ihnen zu träumen.«

»Bitte, tun Sie das. Träumen Sie, was immer Sie wollen.« Sogar ihre hübschen Ohren zeigten jetzt eine leichte Röte. Sie schaute zu ihm auf.

»Aber, Herr Oki, Sie haben noch nichts dafür getan, um von mir träumen zu können.« Während sie ihn unverwandt anblickte, umwölkten sich ihre Augen.

»Als Sie letztens hier waren, war mein Sohn so freundlich, Ihnen den Strand zu zeigen und Sie zum Bahnhof zu bringen. Heute möchte ich Sie begleiten. Es ist niemand weiter zu Hause, und ich kann Ihnen deshalb nichts zum Abendessen anbieten. Ich werde ein Taxi rufen.«

Das Auto verließ Kamakura und fuhr am Strand von Shichiri entlang. Keiko sagte kein Wort.

In der Regenzeit sahen Meer und Himmel in der Bucht von Sagami grau aus.

Oki ließ das Taxi in der Nähe von Enoshima Marineland halten.

Er kaufte Tintenfisch und Makrelen, um die Delphine zu füttern. Die Delphine sprangen hoch aus dem Wasser und schnappten nach den Bissen in Keikos Hand. Keiko wurde wagemutiger und hielt die Köder höher und höher. Die Delphine sprangen ebenfalls immer höher. Keiko freute sich wie ein Kind. Sie bemerkte nicht einmal, daß es zu regnen anfing.

»Wir wollen gehen, bevor es schlimmer wird«, drängte Oki. »Ihr Rock ist schon ganz naß.«

»Das hat Spaß gemacht!«

Sie stiegen wieder ein.

»Nicht weit von hier, gleich hinter Ito, gibt es manchmal ganze Schwärme von Delphinen. Man treibt sie in die Nähe des Ufers, und dann kann man sie mit bloßen Händen fangen. Delphine leisten keinen Widerstand, wenn man sie am Bauch kitzelt.«

»Oh, ja?«

»Ob ein junges Mädchen da widerstehen könnte?«

»Sie sind mir ja einer. Ein Mädchen würde beißen und kratzen.«

»Da sind Delphine wohl sanfter.«

Das Taxi hielt vor einem Hotel auf dem Gipfel eines Berges. Die sich vor ihren Augen ausbreitende Insel Enoshima sah grau aus, und auch die Halbinsel Miura linker Hand war ganz in Dunst gehüllt. Es regnete nun in großen Tropfen, und der dichte Nebel der Regenzeit hing schwer in der Luft. Selbst das nahe Kiefernwäldchen war kaum zu erkennen.

Sie klebten am ganzen Körper vor Feuchtigkeit, als sie in ein Zimmer geführt wurden.

»Wir können nicht wieder zurück«, sagte Oki. »In diesem Nebel ist es zu gefährlich, mit dem Auto zu fahren.«

Keiko nickte. Er war überrascht, wie bereitwillig sie ihm zustimmte.

»Wir sollten vor dem Abendessen ein Bad nehmen.« Er rieb sich mit der Hand das Gesicht. »Wollen wir Delphin spielen?«

»Sie sind schrecklich. Aus mir einen Delphin machen! Müssen Sie mich denn so kränken? Delphin spielen!« Sie lehnte sich an den Fensterrahmen.

»Was für ein düsterer Ozean.«

»Es war dumm von mir. Entschuldigen Sie bitte.«

»Hätten Sie gesagt, Sie würden mich gerne nackt sehen ... oder nichts gesagt und mich einfach in die Arme genommen ...«

»Sie hätten sich nicht widersetzt?«

»Ich weiß nicht. Aber mit mir Delphin spielen zu wollen, das kränkt mich. Ich bin nicht irgend so eine. Sie scheinen mir sehr verdorben zu sein.«

»Verdorben?« fragte er und ging ins Bad.

Oki duschte sich, säuberte flüchtig die Badewanne und ließ heißes Wasser einlaufen. Mit zerzausten Haaren und sich den Körper abtrocknend, kam er wieder ins Zimmer.

»Bitte«, sagte er, ohne Keiko anzusehen. »Ich habe heißes Wasser für Sie eingelassen. Die Wanne ist schon halbvoll.«

Keiko starrte hinaus auf das Meer.

»Es regnet und regnet. Man kann kaum die Insel erkennen.«

»Sind Sie jetzt traurig?«

»Auch die Farben der Wellen gefallen mir nicht.«

»Sie sind am ganzen Körper naß und fühlen sich deshalb nicht gut. Das Wasser ist eingelassen. Sie brauchen nur noch in die Wanne zu steigen.«

Sie nickte und ging ins Bad. Man hörte kein Plätschern. Es war völlig still. Dann kam sie, vom Bad erfrischt, wieder ins Zimmer, setzte sich vor den Spiegel und öffnete ihre Handtasche.

Oki trat hinter sie. »Ich habe mir die Haare unter der Dusche gewaschen. Aber hier gibt es nur Pomade. Ich kann diesen Geruch nicht ausstehen.«

»Möchten Sie etwas von meinem Parfüm?« Keiko gab ihm ein Fläschchen. Er roch daran. »Soll ich das Parfüm auf die Pomade geben?«

»Nur ein ganz klein wenig«, sagte sie und lächelte.

Er faßte ihre Hand. »Keiko, legen Sie bitte kein Make-up auf.«

»Sie tun mir weh.« Sie drehte sich zu ihm um. »Was für ein unmöglicher Mensch sind Sie.«

»Mir gefällt Ihr Gesicht, so wie es jetzt ist. Ihre

schönen Zähne und ihre Augenbrauen.« Er preßte seine Lippen auf ihre frische Wange.

Ihr Stuhl kippte um. Auch Keiko fiel. Nun küßte Oki sie richtig. Da ihm allmählich die Luft knapp wurde, drehte er den Kopf ein wenig.

»Nein, nicht aufhören.« Sie zog ihn wieder an sich.

Er war zutiefst überrascht.

»Selbst Perlentaucherinnen können nicht so lange unter Wasser bleiben. Sie werden noch ohnmächtig.«

»Dann lassen Sie mich eben ohnmächtig werden.«

»Frauen sind vitaler.« Ohne sich darüber im klaren zu sein, ob es noch ein Spiel war oder nicht, küßte er sie erneut. Als er wiederum in Atemnot geriet, nahm er sie auf die Arme und legte sie auf das Bett. Dort rollte sie sich zusammen und machte sich ganz klein.

Obwohl sie ihm keinen Widerstand entgegensetzte, hatte Oki doch ziemliche Mühe, sie wieder aufzurollen. Nun entdeckte er, daß sie keine Jungfrau mehr war. Als er sie etwas weniger sanft anzufassen begann, rief sie kläglich unter ihm: »Otoko, Otoko!«

»Was ist?«

Oki dachte zuerst, sie meine ihn. Doch als ihm bewußt wurde, daß sie tatsächlich nach Otoko rief, verließ ihn seine Kraft.

»Was hast du gesagt? Otoko?« Okis Stimme klang ernüchtert. Ohne ihm zu antworten, stieß Keiko ihn von sich.

Der Steingarten

Von den vielen berühmten alten Steingärten in Kyoto sind wohl die des Saihoji-, Ginkakuji- und Ryoanji-Tempels die bedeutendsten. Letzterer hat, mehr als ihm eigentlich zukommt, Berühmtheit erlangt, obwohl zugegeben werden muß, daß er in vollendeter Weise das Wesen der Zen-Lehre, die Ästhetik des Zen zum Ausdruck bringt.

Otoko kannte sie alle und hatte sich ihr Erscheinungsbild ins Gedächtnis eingeprägt. Dennoch ging sie in diesem Jahr vom Ende der Regenzeit an regelmäßig zum Steingarten des Saihoji-Tempels, um dort ihre Studien zu treiben. Nicht, daß sie meinte, ihn malen zu können. Sie wollte nur ein wenig von seiner Kraft in sich aufnehmen.

War es nicht auch einer der ältesten Steingärten? Einer der außerordentlich große Ruhe ausstrahlte? Otoko jedenfalls hatte kein ernsthaftes Verlangen, ihn zu malen. Der Steingarten an der Bergseite besaß nichts von der lieblichen Schönheit des etwas tiefer liegenden sogenannten Moos-Tempelgartens. Gerne hätte sie nur dagesessen und die Anordnung der Steine betrachtet. Sie hatte ihr Skizzenbuch aufgeschlagen und verharrte hier und dort einen Augenblick, um nicht die Neugier der vorbeiziehenden Touristen zu erregen.

Im Jahre 1339 hatte der Priester Muso den Saihoji-Tempel von Grund auf restaurieren und einen Teich mit einer Insel anlegen lassen. Es wird berichtet, daß er Besucher zu einem Aussichtspavillon auf dem Gipfel des Berges führte und sie dort den Ausblick auf Kyoto genießen ließ. Alle diese Gebäude sind zerstört. Auch der Garten ist nach Überschwemmungen und anderen Verwüstungen viele Male neu gestaltet worden. Offenbar war die jetzige vegetationslose Landschaft, die einen Fluß mit Wasserfall symbolisierte, entlang eines Weges angelegt, der, von Steinlaternen gesäumt, hinauf zum Aussichtspavillon auf dem Gipfel des Berges führte. Da es sich um ein Gebilde aus besonders angeordneten Steinen handelte, hatte es wohl sein ursprüngliches Aussehen behalten.

Otoko kam hierher, um sich den Steingarten anzusehen, und nicht, um sich mit seiner Geschichte zu beschäftigen. Keiko folgte ihr wie ein Schatten.

»Sind nicht all diese Kompositionen aus Stein abstrakt?« fragte Keiko. »Eine ähnliche Kraft findet man in Cezannes Bild von der Felsenküste bei L'Estaque.«

»Du kennst dieses berühmte Bild? Aber das waren keine sehr hohen Felsen. Sie waren nicht so hoch wie Berge, nur Riffe an der Küste.«

»Otoko, wenn du diesen Steingarten malst, wird es ein abstraktes Bild. Selbst ich hätte nicht die Kraft, diese Steine realistisch darzustellen.«

»Ich glaube, du hast recht. Obwohl ich nicht behaupte, daß ich es malen möchte.«

»Soll ich den Pinsel nehmen und einen Entwurf machen?«

»Das ist vielleicht das beste. Dein letztes Bild von der Teeplantage hat mir sehr gefallen. Es wirkt so jugendhaft. Hast du dieses Bild auch Herrn Oki gegeben?«

»Ja. Vielleicht hat es seine Frau aber bereits zerrissen. Ich war eine Nacht mit ihm zusammen in einem Hotel in der Nähe von Enoshima. Er wollte mit mir Delphin spielen, und er hat einen ziemlich verdorbenen Eindruck auf mich gemacht. Aber als ich deinen Namen rief, wurde er sofort ruhig. Er liebt dich immer noch, und er empfindet Reue. Ich war sehr eifersüchtig.«

»Auf Herrn Oki? Was hast du vor?«

»Ich will seine Familie zerstören. Ich will Rache für dich.«

»Rache?«

»Du liebst ihn immer noch. Obwohl er dir das alles angetan hat, liebst du ihn immer noch. Frauen sind so dumm . . . Das ist es, was ich so hasse, und das ist es auch, weshalb ich eifersüchtig bin.«

»Du bist eifersüchtig?«

»Ja.«

»Du hast aus Eifersucht die Nacht mit ihm zusammen im Hotel verbracht? Wenn ich ihn noch immer liebte, müßte dann nicht ich eifersüchtig sein?«

»Bist du eifersüchtig auf mich? Ich wäre so glücklich darüber.« Keiko ließ flink den Pinsel über das Papier gleiten. »Ich konnte im Hotel nicht schlafen. Herr Oki aber fühlte sich offenbar wohl und schlief sofort ein. Ich kann Männer um die Fünfzig nicht ausstehen.«

Otoko hätte zu gern gewußt, ob sie ein Doppelbett oder ein Einzelbett gehabt hatten. Aber sie fragte nicht.

»Er hat sehr fest geschlafen, und es wäre mir ein leichtes gewesen, ihn zu erdrosseln. Es war ein wunderbares Gefühl, daß ich das so einfach hätte tun können.«

»Du bist ja ein gefährlicher Mensch!«

»Es war nur ein Gefühl. Aber es hat mich so glücklich gemacht, daß ich nicht einschlafen konnte.«

»Und du sagst, das ist alles meinetwegen?« Otokos Hand zitterte ein wenig, als sie weitermalte. »Ich kann es nicht glauben, daß du das alles meinetwegen tust.«

»Bestimmt. Deinetwegen.«

Otoko fing an, sich über Keikos gefährliche Äußerung ernsthaft Sorgen zu machen. »Geh bitte nicht wieder zu Herrn Oki. Wer weiß, was noch alles passiert.«

»Bist du damals, als du im Krankenhaus warst, nie auf den Gedanken gekommen, ihn umzubringen?«

»Nein. Ich war sicher ein wenig durcheinander, aber einen Menschen umbringen . . .«

»Du hast keinen Haß empfunden, du hast ihn zu sehr geliebt . . .«

»Dann war da auch noch mein Baby.«

»Das Baby . . .« Keiko zögerte, weiterzusprechen. »Vielleicht könnte ich ein Baby von ihm bekommen.«

»Wie?«

»Und ihn dann fortjagen.«

Otoko starrte sie entsetzt an. Eine Frau mit einem so schmalen langen Hals und einem so schönen Profil sprach derart schreckliche Dinge aus.

»Meinetwegen, du könntest es bekommen«, sagte sie, sich beherrschend. »Aber weißt du auch, was das bedeutet? Wenn du ein Kind von ihm hast, will ich nichts mehr mit dir zu tun haben. Und wenn es einmal da wäre, würdest auch du nicht mehr so etwas sagen. Alles würde sich für dich verändern.«

»Ich werde mich niemals ändern.«

Was hatte sich nun wirklich in der Nacht in dem Hotel mit Oki zugetragen? Mehr aus der Art und Weise, wie sie sprach, als aus dem, was sie sagte, argwöhnte Otoko, daß Keiko ihr etwas verheimlichte. Was versuchte sie hinter so heftigen Worten wie »Eifersucht« und »Rache« zu verbergen?

Otoko fragte sich, ob sie noch immer auf Oki eifersüchtig sei, und schloß die Augen. Darin verblieb wie ein Schatten das Bild des Steingartens.

»Otoko!« Keiko umarmte sie. »Geht es dir nicht gut? Du bist plötzlich so blaß.« Dann kniff sie Otoko kräftig.

»Au, du tust mir weh.« Otoko taumelte und knickte mit einem Knie ein. Keiko stützte sie.

»Otoko, du bist mein ein und alles. Nur du allein.«

Otoko schwieg und wischte sich den kalten Schweiß von der Stirn.

»Keiko, wenn du weiterhin solche Dinge sagst, wirst du unglücklich werden. Unglücklich für den Rest deines Lebens.«

»Ich habe keine Angst vor dem Unglück.«

»Du bist jung und schön. Nur deshalb kannst du so etwas sagen.«

»Solange ich mit dir zusammen sein kann, bin ich glücklich.«

»Ich danke dir. Aber ich bin eben eine Frau.«

»Ich hasse Männer!«

»Das ist nicht gut. Es mag schon stimmen, je länger wir zusammen sind ...« Otokos Stimme klang traurig. »Außerdem haben wir auch in der Malerei einen völlig verschiedenen Geschmack.«

»Ich hasse es, einen Lehrer zu haben, der in demselben Stil malt wie ich.«

»Du haßt so vieles.« Otoko war ruhiger geworden. »Zeig mir doch mal dein Skizzenbuch.«

»Bitte.«

»Was ist das?«

»Aber Otoko. Das ist der Steingarten. Sieh doch genau hin. Ich habe etwas gemalt, was ich glaubte gar nicht malen zu können.«

Während Otoko das Bild betrachtete, wechselte ihr Gesichtsausdruck. Da es sich um eine Skizze in schwarzer Tusche handelte, war sie auf den ersten Blick nicht gleich zu deuten, aber sie schien mit eigenem Leben erfüllt zu sein. Dieses Bild war anders als alle Bilder, die Keiko bisher gemalt hatte.

»Es war etwas zwischen dir und Herrn Oki im Hotel.«

»Ich würde es nicht so bezeichnen.«

»Du malst anders als bisher.«

»Otoko, ich will es dir sagen. Er ist nicht einmal zu einem langen Kuß fähig. Sind alle Männer so? Wie du weißt, war ich das erstemal mit einem Mann zusammen.«

Völlig aus der Fassung gebracht von der Vorstellung, wie weit dieses »erstemal« wohl gegangen war, betrachtete Otoko noch immer Keikos Bild.

»Ich wünschte, ich wäre selbst ein Stein«, sagte sie schließlich.

Die Steine im Steingarten des Priesters Muso, seit Jahrhunderten dem Wetter ausgesetzt, hatten eine solche Farbe angenommen, daß man nicht mehr erkennen konnte, ob sie als ein Stück Natur schon immer hier gelegen hatten oder von Menschenhand hierher gebracht worden waren.

Aber ihre kantige Form ließ keinen Zweifel daran, daß nur der Mensch sie so angeordnet haben konnte. Otoko hatte die innere Kraft des Steingartens noch nie so stark empfunden wie diesmal. Sie fühlte sich wie von einem schweren Gewicht niedergedrückt.

»Wollen wir nicht nach Hause gehen? Die Steine machen mir langsam Angst.«

»Ja.«

»Ich kann nicht mehr hier sitzen und meditieren. Gehen wir.«

Otoko schwankte, als sie sich aufrichtete.

»Ich weiß, ich könnte sie nicht malen. Sie sind zu abstrakt. Vielleicht hast du mit deiner unbefangenen Art zu skizzieren etwas davon eingefangen.«

»Otoko.« Keiko nahm ihren Arm. »Wir werden nach Hause gehen und Delphin spielen.«

»Delphin spielen? Was soll denn das nun wieder bedeuten?«

Keiko lachte verspielt und bog nach links in einen Weg ein, der hinunter zu einem Bambushain führte. Dieser sah genauso aus wie der auf den wunderbaren Fotografien von Tsuchikado.

Als sie am Rand des Haines entlanggingen, zeigte Keikos Gesicht Gespanntheit und nicht mehr Melancholie.

»Otoko.« Keiko gab ihr einen Klaps auf die Schulter. »Hat dich dieser Steingarten behext?«

»Nein. Aber ich komme Tag für Tag hierher ohne Skizzenblock und Pinsel, nur um ihn mir anzuschauen.«

Keikos Gesicht war strahlend und jugendlich wie eh und je. »Es sind doch bloß Steine. Du glaubst, daß sie so etwas wie Kraft und moosbedeckte Schönheit ausstrahlen. Aber Steine sind Steine. Ich erinnere mich an einen Essay des Haiku-Dichters Seishi Yamaguchi, in dem er sagt, daß er Tag für Tag aufs Meer hinausschaute und dann, nach Kyoto gekommen, verstand, was ein Steingarten wirklich bedeutet.«

»Das Meer und ein Steingarten? Wenn man sich das Meer vorstellt, die hohen Klippen und Felsenriffe, und dann die Anordnung der Steine in einem kleinen Garten . . .«, sagte Otoko. »Ich könnte diesen Steingarten jedenfalls nicht malen.«

»Aber es ist etwas von Menschen Geschaffenes, etwas Abstraktes. Ich fühle, ich könnte es gestalten . . . in jeder Farbe, die mir gefällt, in meinem Stil. Wann hat man eigentlich damit begonnen, Steingärten anzulegen?«

»Ich weiß es nicht genau. Aber wahrscheinlich nicht vor der Muromachi-Zeit.«

»Und die Steine, die man dazu benutzt hat . . .«

»Wie alt die waren, das weiß ich nicht.«

»Möchtest du, daß deine Bilder länger existieren als diese Steine?«

»Das kann ich mir nicht vorstellen.« Otoko schien betrübt. »Aber meinst du nicht, daß auch in diesem

Garten und im Garten des Katsura-Palastes die Bäume in all den Jahrhunderten gewachsen und wieder vergangen sind und sich im Laufe der Zeit sehr viel verändert hat? Nur die Steine sind so geblieben, wie sie einmal waren.«

»Otoko, vielleicht ist es gut, wenn sich alles verändert und vergeht. Inzwischen wird Herrn Okis Frau auch mein Bild zerrissen haben. Wegen dieser Nacht im Hotel . . .«

»Aber es war ein so interessantes Bild . . .«

»Meinst du?«

»Keiko. Hast du wirklich die Absicht, alle deine guten Bilder Herrn Oki zu schenken?«

»Ja. So lange, bis ich dich gerächt habe.«

»Ich habe dir doch bereits gesagt, daß ich nichts mehr von Rache hören will.«

»Ich verstehe«, entgegnete Keiko fröhlich. »Aber etwas anderes verstehe ich nicht: Ist es nun meine weibliche Unversöhnlichkeit? Mein Stolz als Frau? Oder meine Eifersucht?«

»Eifersucht . . .«, wiederholte Otoko leise und faßte einen von Keikos Fingern.

»Tief in deinem Herzen liebst du ihn immer noch. Und auch er hat dich irgendwo tief in seinem Herzen versteckt. Ich habe das bereits Silvester gemerkt, als wir dem Läuten der Glocken zuhörten.«

Beide schwiegen.

»Ist nicht selbst der Haß einer Frau eine Art von Liebe?«

»Keiko, wie kannst du hier an diesem Ort so etwas sagen?«

»Für mich symbolisiert dieser Steingarten die Gefühle und Vorstellungen der Menschen, die ihn vor langer Zeit angelegt haben. Aber ich weiß heute nicht, was damals in ihren Herzen vor sich ging. In Hunderten von Jahren haben diese Steine ihre Patina bekommen. Ich wüßte zu gern, wie sie einmal aussahen, als der Garten noch jung war.«

»Ich glaube, du wärst enttäuscht.«

»Wenn ich sie malen würde, würde ich ihre Formen nach meinen Vorstellungen ändern und statt des ursprünglichen Aussehens, das ich nicht kenne, würde ich ihnen Farben geben, die mir gefallen.«

»Meinst du? Vielleicht könntest du sie wirklich malen.«

»Otoko, dieser Steingarten wird lange existieren, viel länger als dein Leben und mein Leben.«

»Ja, du hast recht.« Während Otoko sprach, fühlte sie eine plötzliche Kälte in sich aufsteigen. »Aber er wird nicht ewig sein.«

»Wenn ich bei dir bin, ist es mir egal, ob meine Bilder die Zeit überdauern ... oder ob man sie sofort zerreißt.«

»Das kommt daher, weil du noch jung bist.«

»Eigentlich würde ich mich freuen, wenn Herrn Okis Frau mein Bild mit dem Teefeld zerreißt. Sie neigt zu Gefühlsausbrüchen.«

Otoko schwieg.

»Meine Bilder sind es nicht wert, bewundert zu werden.«

»Das ist nicht wahr!«

»Ich habe kein echtes Talent, und ich möchte eigentlich kein einziges Bild der Nachwelt hinterlassen. Alles, was ich will, ist, bei dir zu sein. Ich wäre schon glücklich, wenn ich dir nur bei der Hausarbeit helfen könnte. Und du gibst dir Mühe, mir das Malen beizubringen.«

Otoko war zutiefst überrascht. »Meinst du das wirklich?«

»Es ist mein voller Ernst.«

»Aber du hast Talent. Manchmal setzt du mich direkt in Erstaunen.«

»Mit meinen kindlichen Bildern? Als ich noch zur Schule ging, wurden meine Bilder oft im Klassenzimmer aufgehängt.«

»Du bist in der Malerei viel eigenwilliger als ich. Ich beneide dich oft. Rede also bitte nicht solchen Unsinn.«

Keiko nickte gehorsam. »Solange ich bei dir sein kann, will ich mir alle Mühe geben. Aber ich möchte, daß wir aufhören, über dieses Thema zu reden.«

»Du hast also verstanden?«

Keiko nickte erneut. »Wenn du mich nicht fortschickst . . .«

»Warum sollte ich das?« entgegnete Otoko heftig. »Aber . . .«

»Was aber?«

»Eine Frau ist verheiratet, hat Mann und Kinder.«

»Ach, diese Dinge.« Keiko lachte. »Die will ich nicht.«

»Das ist meine Schuld. Verzeih mir bitte.«

Otoko schaute etwas wehmütig zur Seite und riß ein Blatt von einem Baum. Eine ganze Weile sagte sie nichts.

»Otoko, sind Frauen nicht bedauernswerte Wesen? Ein junger Mann würde niemals eine sechzigjährige

Frau lieben. Aber zuweilen kommt es vor, daß sich ein Mädchen im Teenageralter ernsthaft in einen fünfzig- oder sogar sechzigjährigen Mann verliebt. Und das nicht einmal irgendeines Vorteils wegen. Wie findest du das?«

Otoko wußte keine Antwort.

»Weißt du, mit Herrn Oki ist das wirklich aussichtslos. Er hat mich für irgend so ein leichtes Mädchen gehalten.«

Otoko wurde blaß.

»Und nicht nur das. Im kritischen Moment, als ich unwillkürlich deinen Namen rief, hat er völlig versagt. Es war so, als wäre ich als Frau beleidigt worden – und zwar deinetwegen.«

Otoko wurde noch blasser und fühlte eine Schwäche in den Knien. »In dem Hotel in Enoshima?«

»Ja.«

Das Taxi hielt vor dem Tempel.

»Willst du sagen, daß mich das gerettet hat?«

Keiko errötete. »Otoko, soll ich ein Kind von ihm bekommen und es dir geben?«

Plötzlich spürte Keiko einen heftigen Schlag gegen die Wange. Sie begann zu weinen.

»Ah, das tut gut«, schluchzte sie. »Schlag mich noch einmal.«

Otoko zitterte am ganzen Körper.

»Schlag mich noch einmal«, wiederholte Keiko.

Otoko war ihrer Stimme kaum noch mächtig. »Keiko, was redest du da!«

»Es würde ja nicht mein Baby sein. Ich will, daß du es bekommst. Ich würde es zur Welt bringen und dir geben. Ich will von Herrn Oki ein Kind für dich stehlen.«

Ein zweites Mal schlug Otoko sie ins Gesicht. Keiko fing an zu schluchzen.

»Otoko, auch wenn du ihn immer noch liebst, ein Kind kannst du nicht mehr von ihm bekommen. Ich aber könnte es zur Welt bringen, ohne etwas für das Kind zu empfinden. Für mich wäre es so, als hättest du es geboren.«

»Keiko!« Otoko ging hinaus auf die Veranda und stieß mit dem nackten Fuß gegen einen Käfig mit Glühwürmchen, so daß dieser in hohem Bogen in den Garten geschleudert wurde. In diesem Augenblick schienen alle Glühwürmchen gleichzeitig aufzuglühen, und ein grünlichweißes Licht leuchtete auf, als der Käfig in das Moos fiel.

Am Ende dieses langen Sommertages zogen am Himmel langsam die Abendwolken auf, und im Garten stieg Nebel auf. Aber es war noch hell. Otoko konnte es kaum fassen, daß die Glühwürmchen imstande waren, solch ein Licht auszustrahlen. Vielleicht war es aber auch nur eine Sinnestäuschung. Sie stand wie erstarrt und blickte unverwandt auf den Käfig, der im Moos lag.

Keiko hatte aufgehört zu schluchzen. Mit angehaltenem Atem beobachtete sie Otoko, die ihr den Rükken zuwandte.

Keiko lag, sich auf den rechten Arm stützend, halb ausgestreckt auf dem mit Matten ausgelegten Fußboden und bewegte sich nicht. Otokos Reglosigkeit schien sich auf Keiko übertragen zu haben. Aber nur einen kurzen Augenblick lang.

Dann kam Omiyo herein, begrüßte sie und sagte an, das Bad sei bereitet.

»Wie nett von Ihnen«, antwortete Otoko mit tonloser Stimme. Sie fühlte unter dem Obi den Schweiß den Körper herunterrinnen. Auch auf der Brust klebte kalter Schweiß.

»Wenn es nur nicht so warm wäre. Es ist ein unangenehmes Wetter. Diese Feuchtigkeit ... Die Regenzeit ist wohl doch noch nicht zu Ende.«

Omiyo war Angestellte des Tempels und kümmerte sich auch um Otokos Wohnung. Sie machte sauber, wusch die Wäsche, hielt die Küche in Ordnung und kochte manchmal auch das Essen. Obwohl Otoko selbst gern und gut kochte, war sie doch zu sehr von ihrer Malerei in Anspruch genommen. Keiko ließ zwar bei ihren Kochkünsten ein überraschendes Talent erkennen, den feinen Geschmack der Kyotoer Küche zu treffen, andererseits erwies sie sich als zu unzuverlässig. So kam es denn häufig vor, daß sie sich mit dem einfachen Essen begnügten, das Omiyo ihnen vorsetzte. Omiyo war bereits Anfang Fünfzig und hatte in den sechs Jahren, seit sie hier im Tempel arbeitete, ihre Aufgaben sehr gewissenhaft erledigt. Da es im Tempel noch zwei andere Frauen gab – die junge Ehefrau eines Angestellten und seine Mutter –, hatte Omiyo mehr als genug Zeit, sich um Otokos Haushalt zu kümmern. Omiyo war klein und dick und hatte an den Handgelenken und Fußknöcheln tiefe Falten im Fleisch, wie mit Bindfäden eingeschnürt.

Gut gelaunt wie immer, warf Omiyo einen Blick hinaus in den Garten – dorthin, wo der Käfig lag.

»Fräulein Ueno. Sollen die Glühwürmchen etwa heute den Abendtau trinken?« Sie ging schnell auf den Schrittsteinen hinaus und stellte den Käfig, in dem Glauben, er sei von selbst umgefallen, wieder aufrecht hin.

Als sie sich wieder aufgerichtet hatte und in Richtung Veranda schaute, war Otoko bereits ins Bad gegangen. Ihr Blick traf den von Keiko. In deren Augen lag ein seltsamer Glanz. Omiyo schlug den Blick nieder. Sie hatte bemerkt, daß Keikos eine Wange im Gegensatz zur Blässe des Gesichts gerötet war.

»Fräulein Sakami, was ist los? Was ist passiert?«

Keiko erhob sich und verschwand, ohne zu antworten, von der Veranda. Aus dem Bad war das Plätschern von Wasser zu hören. Offenbar ließ Otoko kaltes Wasser in die Wanne nachlaufen. Das Wasser in der Wanne war wohl sehr heiß, denn das Plätschern hörte nicht auf. Keiko stellte sich vor den Wandspiegel im Atelier, entfernte das Make-up aus dem Gesicht und ordnete mit einem kleinen silbernen Kamm ihre Frisur. In dem kleinen Zimmer vor dem Bad befanden sich zwar ein großer Ankleidespiegel und ein Schminktischchen mit einem Toilettenspiegel, doch sie zögerte, in dieses Zimmer zu gehen, da Otoko sich dort ausgezogen hatte. Keiko nahm nun aus dem obersten Fach eines Schranks den ersten besten ungefütterten Kimono und wechselte auch ihre Unterwäsche. Dann schlüpfte sie in den Kimono und ordnete ihn. Aber es wollte ihr nicht so recht gelingen.

»Otoko . . .«, flüsterte sie. An ihrem Kimono hinunterblickend, entdeckte sie überall in den Mustern der Ärmel und Säume Otoko. Otoko hatte die Muster dieses Kimonos für sie entworfen und einfärben lassen. Sie stellten Sommerblumen dar, aber sie waren viel zu abstrakt, als daß man sie für ein Werk Otokos halten würde. Man konnte zwar erkennen, daß es sich um Trichterwinde handelte, aber sie wirkten wie Blumen aus einer Traumvision. Ihre Farben waren wie auf den Kimonos der neuesten Mode schattiert. Sie vermittelten den Eindruck von Kühle und Jugendlichkeit. Wahrscheinlich hatte Otoko ihn zu einer Zeit entworfen, als sie und Keiko unzertrennlich schienen.

»Fräulein Sakami, wollen Sie ausgehen?« erkundigte sich Omiyo aus dem Nebenzimmer.

»Was schauen Sie so?« Keiko sprach, ohne sich umzudrehen. »Wenn Sie mir zusehen wollen, dann kommen Sie doch herein.«

Sie hatte bemerkt, daß Omiyo ihrer Fähigkeit mißtraute, Kimono und Unterkleidung richtig anziehen zu können.

»Wollen Sie ausgehen?« fragte Omiyo noch einmal.

»Nein, ich bleibe hier.« Mit der rechten Hand den Saum ihres Kimonos hochhaltend und sich über den anderen Arm den Obi und das dazugehörige seidene Tuch legend, verschwand Keiko in dem kleinen Zimmer vor dem Bad.

»Ich habe meine *tabi* vergessen. Bringen Sie mir doch bitte ein neues Paar«, sagte sie brüsk.

Otoko hatte Keikos Schritte gehört und rief aus dem Bad: »Das Wasser ist jetzt gerade richtig.« Aber Keiko stand vor dem großen Ankleidespiegel und war damit beschäftigt, ein Band ihrer Unterwäsche zuzubinden. Sie zog es so fest zusammen, daß es ihr fast Schmerzen bereitete.

Omiyo brachte die *tabi*, legte sie Keiko wortlos vor die Füße und verschwand aus dem Zimmer.

»Komm schnell, beeil dich«, rief Otoko nun.

Sie saß bis zur Brust im Wasser und schaute erwartungsvoll auf die Tür aus Zedernholz. Aber Keiko erschien nicht. Draußen war es still.

Plötzlich tauchte der Verdacht in ihr auf, Keiko scheue sich, nackt zu ihr in die Wanne zu kommen. Beunruhigt erhob sie sich, hielt sich am Badewannenrand fest und stieg hinaus.

Wollte Keiko sich ihr nicht mehr nackt zeigen, nachdem sie eine Nacht mit Oki verbracht hatte? Das lag nun mehr als zwei Wochen zurück. Seitdem hatten sie oft zusammen gebadet, und Keiko hatte nicht ein einziges Mal auch nur in einer Andeutung zu erkennen gegeben, daß sie sich ihrer Nacktheit schämte. Doch erst heute im Steingarten des Moos-Tempels hatte sie, völlig unerwartet, jenes Geständnis abgelegt. Was sie da erzählt hatte, klang mehr als seltsam.

Schon seit Jahren hatte Otoko fast täglich feststellen können, daß Keiko ein exzentrisches junges Mädchen war. Zweifellos hatte sie sie in ihrer Eigenart auch noch bestärkt. Zwar fühlte sie sich nicht für alles in Keikos Erziehung verantwortlich, doch daß sie es war, die diese Flamme in ihr entfacht hatte, daran gab es keinen Zweifel.

Otoko stand mitten im Bad, von ihrer Stirn rannen Schweißtropfen. Als sie die mit der Hand abwischen wollte, merkte sie, daß es kalter Schweiß war.

»Keiko, kommst du nicht?« rief sie.

»Nein.«

»Du badest nicht?«

»Nein.«

»Willst du dich nicht wenigstens frisch machen?«

»Ich schwitze nicht.« Und nach einer Pause. »Otoko, es tut mir leid. Verzeih ...«

Keikos Stimme klang ruhig.

»Verzeih du mir«, sagte Otoko. »Ich habe schuld. Ich bin es, die um Verzeihung bitten muß. Was machst du da gerade? Warum stehst du dort?«

»Ich binde meinen Obi.«

»Wie? Deinen Obi?« Immer noch mißtrauisch, trocknete Otoko sich schnell ab und verließ das Bad. Vor ihr stand Keiko in einem schönen Kimono.

»Willst du ausgehen?«

»Ja.«

»Aber wohin?«

»Ich weiß noch nicht«, antwortete Keiko mit einem Schatten von Kummer in den Augen.

Als schäme sie sich nun ihrer Nacktheit, zog Otoko rasch einen *yukata* über.

»Ich gehe mit.«

»Gut.«

»Du hast doch nichts dagegen?«

»Nein.«

Keiko drehte sich um und schaute in den Ankleidespiegel.

»Ich warte auf dich.«

»Ich beeile mich. Bitte mach mir Platz.« Otoko setzte sich an das Schminktischchen. Ihre Blicke trafen sich im Spiegel.

»Was hältst du von Kiyamachi? Das Ofusa? Ruf bitte dort an und bestell einen Tisch auf dem Balkon oder ein kleines Zimmer in der ersten Etage oder irgendein anderes Zimmer. Die Hauptsache ist, es liegt so, daß man auf den Fluß schauen kann. Wenn nichts frei ist, gehen wir irgendwo anders hin.«

Keiko nickte. »Aber zuerst bringe ich dir ein Glas kaltes Wasser mit Eis aus dem Kühlschrank.«

»Bin ich rot im Gesicht?«

»Ja.«

»Keine Angst. Ich werde nicht gewalttätig.« Otoko tropfte sich Lotion in ihre hohle linke Hand.

Das Eiswasser, das Keiko brachte, rann ihr angenehm kühl die Kehle hinunter.

Um telefonieren zu können, mußte Keiko in das zum Tempel gehörende Wohnhaus gehen. Als sie zurückkam, war Otoko noch dabei, sich anzukleiden.

»Ich habe für halb neun einen Tisch bestellt. Wir können auch eher da sein.«

»Halb neun? Das paßt gut. Wenn wir gleich losgehen, können wir in aller Ruhe zu Abend essen.« Die Seitenspiegel des Schminktischchens etwas drehend, begutachtete Otoko noch einmal ihr Gesicht. »Auch die Frisur geht so.«

Keiko nickte. Sie faßte hinter Otokos Obi und strich die Rückennaht des Kimonos glatt.

Lotos in Flammen

Eine berühmte Passage in den »Illustrierten Sehenswürdigkeiten der Hauptstadt« über die kühlen Sommerabende am Kamo-Fluß lautet folgendermaßen: »... Zum Flußufer hin erstrecken sich die Balkone der Freudenhäuser im Westen und Osten, und ihre Lampen spiegeln sich im Wasser wider wie Sterne. In langen Reihen säumen Klappstühle den Strand, und Feste werden hier in verschwenderischer Lichterfülle gefeiert. Im Wind, der vom Fluß her weht, flattern die dunkelvioletten Kopftücher junger Kabuki-Schauspieler. Diese schönen jungen Männer bewegen sich schüchtern im hellen Mondlicht und verbergen anmutig das Gesicht hinter dem Fächer, so daß man vor Entzücken keinen Blick von ihnen lassen kann. Auch die Geishas zeigen sich nun in ihrer ganzen Schönheit und Eleganz, prächtiger als der Hibiskus und nach kostbarem Parfüm duftend, in einem bunten Gewimmel nach Norden und Süden promenierend ...« Und dann gab es dort auch Geschichtenerzähler, Mimen und andere Unterhaltungskünstler. »... Possenstücke, kämpfende Hunde, dressierte Pferde, Gaukler und Seiltänzer. Man hört das durchdringende Pfeifenspiel eines Straßenhändlers und das Rauschen eines Kühlung spendenden Wasserfalls in einem Gelee-Laden. Das Klappen der Fenster hallt wider und lädt den kühlen Abendwind ein. Auch seltene Vögel aus Japan und China und wilde Tiere aus entlegenen Bergregionen sind hier zur Schau gestellt, und Menschen aus allen Schichten sitzen hier und vergnügen sich bei Speis und Trank ...«

Im Sommer 1690 kam auch der Dichter Basho hierher und schrieb: »Die sogenannten Sommerabendvergnügen am Fluß dauern von Sonnenuntergang bis zum letzten Schimmer des Mondes in der Morgendämmerung. Balkone säumen die Ufer und laden zum Essen und Trinken ein. Frauen mit prächtig gebundenen Obi-Knoten, Männer, in lange Mäntel gekleidet, auch Priester und Greise sind in der Menge zu sehen. Selbst Lehrlinge von Böttchern und Schmieden vertreiben sich hier die Zeit mit Singen und Lärmen. Wahrhaftig – es ist das Bild einer Hauptstadt!

Wind, der vom Fluß weht,
lustwandeln in dünnem Kimono
an einem kühlen Sommerabend.«

Zu Beginn der Taisho-Zeit wurde das Flußbett vertieft, und elektrische Bahnen fuhren am Ostufer entlang nach Osaka. Das war das Ende der Abende. »... am Ufer des Flusses, wo unendlich viele Buden Akrobatik, Theater, Kuriositäten, Raritäten und dergleichen mehr zur Schau stellten und all dies von Laternen, Lampen und Lagerfeuern taghell erleuchtet wurde.« Es war auch das Ende der Karussells und der Seilbahnveranstaltungen, die am Ende der Meiji-Zeit in Mode kamen. Heute zeugen nur noch die Balkone entlang Ober-Kiyamachi und Ponto-cho von den alten Sommerabenden am Fluß. Von allem, was Otoko über diese Dinge gelesen hatte, war ihr besonders gut die Passage über die jungen Kabuki-Schauspieler, die beim Licht des Mondes im Menschengewimmel lustwandelten, im Gedächtnis geblieben. »Im Wind, der vom Fluß her weht, flattern die dunkelvioletten Kopftücher junger Kabuki-Schauspieler. Diese schönen jungen Männer bewegen sich schüchtern im hellen Mondlicht und verbergen anmutig das Gesicht hinter dem Fächer . . .« Zuweilen fielen ihr diese Sätze wieder ein.

Gleich beim erstenmal, als sie Keiko gegenüberstand, mußte sie an diese schönen jungen Männer denken.

Auch jetzt, wo sie auf dem Balkon von Ofusas Teehaus saß, erinnerte sie sich wieder daran. Wahrscheinlich waren die Kabuki-Schauspieler von damals femininer, koketter als die eher jungenhaft wirkende Keiko ihrer ersten Begegnung. Auch jetzt kam ihr wieder in den Sinn, daß wohl allein sie aus diesem jungen Mädchen eine Frau gemacht hatte. »Keiko«, sagte sie. »Erinnerst du dich noch daran, wie du mich das erstemal besucht hast?«

»Ja. Aber mußt du schon wieder damit anfangen?«

»Ich hatte das Gefühl, eine Elfe sei gekommen.«

Keiko nahm Otokos Hand, steckte sich ihren kleinen Finger in den Mund und biß, sie von unten anblickend, hinein. Dann flüsterte sie: »Es war an einem Frühlingsabend. Im Garten stieg blaßblauer Nebel auf, und du schienst in diesem Nebel zu schweben.«

Das waren Otokos Worte gewesen. Sie hatte zu Keiko gesagt, sie habe in dem Abendnebel wie eine Elfe ausgesehen. Keiko hatte es nicht vergessen.

Nun waren erneut diese Worte ausgesprochen worden. Keiko wußte sehr gut, daß sie Otoko quälten, sie zu Selbstvorwürfen trieben und sie die Zuneigung zu ihr bedauern ließen, verlieh ihr doch diese Zuneigung eine noch stärkere Macht über sie.

Auf dem Balkon des benachbarten Teehauses standen in jeder Ecke Papierlaternen. Zwei Tanzmädchen und eine Geisha unterhielten einen einzelnen Gast, einen dicken glatzköpfigen, ziemlich jungen Mann, der hinaus auf den Fluß blickte und gleichgültig nickte, während die Mädchen versuchten, sich mit ihm zu unterhalten. Wartete er vielleicht auf einen Bekannten oder auf die Nacht? Die Laternen waren bereits angezündet, doch die Abenddämmerung war noch so hell, daß man auf ihr Licht gut noch hätte verzichten können.

Der andere Balkon war so nahe, daß man den Rand fast mit der Hand berühren konnte. Wie alle Balkone entlang des Kamo-Flusses hatten auch diese beiden keine Sichtblenden. Man konnte deshalb nicht nur zum benachbarten, sondern bis zum entferntesten Balkon hinüberblicken. Die Reihen der offenen Balkone vermittelten das Gefühl der Kühle eines Flußufers.

Unbekümmert der Blicke von hüben und drüben biß Keiko fest in Otokos kleinen Finger. Der Schmerz durchzuckte Otoko, doch sie zog den Finger nicht zurück und gab keinen Laut von sich. Keiko berührte mit der Zunge die Fingerspitze. Dann ließ sie ihn aus dem Mund fallen und sagte: »Du hast gebadet. Er ist nicht ein bißchen salzig.«

». . . «

Der weite Blick über den Kamo-Fluß bis hin zu

den Östlichen Bergen jenseits der Stadt besänftigte Otokos Ärger. Als sie sich innerlich ruhig fühlte, kam ihr der Gedanke, es sei ihre eigene Schuld, daß Keiko mit Oki zusammen im Hotel übernachtet hatte.

Keiko hatte gerade die Hochschule absolviert, als sie das erstemal zu Otoko ins Atelier kam. Sie sagte, sie hätte ihre Bilder in einer Ausstellung in Tokyo gesehen und ein Foto von ihr in einem Magazin und würde sie verehren.

In diesem Jahr hatte eins von Otokos Bildern in einer Ausstellung in Kyoto einen Preis bekommen, und sie war dadurch ziemlich bekannt geworden.

Es war ein Bild zweier junger Geishas, die das Fingerspiel »Papier-Schere-Stein« spielten, und hatte eine Fotografie der berühmten Gion-Geisha Okayo aus dem Jahre 1877 zur Vorlage.

Es handelte sich um eine Fotomontage, die eine doppelte Abbildung der Geisha beim Fingerspiel zeigte. Beide Gestalten waren gleich gekleidet. Die eine, die die Finger an beiden Händen ausgestreckt hielt, war fast genau von vorne aufgenommen, während die andere, die ihre geballten Fäuste zeigte, etwas seitlich stand. Otoko gefiel die Art und Weise, wie sie die Hände hielten, wie Körperhaltung und Gesichtsausdruck aufeinander abgestimmt waren. Die rechte Gestalt mit den ausgestreckten Fingern hielt die Daumen gerade und die Finger leicht zurückgebogen. Otoko gefielen auch die großen altmodischen Muster – obwohl man auf dem Schwarzweißfoto keine Farben erkennen konnte –, die sich von der Schulter bis zum Saum hinzogen. Zwischen beiden Figuren stand ein viereckiges Kohlebecken aus Holz, ein eiserner Kessel und eine Sakeflasche. Diese Gegenstände störten die Harmonie des Bildes, und so ließ Otoko sie weg.

Auch ihr eigenes Bild zeigte dieselbe junge Geisha in dieser doppelten Gestalt, das Fingerspiel spielend. Otoko wollte den Betrachter jedoch im Zweifel lassen, ob es zwei verschiedene Geishas waren oder ob es sich um ein und dieselbe Geisha handelte. Auch die alte Fotomontage hatte etwas von dieser Unbestimmtheit. Um nicht in banaler Plakativität steckenzubleiben, hatte sich Otoko bei der Darstellung der Gesichter große Mühe gegeben. Als günstig erwiesen sich die dekorativen Muster der Kleidung, die auf dem Foto so großflächig aussahen. Sie ließen auf Otokos Bild die vier Hände sehr lebendig wirken. Obwohl es keine genaue Kopie des Fotos war, mußten wohl viele Kyotoer auf den ersten Blick erkannt haben, daß es eine alte Fotomontage mit einer berühmten Geisha zum Vorbild hatte.

Ein Kunsthändler aus Tokyo interessierte sich für dieses Geisha-Bild und besuchte Otoko. Er organisierte eine Ausstellung einiger ihrer kleineren Arbeiten in Tokyo. Bei dieser Gelegenheit hatte auch Keiko sie gesehen. Es war ein Zufall, denn sie hatte noch nie von der Kyotoer Malerin Otoko Ueno gehört.

Zweifellos war es diesem Geisha-Bild und wohl auch Otokos Schönheit zu verdanken, daß eine Wochenzeitschrift über die Malerin berichtete. Otoko wurde von den Journalisten in Kyoto herumgeführt und pausenlos fotografiert. Oder vielmehr führte sie selbst wohl die Journalisten in der Stadt herum und zeigte ihnen die Stellen, die ihr etwas bedeuteten. Das Ergebnis war ein Bildbericht, der drei große Seiten des Magazins füllte. Er enthielt auch ein Foto des Geisha-Bildes und eins von ihr selbst. Aber die meisten Fotos zeigten Szenen aus Kyoto, auf denen Otoko gewissermaßen nur als Staffage mit abgebildet zu sein schien. Vielleicht hatten sie überhaupt nur nicht jedermann als Sehenswürdigkeit bekannte Winkel, die ihnen von einer in Kyoto lebenden Malerin gezeigt wurden, fotografieren wollen.

Keiko aber, die Kyoto nicht kannte und nicht wußte, daß dies jene reizvollen Plätze der Stadt waren, wo Touristen im allgemeinen nicht hinkamen, sah nur die Schönheit Otokos auf den Fotos und war fasziniert.

So war sie eines Abends aus dem blaßblauen Nebel vor Otoko aufgetaucht und hatte sie gebeten, bei ihr malen lernen zu dürfen. Ihre Bestimmtheit beeindruckte Otoko. Und dann schlang Keiko unversehens die Arme um sie, und Otoko hatte den Eindruck, eine Elfe habe sie umfaßt. Es war wie ein plötzlich aufkommendes sinnliches Verlangen.

»Aber sind denn Ihr Vater und Ihre Mutter überhaupt damit einverstanden? Ich kann Ihnen sonst keine Zusage geben. Das werden Sie doch wohl verstehen«, sagte Otoko.

»Meine Eltern sind tot. Ich kann selbst über mich bestimmen.«

Otoko schaute sie prüfend an. »Haben Sie denn auch keinen Onkel und keine Tante oder Geschwister?«

»Ich bin nur eine Last für meinen Bruder und seine Frau. Seit sie ein Baby haben, ist es noch schlimmer geworden.«

»Wegen des Babys?«

»Ich habe das Kind sehr lieb, aber sie mögen es nicht, wenn ich es streichele.«

Vier oder fünf Tage nachdem Keiko sich bei Otoko häuslich eingerichtet hatte, kam ein Brief von ihrem Bruder, in dem er schrieb, sie sei ein schwärmerisches, eigensinniges Mädchen und tauge wahrscheinlich nicht einmal zu einem guten Dienstmädchen, er hoffe jedoch, Otoko würde sich ihrer annehmen. Bald trafen dann auch Keikos Kleidung und ihre anderen Sachen ein. Danach zu urteilen, stammte sie aus wohlhabendem Hause.

Otoko stellte bald fest, warum ihr Bruder und seine Frau die Art und Weise, wie Keiko das Baby streichelte, mißbilligten. Sie mußte irgendwie abnorm veranlagt sein.

Sieben oder acht Tage nachdem Keiko gekommen war, hatte sie Otoko gebeten, ihr die Haare zu machen. Wie – das hatte sie ihrem Geschmack überlassen. Als Otoko ihr mit der Hand das Haar ordnete, zog sie dabei versehentlich ein wenig unsanft an einer Strähne. »Ziehen Sie ruhig kräftiger«, hatte Keiko gesagt. »Fassen Sie so fest zu, daß ich daran hängen kann.«

Otoko ließ los, Keiko drehte sich zu ihr um und preßte ihre Lippen und Zähne auf Otokos Hand. Dann sagte sie: »Fräulein Ueno, wie alt waren Sie eigentlich bei Ihrem ersten Kuß?«

»Was reden Sie denn da . . .«

»Ich war drei. Ich erinnere mich noch genau daran. Er war ein entfernter Verwandter meiner Mutter, er war ungefähr dreißig, glaube ich. Ich mochte ihn sehr. Eines Tages, als er allein im Wohnzimmer saß, ging ich auf meinen wackligen Beinchen zu ihm hin und küßte ihn. Er war so überrascht, daß er sich mit der Hand auf den Mund schlug.«

Auch an diese Geschichte von dem kindlichen Kuß erinnerte sich Otoko hier auf dem Balkon am Kamo-Fluß. Die Lippen, die mit drei Jahren einen Mann geküßt hatten, gehörten jetzt ihr und hatten gerade ihren kleinen Finger festgehalten.

»Ich erinnere mich noch gut, wie du mit mir das erstemal am Arashiyama warst. Es war im Frühling, und es regnete«, sagte Keiko.

»Ich erinnere mich auch noch gut daran.«

»Und an die Frau im Nudelgeschäft.«

Ein paar Tage nachdem Keiko zu ihr gezogen war, nahm Otoko sie mit und zeigte ihr die Tempel Kinkakuji und Ryoanji und dann den Arashiyama. Sie gingen in ein Nudelgeschäft, das oberhalb des Flußufers in der Nähe der Togetsu-Brücke lag. Die alte Frau im Laden sagte, es tue ihr leid, daß es regne.

»Ich mag den Regen«, entgegnete Otoko. »Es ist ein wunderbarer Frühlingsregen.«

»Oh, ich danke Ihnen, mein Fräulein«, sagte die Frau höflich und machte eine leichte Verbeugung.

Keiko schaute Otoko an und flüsterte: »Hat sie sich an Stelle des Wetters bedankt?«

»Was meinen Sie?« Die Antwort der Frau schien

Otoko so selbstverständlich zu sein, daß sie gar nicht weiter darauf geachtet hatte. »Ja, ich glaube schon. An Stelle des Wetters . . .«

»Das ist interessant. Mir gefällt die Idee, sich an Stelle des Wetters zu bedanken«, fuhr Keiko fort. »Ist das in Kyoto so üblich?«

»Wie Sie sehen.«

Es war nur natürlich, daß sich die Frau an Stelle des Regens bei ihnen bedankt hatte. Was sie sagte, war wohl als Entschuldigung aufzufassen, daß es ausgerechnet jetzt regnete, wo sie, ohne die Mühe zu scheuen, zum Arashiyama gekommen waren. Aber Otokos Antwort war keine bloße Höflichkeitsfloskel. Sie mochte wirklich den Frühlingsregen am Arashiyama. Die alte Frau dankte ihr dafür. Sie schien für das Wetter oder für den im Regen stehenden Berg zu sprechen. Es war aber auch ein selbstverständlicher Gruß von jemandem, der dort einen Laden hatte. Nur Keiko kam es seltsam vor.

»Wunderbare Nudeln«, sagte Keiko. »Was für eine nette Frau.«

Ihr Taxichauffeur hatte ihnen den Laden empfohlen. Wegen des Regens hatte Otoko für vier Stunden ein Taxi gemietet.

Obwohl jetzt am Arashiyama die Kirschbäume blühten, waren überraschend wenig Leute im Regen hierhergekommen. Das war ein Grund mehr, warum Otoko ihn liebte. In diesem dunstigen Frühlingsregen verschwamm die Silhouette des Berges drüben auf der anderen Seite des Flusses, und er erschien ihr noch wunderbarer. So wenig störend war dieser Regen, daß sie ihren Schirm nicht aufspannten und kaum bemerkten, daß sie naß wurden, als sie den Berg betrachteten und dann dorthin zurückkehrten, wo das Taxi wartete. Die Tropfen dieses Regenschauers verschwanden im Wasser des Flusses, ohne auch nur das geringste Kräuseln auf seiner Oberfläche zu hinterlassen. Das junge Grün und das Weiß der Kirschblüten, all die Farben der blühenden Bäume wurden durch den Regen gedämpft.

Nicht nur der Arashiyama war im Frühlingsregen so sehenswert. Auch der Moos-Tempel und der Ryoanji hatten ihren eigenen Reiz. Im Garten des Moos-Tempels lag eine einzelne rote Kamelie auf kleinen weißen Andromedablüten, die über das nasse hellgrüne Moos verstreut waren. Die noch vollendet geformte Kamelie lag mit der offenen Seite der Blüte nach oben da, gerade so, als wäre sie dort schwebend aufgeblüht. Auch die regennassen Steine im Steingarten des Ryoanji glänzten in allen Schattierungen.

»Wenn Sie eine alte Blumenvase aus Iga bei der Teezeremonie benutzen, dann feuchten Sie sie auch vorher von außen an«, sagte Otoko. »Es ist derselbe Effekt.« Aber Keiko kannte weder Vasen aus Iga, noch hatte sie irgend etwas beim Anblick der Farben des Steingartens empfunden.

Nachdem Otoko sie ihr nun aber gezeigt hatte, war sie von den Regentropfen, die an den Bäumen entlang der Wege durch das Tempelgelände glitzerten, beeindruckt. Jede Nadel glich einem Blumenstengel, an dessen Spitze ein einziger Regentropfen hing. Die Kiefern schienen über und über mit Taublüten bedeckt. Wenn man nicht besonders darauf achtete, übersah man sie leicht, aber sie waren zarte Blüten des Frühlingsregens. Auch die gerade aufbrechenden Knospen der Ahornbäume und der anderen Gehölze waren mit Tropfen benetzt.

Regentropfen, die an den Spitzen der Kiefernnadeln hingen, konnte man nicht nur in Kyoto, sondern überall anderswo sehen, aber Keiko hatte sie jetzt und hier das erstemal bewußt wahrgenommen, und deshalb schienen sie ihr ein Teil von Kyoto zu sein. Die Regentropfen an den Kiefernnadeln und der Gruß der Frau im Nudelgeschäft gehörten zu Keikos ersten Eindrücken von Kyoto. Nicht nur, weil sie erst seit kurzem hier lebte, sondern wohl auch, weil es ihr erster Ausflug in Begleitung Otokos gewesen war.

»Ich möchte wissen, wie es dieser Frau aus dem Nudelladen jetzt geht«, sagte Keiko. »Wir sind seitdem nicht wieder am Arashiyama gewesen.«

»Das ist wahr. Aber ich bin am liebsten im Winter dort. Wenn die tiefen Stellen im Fluß besonders geheimnisvoll und kalt aussehen. Wir wollen dann hingehen.«

»Müssen wir denn bis zum Winter warten?«

»Es ist doch bald Winter.«

»Noch lange nicht. Es ist doch noch nicht einmal Hochsommer, ganz zu schweigen vom Herbst.«

Otoko lachte. »Wir können gehen, wann wir wollen. Wir können morgen schon hingehen.«

»Dann gehen wir morgen. Ich werde der Frau im Nudelgeschäft sagen, daß mir der Arashiyama auch in der heißen Jahreszeit gefällt. Und sie wird sich wahrscheinlich wieder bei mir bedanken. An Stelle des schönen Wetters.«

»Und an Stelle des Arashiyama.«

Keiko schaute hinaus auf den Fluß. »Otoko, im Winter werden hier wohl keine Liebespaare spazierengehen.«

Ein richtiges Ufer war es eigentlich nicht. Es gab zwei Dämme, die den Kamo-Fluß von dem Wasserlauf unterhalb der Balkone und vom Kanal entlang des östlichen Ufers trennten und die zugleich als Promenade dienten.

Hier gingen viele junge Leute spazieren. Nur einige wenige hatten Kinder mit. Die Paare promenierten Arm in Arm oder saßen aneinandergelehnt am Wasser. Je dunkler es wurde, um so mehr bevölkerte sich die Promenade.

»Nein, bestimmt nicht. Im Winter ist es hier zu kalt«, antwortete Otoko.

»Ich bezweifele auch, ob sie bis zum Winter anhält.«

»Was hält bis zum Winter an?«

»Ihre Liebe. So manches Paar da unten wird im Winter wohl nicht mehr zusammen sein.«

»Das beschäftigt dich?«

Keiko nickte.

»Warum machst du dir darüber Gedanken? In deinem Alter . . .«

»Ich bin nicht so dumm wie du und liebe zwanzig Jahre lang einen Mann, der mich so schlecht behandelt hat.«

». . . «

»Obwohl dich Herr Oki verlassen hat, weigerst du dich noch immer, es anzuerkennen.«

»Bitte, rede nicht so.« Otoko wandte ihr Gesicht

ab. Keiko aber hob die Hand und ordnete ein paar Strähnen in Otokos Nacken.

»Otoko, weshalb jagst du mich nicht fort?«

»Was bitte?«

»Ich bin der einzige Mensch, den du verlassen kannst. Jag mich doch fort.«

»Was willst du damit sagen?« Otoko schien sie mit einer leichten Bewegung abwehren zu wollen, schaute ihr aber direkt in die Augen. Sie fuhr mit den Fingerspitzen die Haarsträhnen entlang, die Keiko gerade geordnet hatte.

»Ich meine die Art und Weise, wie Herr Oki dich verlassen hat«, fuhr Keiko hartnäckig fort und schaute Otoko dabei in die Augen. »Du bist offenbar nie bereit gewesen, darüber nachzudenken.«

»Mußt du immer dieses schlimme Wort ›verlassen‹ benutzen?«

»Es ist immer gut, wenn man sich präzise ausdrückt.« In ihren Augen funkelte es boshaft. »Wie willst du es denn sonst nennen?«

»Wir haben uns getrennt.«

»Das habt ihr nicht! Er ist immer noch in dir, und du bist immer noch in ihm.«

»Keiko, was willst du damit sagen? Ich verstehe dich nicht.«

»Ich habe heute gedacht, du willst mich verlassen.«

»Aber ich habe mich doch entschuldigt.«

»Ich habe mich bei dir entschuldigt.«

Otoko war mit Keiko hierher nach Kiyamachi gekommen, um sich mit ihr zu versöhnen. Vielleicht aber war das gar nicht mehr möglich. Offenbar lag es an Keikos Temperament, daß sie mit einer Liebe ohne Zwist und Streit nicht zufrieden war, denn sie widersprach Otoko ständig und zankte oder schmollte mit ihr. Vor allem aber war Otoko durch Keikos Geständnis, eine Nacht mit Oki verbracht zu haben, verletzt. Die Keiko, die ihr ergeben zu sein schien, hatte sich seitdem in ein wildes Geschöpf verwandelt, das sich bei jeder Gelegenheit gegen sie auflehnte. Keiko hatte gesagt, sie würde sich für Otoko an Oki rächen, der aber schien es nun so, als wolle Keiko sich an ihr rächen. Zudem überkam sie ein neues Gefühl von Angst und Verzweiflung gegenüber Oki. Weshalb tändelte er ausgerechnet mit ihrer Schülerin, wenn er doch ebensogut andere Frauen haben konnte?

»Du willst dich nicht von mir trennen?« fragte Keiko erneut.

»Wenn du weiterhin darauf bestehst, dann tue ich es. Es wäre wohl das beste für dich.«

»Ach, hör auf. So habe ich es nicht gemeint.« Keiko schüttelte den Kopf. »Ich habe dabei nicht an mich selbst gedacht. Solange ich bei dir bin . . .«

»Nicht mehr bei mir zu sein wäre wohl das beste für dich.« Otoko versuchte, möglichst ruhig zu sprechen.

»Hast du dich innerlich schon so von mir entfernt?«

»Nein, natürlich nicht.«

»Das freut mich, Otoko. Ich war schon so unglücklich, weil ich dachte, du wolltest dich von mir trennen.«

»Aber das war doch deine Idee!«

»Meine? Glaubst du denn, ich würde dich verlassen! Selbst dann nicht, wenn ich sterben müßte«, erwiderte Keiko heftig. Sie ergriff abermals Otokos kleinen Finger und biß hinein.

»Au!« Otoko zuckte zusammen und zog den Finger zurück. »Du tust mir weh.«

»Das wollte ich auch.«

Das bestellte Essen wurde gebracht. Während die Kellnerin die Speisen auf den Tisch stellte, drehte sich Keiko ein wenig zur Seite und betrachtete den lichterüberfluteten Gipfel des Hiei-Berges in der Ferne. Otoko unterhielt sich mit der Kellnerin und verdeckte dabei die eine Hand mit der anderen. Sie fürchtete, man könne noch die Spuren von Keikos Zähnen sehen.

Als sie wieder allein waren, beugte sich Keiko über ihre Aalsuppe, brach mit den Eßstäbchen einen Bissen Aal ab und sagte, bevor sie ihn in den Mund schob: »Aber du solltest dich wirklich von mir trennen.«

»Du bist wirklich halsstarrig.«

»Ich bin das Mädchen, das von seinem Liebhaber verlassen worden ist. Warum meinst du, ich sei halsstarrig?«

Otoko gab keine Antwort. Sie fragte sich im stillen, ob Frauen untereinander weniger tolerant waren als Männern gegenüber, und fühlte, innerlich wie von einem Nadelstich getroffen, daß derselbe alte, unangenehme Gedanke wieder von ihr Besitz ergriff. Ihr von Keiko gebissener Finger schmerzte noch. Es piekte, als habe man sie dort mit einer Nadel gestochen. Hatte sie denn Keiko animiert, ihr Schmerzen zuzufügen?

Eines Tages, Keiko wohnte noch nicht lange bei ihr, kam sie aus der Küche gestürzt.

»Das Öl ist mir aus der Pfanne gespritzt.«

»Haben Sie sich verbrannt?«

»Es tut furchtbar weh.« Keiko hielt Otoko den Finger hin. Die Fingerspitze war gerötet. Otoko faßte ihre Hand.

»Es sieht nicht besonders schlimm aus«, sagte sie und steckte den Finger in den Mund. Erschrocken von der Berührung des Fingers mit ihrer Zunge, zog sie ihn wieder heraus. Nun steckte Keiko ihn sich in den Mund.

»Hilft es denn, wenn man daran leckt?«

»Keiko, was ist mit der Bratpfanne?«

»Die habe ich ganz vergessen.« Keiko rannte in die Küche. Einige Zeit später, wann, wußte sie nicht mehr genau, hatte sie eines Nachts damit begonnen, ihre Lippen auf Keikos Augenlider zu pressen und sie ins Ohr zu beißen. Keiko, die an den Ohren sehr empfindlich war, wand sich hin und her und jammerte. Das regte Otoko an.

Auch an diese Dinge, die sie mit Keiko getrieben hatte, erinnerte sie sich jetzt. Damals – wie weit lag das schon zurück! – hatte Oki dasselbe mit ihr gemacht. Vielleicht weil sie noch so jung war, hatte er keine Eile, sie auf den Mund zu küssen. Als sie Okis Küsse auf ihrer Stirn, ihren Augenlidern und Wangen spürte, fühlte sie Gelöstheit und schließlich vollkommene Hingabe. Keiko war zwei oder drei Jahre älter als sie damals, nur daß sie stärker reagierte und sich schneller hingab.

Der Gedanke aber, daß sie dieselben Dinge mit

Keiko tat, die Oki damals mit ihr gemacht hatte, preßte ihr das Herz zusammen und weckte ein Gefühl der Schuld. Gleichzeitig wurde sie sich aber auch ihrer Vitalität bewußt.

»Bitte, tu es nicht!« Doch noch während sie sprach, preßte sie ihre nackte Brust gegen die Otokos.

»Ist dein Körper nicht genauso wie meiner?«

Otoko rückte ein wenig von ihr ab.

Keiko umschlang sie noch enger. »Wirklich, er ist genauso wie meiner. Ganz genauso wie meiner.«

Otoko argwöhnte, daß Keiko bereits Erfahrungen mit Männern hatte. Deren plötzliche verbale Ausbrüche waren ihr noch ungewohnt.

»Wir sind nicht gleich«, flüsterte Otoko, aber da kam schon Keikos Hand und tastete nach ihrer Brust. Die Hand bewegte sich, ohne zu zögern, die Berührung selbst jedoch war sehr schüchtern.

»Tu es nicht!« Otoko ergriff Keikos Hand.

»Du bist nicht ehrlich.« Nun war Kraft in Keikos Fingern.

Zwanzig Jahre zuvor hatte Otoko, wenn sie Okis Hand auf ihrer Brust fühlte, gesagt: »Bitte, tu es nicht.« Diese Worte erschienen auch in seinem Roman. Otoko würde sich wahrscheinlich sowieso an sie erinnert haben, aber da sie gedruckt waren, waren sie unsterblich.

Und Keiko hatte genau dieselben Worte gebraucht. Vielleicht deshalb, weil sie »Ein Mädchen von sechzehn Jahren« gelesen hatte? Würde jedes Mädchen diese Worte sagen?

In dem Roman gab es auch eine Beschreibung von Otokos Brüsten. Oki hatte einige Reflexionen über das Glücksgefühl, das er empfand, als er sie berührte, hinzugefügt.

Otoko hatte nie ein Baby gestillt, deshalb hatten ihre Brustwarzen noch immer eine satte Farbe. Selbst nach zwanzig Jahren waren sie um nichts blasser geworden. Als Otoko Anfang Dreißig war, begannen sie ein wenig zu schrumpfen. Wahrscheinlich hatte Keiko beim Baden ihre Kleinheit bemerkt und nun – indem sie sie berührte – ihre Neugier gestillt. Obwohl Otoko dachte, sie würde mit ihr darüber sprechen, geschah dies nicht. Und keine von beiden sprach darüber, daß Otokos Brüste immer wieder aufs neue unter Keikos Liebkosungen reagierten. Keikos Schweigen war seltsam, mußte sie doch dies vielleicht als ihren Sieg werten.

Manchmal hatte Otoko das Gefühl, das Schwellen ihrer Brüste sei krankhaft und verworfen, manchmal empfand sie unsagbare Scham. Am meisten aber war sie erstaunt über die Art und Weise, wie sich ihr Körper – sie ging auf die Vierzig zu – veränderte. Sie empfand nun ganz anders als mit fünfzehn, als sich die Form ihrer Brust unter den Zärtlichkeiten Okis veränderte, und als mit sechzehn während ihrer Schwangerschaft.

Nach der Trennung von Oki hatte zwanzig Jahre lang niemand mehr ihre Brüste berührt. Inzwischen waren ihre Jugend und ihre Jahre als Frau dahingegangen. Es waren die Hände einer anderen Frau – es waren Keikos Hände, die sie jetzt berührten.

Allerdings hatte Otoko, nachdem sie mit ihrer Mutter nach Kyoto gezogen war, mehr als einmal die Möglichkeit gehabt zu heiraten. Aber sie hatte sie jedesmal ausgeschlagen. Sobald sie merkte, daß ein Mann sie liebte, wurden sofort die Erinnerungen an Oki lebendig. Sie waren viel mehr als nur Erinnerungen – sie waren ihre Wirklichkeit. Nach der Trennung von Oki konnte sie in ihrer Niedergeschlagenheit kaum bis zum nächsten Tag denken, geschweige denn Pläne für die Zukunft machen. Aber der Gedanke, nicht zu heiraten, hatte sich in ihrem Kopf festgesetzt und war im Laufe der Zeit unumstößlich geworden.

Selbstverständlich hoffte Otokos Mutter, daß sie heiraten würde. Sie war mit ihr nach Kyoto gezogen, um auch eine räumliche Trennung von Oki zu vollziehen und sie innerlich wieder ins Gleichgewicht kommen zu lassen, nicht aber in der Absicht, dort längere Zeit wohnen zu bleiben. Auch in Kyoto machte sie sich nach wie vor Sorgen um die Tochter und ließ sie kaum aus den Augen. Otoko war neunzehn, als ihre Mutter das erstemal auf einen Heiratsantrag zu sprechen kam. Das geschah im Nembutsu-Tempel in Adashino in der Ebene von Saga in der Nacht der Zeremonie der Tausend Lichter.

Otokos Mutter weinte, als sie die »Tausend Lichter« erblickte, die vor den unzähligen kleinen, verwitterten Grabsteinen brannten, die aufgestellt waren im Gedenken an die Toten, für die niemand betete. Ein Gefühl der Vergänglichkeit war allgegenwärtig. Der Anblick des schwachen Lichts der Kerzen in der abendlichen Dunkelheit vor den Grabsteinen verstärkte dieses Gefühl noch. Otoko bemerkte, daß ihre Mutter weinte, sagte aber nichts.

Es war dunkel, als sie den Heimweg antraten.

»Es ist einsam hier«, sagte ihre Mutter. »Fühlst du dich nicht auch einsam, Otoko?« Zweimal hatte sie das Wort »einsam« ausgesprochen, doch beide Male schien es etwas anderes zu bedeuten. Sie fing an, von einem Heiratsantrag zu sprechen, den sie – Otoko betreffend – von einem Bekannten aus Tokyo erhalten hatte.

»Verzeih mir bitte, Mutter. Aber ich kann nicht heiraten«, erklärte Otoko.

»Es gibt keine Frau, die nicht heiraten könnte.«

»Doch.«

»Wenn du nicht heiratest, werden auch wir beide einmal zu den Toten gehören, für die niemand betet.«

»Welche Bedeutung hat das?«

»Es sind die Toten, die keine Verwandten mehr haben, die für sie beten.«

»Ich weiß, aber ich kann mir nicht vorstellen, was für eine Bedeutung das für mich hat. Nach dem Tod . . .«

»Nein, nicht erst wenn du tot bist. Eine Frau ohne Mann und ohne Kinder ist schon zu Lebzeiten wie eine Tote, die niemanden mehr hat, der für sie betet. Stell dir vor, ich hätte dich nicht. Du bist noch jung, aber . . .« Sie zögerte einen Augenblick. »Du malst doch so oft Bilder von deinem Kind. Wie lange willst du das noch tun?«

Ihre Mutter erzählte ihr alles, was sie über den Bewerber, einen Bankangestellten, wußte.

»Wenn du ihn gern kennenlernen möchtest, fahren wir irgendwann einmal nach Tokyo.«

»Wenn ich dich so reden höre, was glaubst du, was ich da vor mir sehe?« fragte Otoko.

»Du siehst etwas vor dir? Was?«

»Eisengitter. Ich sehe die Eisengitter an den Fenstern jener psychiatrischen Anstalt.«

Ihre Mutter hielt den Atem an und schwieg.

Auch danach, zu Lebzeiten ihrer Mutter, erhielt Otoko noch mehrere Anträge.

»Es ist nicht gut, immerfort nur an ihn zu denken. Es ist einfach sinnlos, was du machst«, sagte ihre Mutter. Es war mehr ein Appell als eine Warnung, und zugleich schlug sie Otoko vor zu heiraten.

»Du kannst nichts mehr daran ändern. Auf Herrn Oki zu warten ist wie auf die Vergangenheit zu warten. Die Zeit und das Wasser im Fluß fließen nicht rückwärts.«

»Ich warte auf niemanden«, entgegnete Otoko.

»Du denkst doch aber immer noch an ihn? Du kannst ihn nicht vergessen?«

»Nein, das ist es nicht.«

»Bist du sicher? Du warst noch ein Kind, als er dich verführt hat, ein unschuldiges Kind. Vielleicht verheilt deshalb die Wunde so schwer. Ich habe ihn gehaßt, weil er ein Kind wie dich so grausam behandelt hat.«

Otoko erinnerte sich an die Worte ihrer Mutter. Sie glaubte, daß sie es ihrer Jugend und Unschuld zu verdanken hatte, daß sie eine so anhaltend starke Liebe empfand. Vielleicht erklärte dies auch ihre blinde, unersättliche Leidenschaft. Wenn sie einen Orgasmus hatte und Oki in die Schulter biß, bemerkte sie nicht einmal das Blut, das aus der Wunde trat.

Lange nach ihrer Trennung, als sie bereits in

Kyoto wohnte, war sie aufs äußerste schockiert, in »Ein Mädchen von sechzehn Jahren« zu lesen, daß er auf dem Wege zu ihr überlegte, auf welche Weise er sie diesmal lieben würde, und daß er fast immer das erreichte, was er sich vorgenommen hatte. Oki hatte geschrieben, daß sein Herz jedesmal vor Freude klopfte, wenn er sich auf dem Wege zu ihr mit diesen Vorstellungen beschäftigte. Otoko fand die Art, wie ein Mann diese Dinge sah, erschreckend. Für ein gefühlsbetontes junges Mädchen wie Otoko war es unfaßbar, daß ein Mann die Art und Weise und die Reihenfolge der Liebeshandlung im voraus plante. Sie akzeptierte, was immer er tat, und gab, was immer er forderte. Nicht zuletzt ihrer Jugend wegen stellte sie keine Fragen. Oki hatte sie als außergewöhnliches junges Mädchen, eine Frau unter Frauen, beschrieben. Und dank Otoko, so schrieb er, habe er alle Arten von Liebe erfahren, die eine Frau einem Mann nur geben könne.

Als sie dies las, fühlte sie sich gedemütigt. Aber sie war nicht imstande, ihre lebhaften Erinnerungen an seine zärtlichen Umarmungen zu unterdrücken. Ihr Körper spannte sich, und sie begann zu zittern. Schließlich löste sich die Spannung, und Zufriedenheit und Glück erfüllten sie. Ihre vergangene Liebe war wieder lebendig geworden.

Es war nicht nur die Vision der Eisengitter an den Krankenhausfenstern, die Otoko in der Dunkelheit auf dem Rückweg von der Zeremonie der Tausend Lichter in Adashino erschien. Sie sah sich auch in Okis Umarmung liegen.

Wenn er nie etwas darüber geschrieben hätte, wäre

diese Vision vielleicht nicht so lange für sie lebendig geblieben.

Otoko wurde blaß vor Eifersucht und Verzweiflung, als Keiko ihr erzählte, daß sie in der Nacht in dem Hotel in Enoshima in Okis Umarmung plötzlich ihren Namen gerufen und Oki dann völlig versagt hatte. War ihm vielleicht gerade in diesem Augenblick die Erinnerung an all ihre Umarmungen gekommen?

Im Laufe der Zeit verklärte sich in Otokos Gedächtnis die Erinnerung an ihre Umarmungen allmählich vom Körperlichen ins Geistige. Sie selbst war nun nicht mehr unschuldig. Auch Oki war es nicht. Ihre Umarmungen jedoch – damals, vor zwanzig Jahren – erschienen ihr aus heutiger Sicht als rein. Diese Erinnerung – sie selbst und nicht sie selbst, unwirklich und doch wirklich – war eine Vorstellung, entstanden aus der Erinnerung an ihre gegenseitigen Umarmungen.

Wenn sie sich vor Augen führte, was er sie damals gelehrt hatte, und sich vorstellte, daß er in der gleichen Weise Keiko umarmte, befürchtete sie oft, ihre Vision würde beschmutzt oder sogar zerstört. Sie erwies sich jedoch als unverletzbar.

Keiko rieb sich neuerdings in Otokos Gegenwart die Arme und Beine mit einem Haarentfernungsmittel ein. Früher hatte sie es heimlich getan. Wenn Otoko sie dann fragte, was für ein seltsamer Geruch aus dem Bad käme, antwortete sie nicht. Otoko waren Haarentfernungsmittel unbekannt, da sie nie welche benutzte und es auch nicht nötig hatte.

Als sie das erstemal sah, wie Keiko mit angezogenem Knie dasaß und die Creme auftrug, war sie überrascht und runzelte die Stirn.

»Was für ein widerlicher Geruch. Was ist das?«

Als dann beim Entfernen der Creme die ausgegangenen Haare zu sehen waren, schloß Otoko die Augen.

»Bitte hör auf, mir wird schlecht.« Sie schüttelte sich und spürte, daß eine Gänsehaut sie überlief. »Mußt du so etwas Ekelhaftes tun?«

»Machen das nicht alle? Wäre es dir denn nicht unangenehm, eine behaarte Haut zu berühren? Ich bin jedenfalls eine Frau.«

Also entfernte sie sich für Otoko die Haare. Um von ihr berührt zu werden. Für eine andere Frau wollte Keiko die glatte Haut einer Frau haben. Otoko fühlte sich bedrückt wegen ihres Ekels beim Anblick der in der Creme schwimmenden Haare und wegen der Gefühle, die Keikos Offenheit bei ihr hervorriefen. Sie konnte den stechenden Geruch nicht loswerden, selbst als Keiko ins Bad gegangen war, um den Rest der Creme abzuwaschen.

Als Keiko wieder zurückkam, streckte sie ein Bein aus und hob den Rock ein wenig hoch. »Faß einmal an. Die Haut ist ganz glatt.«

Otoko schaute flüchtig auf das weiße Bein, streckte aber nicht die Hand aus. Keiko strich sich über das Schienbein und sah Otoko fragend an.

»Was machst du für ein Gesicht?«

Otoko wich ihrem Blick aus.

»Keiko, mach so etwas in Zukunft bitte nicht in meiner Gegenwart.«

»Ich möchte nichts mehr vor dir verbergen. Ich habe keine Geheimnisse mehr vor dir.«

»Du brauchst mir nicht etwas zu zeigen, was mir unangenehm ist.«

»Du gewöhnst dich bestimmt daran. Es ist genauso wie Fußnägel schneiden.«

»Wenn du dir in meiner Gegenwart die Nägel schneidest, paßt du nie richtig auf. Du läßt die abgeschnittenen Nägel immer im Zimmer umherfliegen. Halte bitte die Hand über den Fuß, damit so etwas nicht wieder vorkommt.«

Keiko nickte.

In der Folgezeit entfernte Keiko ihre Haare von den Armen und Beinen nicht mehr absichtlich in Otokos Beisein, sie verbarg es aber auch nicht vor ihr. Entgegen Keikos Vorhersage gewöhnte sich Otoko nicht daran. Entweder war die Haarentfernungscreme verbessert worden, oder Keiko benutzte nun eine andere Sorte. Jedenfalls roch es nicht mehr so unangenehm wie zuvor. Trotzdem empfand Otoko die ganze Prozedur als unappetitlich. Sie konnte es nicht mit ansehen, wenn beim Entfernen der Creme die Haare herausgelöst wurden. Sie verließ dann den Raum. Aber hinter ihrer Abneigung flackerte ein Flämmchen und verlosch wieder und flackerte erneut auf. Diese Flamme war so klein und so weit entfernt, daß sie sie nur mit dem Auge ihrer Seele erkennen konnte. Aber sie leuchtete so ruhig und rein, daß es ihr kaum möglich war, darin die Flamme der Lust zu sehen. Die Ruhe und Reinheit dieser Flamme erinnerte sie an Oki und sich selbst, damals, vor zwanzig Jahren. Der Ekel, den sie empfand, wenn Keiko sich die Haare von den Beinen entfernte, barg in sich das Gefühl wie bei einer Berührung von Frau zu Frau, wie ein Druck auf ihre eigene Haut. Ihre erste Reaktion war Übelkeit gewesen. Doch sobald sie dann an Oki dachte, verschwand auf wunderbare Weise dieses Ekelgefühl.

In seiner Umarmung hatte sie nie an ihre Achselhaare oder dergleichen gedacht, ihr war auch nie bewußt geworden, ob Oki behaart war oder nicht. Hatte sie vielleicht den Sinn für Realität verloren? Jetzt mit Keiko fühlte sie sich noch freier. Sie war nun eine in sexuellen Dingen erfahrene Frau in mittleren Jahren. Es hatte sie in Erstaunen versetzt, durch Keiko zu erfahren, daß sie in all den Jahren nach der Trennung von Oki trotz ihres Alleinseins zu einer richtigen Frau herangereift war. Sie befürchtete manchmal, daß, wäre sie nicht Keiko, sondern irgendeinem Mann begegnet, die Vision, die sie im Innersten hütete und bewahrte – die Vision ihrer Liebe zu Oki –, sich unter dessen Berührung in ein Nichts aufgelöst hätte.

Ihr Versuch, sich nach der Trennung von Oki das Leben zu nehmen, war mißlungen. Der Gedanke, daß sie ein kurzes, schönes Leben gehabt hätte, wenn sie damals gestorben wäre ... an diesem Gedanken hielt sie noch immer fest. Noch besser schien ihr, sie wäre bei ihrer Niederkunft gestorben, noch vor ihrem Selbstmordversuch und vor dem Tod ihres Babys. Aber die Monate und Jahre vergingen, und dieser Gedanke reinigte die Wunde, die sie von Oki empfangen hatte.

»So eine wunderbare Frau wie dich habe ich gar nicht verdient. Es ist eine Liebe, wie ich sie mir selbst im Traum nie vorgestellt hätte. Für solch ein Glück lohnt es sich schon, zu sterben.« Auch jetzt noch waren Okis Worte nicht aus ihrem Gedächtnis entschwunden. Der Dialog in seinem Roman brachte sie wieder und wieder zum Klingen. Dieser Klang schien, obwohl Oki und sie längst nicht mehr zusammen waren, unzerstörbar zu sein. Die Liebenden von damals gab es nicht mehr, sie aber hatte bei all ihrem Kummer wenigstens den Trost, daß ihre Liebe für immer und unzerstörbar in einem Werk der Literatur festgehalten war.

Otokos Mutter hatte ein Rasiermesser hinterlassen, mit dem sie sich im Gesicht zu rasieren pflegte. Vielleicht einmal im Jahr, wie durch die Erinnerung angeregt, holte Otoko es hervor und rasierte sich Nacken, Stirn und Mundwinkel. Eines Tages, als sie dazukam, wie Keiko ihre Haarentfernungscreme auftrug, sagte sie plötzlich: »Keiko, ich werde dich rasieren«, und nahm das Messer aus dem Toilettentischchen.

Sobald Keiko das Rasiermesser erblickte, schrie sie auf: »Nein, bitte nicht! Ich habe Angst!« und rannte aus dem Zimmer. Otoko folgte ihr.

»Es ist doch ganz ungefährlich. Bitte.«

Einmal gefangen, ließ Keiko sich widerstandslos an das Toilettentischchen zurückbringen. Aber als Otoko ihr den Arm eingeseift hatte und das Rasiermesser ansetzte, bemerkte sie zu ihrer Überraschung, daß Keikos Finger zitterten.

»Du brauchst keine Angst zu haben. Es geschieht dir nichts. Halte nur den Arm ruhig.«

Keikos Unsicherheit und Furcht stachelten sie auf. Es war eine Versuchung. Ihr Körper straffte sich, und Kraft schien in ihre Schulter zu fließen.

»Wenn du solche Angst um deinen Arm hast«,

sagte Otoko, »höre ich damit auf. Aber dein Gesicht . . .«

»Warte bitte einen Moment. Ich will nur den Atem anhalten«, bat Keiko.

Otoko rasierte sie ein bißchen über den Augenbrauen und unter der Unterlippe. Während sie den Haaransatz auf der Stirn ausrasierte, hielt Keiko die Augen fest geschlossen. Sie lehnte den Kopf gegen Otokos Hand, die ihn im Nacken stützte, und entspannte sich. Der lange schlanke Hals erregte Otokos Aufmerksamkeit. Es war ein zu Keikos Temperament gar nicht passender, unschuldig aussehender, zarter Hals. Otoko hielt das Rasiermesser still.

Keiko öffnete die Augen. »Was ist los?«

Ein Gedanke war Otoko plötzlich gekommen. Wenn sie mit dem Rasiermesser in diesen lieblichen Hals schnitt, müßte Keiko sterben. In diesem Moment könnte sie sie mit Leichtigkeit mit einem einzigen Schnitt in den anmutigsten Teil ihres Körpers töten.

Ihr eigener schlanker Hals damals als Mädchen war sicher nicht so schön gewesen, aber einmal, als Oki seinen Arm um ihn legte, hatte sie keine Luft mehr bekommen und dagegen protestiert. Er hatte sie aber nur noch stärker an sich gedrückt.

Daran erinnerte sie sich jetzt wieder, und ihr wurde schwindlig.

Es war das einzige Mal, daß Otoko Keiko rasierte. Danach weigerte sich Keiko, und Otoko bestand nicht weiter darauf. Jedesmal, wenn sie wegen eines Kammes oder einer anderen Sache die Schublade des Schminktischchens öffnete, sah sie das Rasiermesser ihrer Mutter. Zuweilen erinnerte sie sich dann an jenen flüchtigen Mordgedanken, der einmal schwach in ihr aufgeflackert war. Hätte sie Keiko damals getötet, sie hätte dann wohl auch nicht mehr weiterleben wollen.

Später erschien ihr dieser Mordgedanke wie ein vertrauter Spuk. War es nicht wieder eine Gelegenheit zu sterben gewesen, die sie vertan hatte?

Otoko war sich bewußt, daß sich hinter jenem flüchtigen Gedanken ihre alte Liebe zu Oki verbarg. Zu diesem Zeitpunkt kannte Keiko ihn noch nicht. Sie stand noch nicht zwischen ihm und ihr.

Als sie nun von jener Nacht in Enoshima erfuhr, flammte diese alte Liebe wieder auf wie ein seltsames Feuer. In dieser Flamme jedoch konnte sie eine einzelne weiße Lotosblüte dahintreiben sehen. Ihre Liebe zu Oki war wie die Vision von einer Blume, die weder von Keiko noch von sonst jemandem beschmutzt werden konnte.

Die weiße Lotosblüte noch vor ihrem inneren Auge, wandte Otoko den Blick nun den sich unten im Fluß spiegelnden Lichtern der Teehäuser von Kiyamachi zu. Lange schaute sie darauf hinab. Dann sah sie hinüber zu der dunklen Kette der Östlichen Berge auf der anderen Seite von Gion. Die Berge mit ihren weichen Rundungen strahlten vollkommene Ruhe aus, doch die Dunkelheit zwischen ihnen schien unmerklich zu Otoko herüberzufließen. Die Lichter der Autos, die in beiden Richtungen auf der an der anderen Seite des Ufers gelegenen Straße dahinfuhren, die Liebespaare auf den Promenaden und die Lampen und Menschen auf den Balkonen der Teehäuser diesseits des Flusses – all das sah Otoko, ohne es wirklich zu sehen, als sich die Schatten der Nacht, aus den Östlichen Bergen kommend, in ihrer Seele ausbreiteten.

»Ich werde sofort mit meinem Bild ›Himmelfahrt eines Kindes‹ anfangen«, sagte sie zu sich selbst. »Wenn ich mich damit nicht beeile, werde ich es vielleicht nie mehr malen. Die Vorstellung, die ich einmal davon hatte, fängt bereits an, sich zu verändern. Die Liebe und Trauer verlieren sich.«

War diese plötzliche Gefühlsaufwallung gekommen, weil sie die Lotosblüte in der Flamme gesehen hatte?

Ihr war, als sei Keiko die Lotosblüte in der Flamme. Warum aber blühte sie im Feuer? Warum verbrannte diese weiße Lotosblüte nicht im Feuer?

»Keiko«, fragte sie unvermittelt, »hast du wieder gute Laune?«

»Wenn nur du sie erst wieder hättest, wäre ich froh«, entgegnete Keiko mit etwas kokettem Unterton.

»Sag bitte, welchen Kummer hast du bisher eigentlich am tiefsten empfunden?«

»Ich bin nicht sicher«, antwortete Keiko ausweichend. »Ich habe so viel Kummer gehabt, daß ich es nicht genau sagen kann. Ich werde über meinen ganzen Kummer nachdenken und dir dann Bescheid sagen. Aber mein Kummer dauert nie lange.«

»Nie lange?«

»Nie.«

Otoko blickte sie unverwandt an und sagte dabei sehr ruhig: »Da ist nur eins, worum ich dich heute abend bitten möchte: Geh nicht wieder nach Kamakura.«

»Meinst du damit Herrn Oki oder seinen Sohn?«

Otoko zuckte zusammen. »Beide.«

»Ich bin nur dort gewesen, weil ich dich rächen will.«

»Sprichst du immer noch davon? Was für ein erstaunlich wildes Kind bist du doch.« Otokos Gesichtsausdruck veränderte sich, und sie schloß die Augen, als wolle sie ihre plötzlich hervorbrechenden Tränen zurückhalten.

»Du bist feige«, sagte Keiko.

Sie erhob sich und stellte sich hinter Otoko. Mit beiden Händen faßte sie Otokos Schultern und spielte dann mit deren Ohren. Als sie wieder von ihr abließ, hörte Otoko das leise Rauschen des Flusses.

Haarsträhnen

»Du, komm doch schnell mal her«, rief Fumiko aus der Küche. »Hier ist eine große Maus. Sie hat sich unter dem Herd versteckt.«

»So?«

»Sie hat auch ein Junges und spielt damit.«

»Wirklich?«

»Komm doch mal her und schau sie dir an! Schnell, die kleine Maus hat sich gerade eben gezeigt. Sie sieht wirklich niedlich aus.«

»Hm.«

»Sie hat mich mit ihren hübschen kleinen schwarzen Augen angeschaut.«

Der Duft von Miso-Suppe breitete sich im Wohnzimmer aus, wo Oki gerade die Morgenzeitung las.

»Du, es regnet hier in der Küche durch. Hörst du, wie es tropft?«

Es regnete, seit er aufgestanden war, jetzt aber ging ein heftiger Wolkenbruch nieder. Der Wind, der den Bambus und die Bäume schüttelte, hatte auf Ost gedreht und peitschte den Regen nun von dieser Seite gegen das Haus.

»Wie soll ich das hören bei diesem Regen und dem Wind?«

»Willst du nicht herkommen und es dir ansehen? All diese armen kleinen Regentropfen, die an das Dach klopfen und sich durch die schmalen Ritzen zwängen und von der Decke fallen. Wie weh muß ihnen das tun. Sie sehen wie echte Tränen aus. Ist das nicht zum Weinen?«

»Ja . . .?«

»Wir werden heute abend die Mausefalle aufstellen. Ich glaube, sie ist oben im Wandschrank. Ich komme da nicht ran. Könntest du sie mir vielleicht herunterholen?«

»Meinst du, daß es richtig ist, diese Maus und ihr Junges in einer Falle zu fangen?« fragte Oki, ohne von seiner Zeitung aufzublicken.

»Und was wird mit dem Loch, wo es durchregnet?«

»Ist es denn so schlimm? Vielleicht ist nur der Sturm daran schuld. Ich werde morgen mal aufs Dach steigen und nachsehen.«

»Du in deinem Alter. Das ist zu gefährlich. Ich werde Taichiro darum bitten.«

»In meinem Alter? Was soll das heißen?«

»Wird man nicht in den meisten Firmen mit fünfundfünfzig pensioniert?«

»Es freut mich, das zu hören. Vielleicht sollte ich mich auch pensionieren lassen.«

»Mach es doch, wenn du Lust hast.«

»Es würde mich schon interessieren, in welchem Alter ein Schriftsteller Pension bekommt.«

»Bestimmt nicht vor seinem Tod.«

»Was sagst du da?«

»Entschuldige«, bat Fumiko und fügte – nun wieder in ruhigem Tonfall – hinzu: »Ich wollte damit nur sagen, daß du noch lange schreiben kannst.«

»Das ist keine allzu nette Aussicht mit solch einer nörglerischen Frau. Man kommt sich zuweilen vor, als stehe ein böser Geist mit einem Feuerhaken hinter einem.«

»Du lügst! War ich dir nicht immer eine Hilfe? Wann habe ich dir denn jemals etwas getan?«

»Aber du kannst einem schon manchmal auf die Nerven gehen.«

»Wie meinst du das?«

»Mit deiner Eifersucht zum Beispiel.«

»Eine Frau ist eben eifersüchtig, aber du hast mir vor langer Zeit gezeigt, daß es eine bittere Medizin ist ... ein zweischneidiges Schwert sozusagen.«

»Das deinen Partner und dich selbst verwundet.«

»Wie auch immer du die Dinge siehst, ich bin für eine Scheidung oder für einen Doppelselbstmord zu alt.«

»Alte Leute, die sich scheiden lassen, sind zu bedauern. Aber es gibt nichts Traurigeres, als wenn sie sich gemeinsam das Leben nehmen. Wenn ein junges Liebespaar Selbstmord begeht, mögen junge Leute so etwas bewundern. Ein älterer Mensch jedenfalls empfindet Beunruhigung, wenn er vom Doppelselbstmord anderer älterer Menschen in der Zeitung liest.«

»Du bist beunruhigt, weil du dich selbst einmal mit dem Gedanken getragen hast, Selbstmord zu begehen ... damals, vor vielen Jahren. Doch du hast deiner jungen Freundin nichts davon gesagt, daß du mit ihr gemeinsam aus dem Leben scheiden wolltest, aber Angst davor hattest. Vielleicht hättest du es ihr doch erzählen sollen. Sie hat sich umgebracht, hatte jedoch keine Ahnung davon, daß du bereit warst, es ebenfalls zu tun. Hat sie dir denn gar nicht leid getan?«

»Die Miso-Suppe muß doch längst fertig sein«, sagte Oki.

»Ja, ja, ich weiß schon. Ich kann es dir mit dieser Suppe nicht recht machen. Du hast mich schon oft genug in all den Jahren deswegen gescholten. Du wolltest immer, daß ich die verschiedensten Sorten Sojabohnenpaste aus allen möglichen Gegenden nehme ... damit deine Frau nach Sojabohnenpaste stinkt, vermutlich.«

»Weißt du, wie man den Namen dieser Suppe in Kanji-Schriftzeichen schreibt?«

»Ich kann ihn nur in der Silbenschrift schreiben.«

»Du schreibst dreimal das Zeichen für ›Ehrerbietung‹.«

»So?«

»Weil sie immer schon eine wichtige Speise war und es schwierig ist, sie genau abzuschmecken.«

»Vermutlich ist mir diese hochehrenwerte Miso-Suppe heute deshalb mißlungen, weil ich es an der genügenden Ehrerbietung beim Kochen habe fehlen lassen. Ich möchte daher ausdrücklich um Vergebung bitten.«

Fumiko neckte ihn zuweilen, indem sie ihn übermäßig höflich anredete. Oki, der ja nicht aus Tokyo stammte, hatte auch jetzt noch Schwierigkeiten beim Schreiben der in Tokyo gebräuchlichen Höflichkeitsfloskeln. Fumiko war in Tokyo aufgewachsen, und so bat er sie oft um Hilfe. Doch er akzeptierte nicht immer, was sie ihm riet. Ein hartnäckig verteidigtes Argument führte zuweilen zu einem endlosen Wortgefecht, in dem Oki dann schließlich zu erklären pflegte, daß das Tokyoter Standardjapanisch nur ein vulgärer Dialekt mit einer zwielichtigen Tradition sei. Ganz im Gegensatz zu Tokyo – so erklärte er – würde in Kyoto oder Osaka selbst gewöhnlicher Klatsch in äußerst höflicher Sprache geführt. Für alle möglichen Dinge wie Berge, Flüsse, Häuser, Straßen und Himmelsgestirne, ja selbst für Fische und Gemüse hätte man dort besonders höfliche Ausdrücke im Sprachgebrauch.

»Wenn es so ist, dann frage doch lieber Taichiro«, beendete Fumiko meist die Diskussion. »Er ist wenigstens Hochschullehrer.«

»Was soll er schon davon verstehen? Er ist Literaturwissenschaftler und hat sich nie mit den Problemen der höflichen Sprache im Japanischen befaßt. Hör dir doch an, in welch saloppem Ton er und seine Freunde sich unterhalten. Selbst in seinen wissenschaftlichen Arbeiten kann er kein richtig ausgefeiltes Japanisch schreiben.«

Tatsächlich hatte er wenig Lust, in solchen Fragen seinen Sohn zu konsultieren. Lieber wandte er sich schon an seine Frau. Doch obwohl Fumiko aus Tokyo stammte, war sie, was die dort gesprochenen Höflichkeitsfloskeln betraf – von Okis Fragen in die Enge getrieben –, oft ziemlich ratlos.

»Ich habe Taichiro gescholten. Früher hatten Literaturwissenschaftler gründliche Kenntnisse der Kanji-Schriftzeichen und konnten eine korrekte, gut formulierte Prosa und selbst Gedichte in vollendetem Stil und Versmaß schreiben.«

»Aber die Leute sprechen nicht so. Genauso wie diese kleine Maus geboren wurde, entstehen jeden Tag neue merkwürdige Wörter, und ob sie wichtig sind oder nicht, sie breiten sich aus und verändern sich mit atemberaubender Geschwindigkeit.«

»Dafür haben sie nur ein kurzes Leben, doch selbst wenn sie einige Zeit Bestand haben, wirken sie bald alt ... wie die Geschichten, die wir schreiben. Es kommt selten vor, daß sich eines davon fünf Jahre hält.«

»Vielleicht reicht es schon, wenn ein neues Wort bis zum nächsten Tag existiert«, sagte Fumiko und kam mit dem Frühstück herein. »Ich bin auch all die Jahre am Leben geblieben, seit du damals mit diesem jungen Ding Selbstmord begehen wolltest.«

»Weil es für eine Hausfrau kein Pensionsalter gibt. Zu traurig.«

»Aber es gibt die Scheidung. Wie gern hätte ich gewußt – wenigstens einmal in meinem Leben –, was für ein Gefühl es ist, geschieden zu sein.«

»Es ist noch nicht zu spät.«

»Jetzt will ich nicht mehr. Du kennst doch das Sprichwort: Die Gelegenheit beim Schopfe fassen, nachdem die Haare ausgegangen sind ...«

»Du hast noch ganz dichtes Haar, und nicht ein einziges ist grau.«

»Aber du bist über der Stirn bereits kahl. Auch du kannst die Gelegenheit nicht mehr beim Schopfe fassen.«

»Das ist mein Beitrag zur Verhütung einer Scheidung, mein Opfer sozusagen. Damit du nicht eifersüchtig bist.«

»Mach mich nicht wütend!«

Bei diesem durchaus üblichen Wortgeplänkel saßen sie da und frühstückten. Fumiko schien guter

Laune zu sein. Sie hatte oft an Otoko gedacht, aber heute war sie offensichtlich nicht in der Stimmung, in der Vergangenheit herumzuwühlen.

Der Regen hatte nachgelassen, noch aber zeigte sich kein Loch in den Wolken, durch das die Sonne hätte scheinen können.

»Schläft Taichiro noch?« fragte Oki. »Er soll aufstehen.«

Fumiko nickte. »Gut. Aber ich glaube nicht, daß mir das gelingen wird. Er wird mir zur Antwort geben, ich solle ihn schlafen lassen. Es sind nämlich Ferien.«

»Will er heute nicht nach Kyoto fliegen?«

»Er braucht erst nach dem Abendessen zum Flugplatz zu fahren. Warum muß er jetzt bei dieser Hitze überhaupt dorthin?«

»Vielleicht solltest du ihn lieber selbst danach fragen. Er wollte wohl schnell noch einmal Sanetakas Grab am Nisonin-Tempel besuchen. Ich glaube, er will seine Dissertation über die ›Sanetaka-Chronik‹ schreiben. Weißt du, wer Sanetaka war?«

»Einer vom Hofadel?«

»Ja. Unter dem Shogun Ashikaga Yoshimasa stieg er während der Onin-Unruhen zum Geheimsiegelbewahrer auf. Und er war mit dem Dichter Sogi und dessen Kreis befreundet. Sanetaka war einer der Hofleute, die sich in den damaligen Kriegszeiten für das Gedeihen von Literatur und Kunst einsetzten. Er hat ein dickes Tagebuch, die sogenannte ›Sanetaka-Chronik‹ hinterlassen. Er scheint eine interessante Persönlichkeit gewesen zu sein. Taichiro wollte diese Chronik lesen, um die Kultur jener Zeit verstehen zu lernen.«

»Oh? Und wo ist der Nisonin-Tempel?«

»Am Ogurayama.«

»Aber wo ist dieser Berg? Hast du mich nicht einmal dorthin geschleppt?«

»Das ist lange her. Es ist der Berg in dem bekannten Buch ›Je ein Gedicht von hundert Dichtern, am Ogurayama kompiliert‹. In der Nähe war auch der Besitz des Dichters Fujiwara-no Teika.«

»Das war doch in Saga. Jetzt erinnere ich mich.«

»Taichiro ist dabei auf so viele Details gestoßen, daß er mir empfohlen hat, darüber einen Roman zu schreiben. Er nennt sie wertlose Anekdoten. Ich glaube, er denkt, er sei ein hervorragender Gelehrter, der mir weismachen könne, daß man aus wertlosen Anekdoten, aufgebauschten Legenden und einem guten Schuß Phantasie einen Roman machen kann.«

Fumiko enthielt sich, diskret lächelnd, ihrer Meinung.

»Geh und wecke den jungen Gelehrten.« Oki erhob sich. »Hat man denn schon jemals von einem Sohn gehört, der noch im Bett liegt und schläft, während sein Vater bereits am Schreibtisch sitzt und arbeitet?«

Oki ging in sein Arbeitszimmer, setzte sich an den Tisch, stützte den Kopf in die Hände und dachte über die scherzhafte Äußerung seiner Frau über das Pensionsalter des Schriftstellers nach. Es kam ihm gar nicht mehr wie ein Scherz vor. Er hörte im Bad jemand gurgeln. Dann kam, sich mit dem Handtuch das Gesicht abtrocknend, Taichiro herein.

»Etwas spät, meinst du nicht auch?« sagte Oki tadelnd.

»Ich war schon wach. Ich hatte im Bett eine Vision.«

»Was für eine Vision?«

»Vater, wußtest du, daß sie das Grab der kaiserlichen Prinzessin Kazunomiya ausgegraben haben?«

»Sie haben das Grab einer Prinzessin geplündert?«

»Nenne es meinetwegen so«, sagte Taichiro besänftigend. »Gräbt man denn nicht oft zum Zweck der wissenschaftlichen Forschung alte Gräber aus?«

»Aber wenn es Prinzessin Kazunomiyas Grab sein soll, kann es noch nicht alt sein. Wann ist sie doch gleich gestorben?«

»Im Jahre 1877«, antwortete Taichiro prompt.

»1877? Das ist noch nicht einmal hundert Jahre her.«

»Stimmt. Aber sie soll schon – bis auf das Skelett – völlig verwest gewesen sein.«

»So?« Oki runzelte die Stirn.

»Auch ihr Kopfkissen und ihr Kimono und all die anderen Sachen, die ihr ins Grab mitgegeben wurden, sollen vergangen sein. Nur ihr Skelett war noch da.«

»Es ist pietätlos, ein solches Grab zu entweihen.«

»Sie lag in einer ganz natürlichen Haltung da, wie ein Kind, das beim Spielen eingeschlafen ist.«

»Das Skelett?«

»Ja. Und unter ihrem Schädel soll ein Haarschopf gelegen haben, kurzgeschnitten wie bei einer Witwe, aber das Haar war schwarz, und es sah aus wie von einer hochgeborenen Frau, die jung gestorben ist.«

»Ist sie dir in deiner Vision erschienen?«

»Ja. Aber außer ihrem Skelett war da noch etwas

anderes, etwas Wunderbares, Geheimnisvolles, Zerbrechliches . . .«

»Und was?« Oki konnte sich dem Enthusiasmus seines Sohnes nicht anschließen. Er fühlte sich abgestoßen von der Pietätlosigkeit, das Grab einer kaiserlichen Prinzessin, die tragischerweise noch vor ihrem dreißigsten Lebensjahr gestorben war, auszugraben und ihr Skelett wissenschaftlich zu untersuchen.

»So etwas hättest du wohl nicht für möglich gehalten.« Taichiro stand da und ließ das Handtuch herunterbaumeln. »Warum gehe ich eigentlich nicht zu Mama und erzähle es ihr auch?«

Oki nickte.

Taichiro kam, noch einmal dieselbe Geschichte schildernd, in Begleitung seiner Mutter ins Arbeitszimmer zurück.

Oki beschloß, sein »Großes Lexikon der Japanischen Geschichte« zu konsultieren. Er holte sich einen Band aus dem Bücherregal im Korridor, suchte die Seite mit der Erläuterung zu Kazunomiya heraus und zündete sich eine Zigarette an. Sein Sohn hielt etwas in der Hand, was aussah wie ein dünnes Magazin.

»Hast du da einen Ausgrabungsbericht?«

»Nein. Es ist eine Museumszeitschrift. Einer der Mitarbeiter des Museums, ein gewisser Kamahara, hat unter dem Titel ›Vergeht Schönheit?‹ einen Essay über eine geisterhafte Erscheinung verfaßt, die man gesehen haben will. Wahrscheinlich ist es in dem Ausgrabungsbericht nicht erwähnt.« Seinen Blick über die Zeilen gleiten lassend, gab er eine Zusammenfassung des Inhalts.

»In den Händen des Skeletts der Prinzessin Kazunomiya wurde eine Glasplatte – etwas größer als eine Visitenkarte – gefunden. Das scheint das einzige gewesen zu sein, was bei ihr lag. Sie hatten in Shiba die Gräber der Tokugawa Shogune ausgegraben. Bei dieser Gelegenheit haben sie auch Kazunomiyas Grab geöffnet. Der Experte für die Begutachtung der Textilien war der Meinung, es handele sich um einen Taschenspiegel oder um eine Feuchtplattenfotografie. Er wickelte sie in Papier ein und brachte sie ins Museum.«

»Eine Fotografie auf Glas?« fragte Fumiko.

»Ja. Man trägt eine Emulsion auf eine Glasplatte auf, und während sie noch feucht ist, entwickelt sich das Foto. Wie bei diesen alten Fotografien. Du weißt schon.«

»Ach die? So etwas habe ich auch schon gesehen.«

»Das Glas sah zunächst klar aus. Aber als der Experte es im Museum aus verschiedenen Winkeln im Licht betrachtete, konnte er die Gestalt eines jungen Mannes erkennen, der in ein weites, bei Hofe übliches Gewand gekleidet war und eine hohe spitze Mütze trug. Es war also doch eine Fotografie. Wenn auch schon sehr verblaßt.«

»War es der Shogun Iemochi?« fragte Oki nun doch interessiert.

»Es scheint so. Vermutlich wurde Kazunomiya mit einer Fotografie ihres toten Mannes in der Hand begraben. Auch der Experte im Museum war dieser Meinung und wollte am nächsten Tag das Institut zur Erforschung des Kulturerbes aufsuchen, in der Hoffnung, daß man es dort vielleicht mit irgendeinem

Verfahren wieder deutlicher sichtbar machen könnte. Aber am nächsten Morgen war die Gestalt völlig verschwunden. Über Nacht hatte sich die Fotografie in gewöhnliches Glas verwandelt.«

»Wirklich?« Fumiko sah ihn überrascht an.

»Das kam daher, weil es so lange Jahre in der Erde begraben und nun plötzlich der Luft und dem Sonnenlicht ausgesetzt war«, erklärte Oki.

»Ja, so ist es. Es gibt auch jemanden, der bezeugen kann, daß es eine Fotografie gewesen ist und der Museumsexperte keine Geistererscheinung gesehen hat. Der Mann aus dem Museum zeigte sie nämlich einem Wächter, der gerade auf seinem Rundgang war, und dieser versicherte, daß er ebenfalls die Gestalt eines jungen Adligen gesehen hätte.«

»Ja, wirklich?«

»In diesem Essay heißt es dann: ›In der Tat eine Geschichte von der Vergänglichkeit des Lebens‹.«

Taichiro machte eine Pause. »Aber dieser Museumsmann, der ihn verfaßt hatte, besaß literarische Ambitionen und beließ es nicht bei der Feststellung über die Vergänglichkeit des Lebens, sondern versuchte, das Ganze auszuschmücken. Von Prinz Arisugawa wird gesagt, er habe Kazunomiya sehr geliebt. Vielleicht zeigte die Fotografie ihren Liebhaber und nicht ihren Mann. Vielleicht gab Kazunomiya, als sie ihr Ende nahen fühlte, ihrer Kammerzofe heimlich den Auftrag, ihr das gläserne Foto des Geliebten mit ins Grab zu legen. Das würde sich für eine Prinzessin, die tragisch geliebt hat, so geziemen, schreibt er.«

»So war es nur in seiner Phantasie. Meint ihr nicht? Aber eine gute Geschichte ist es schon – das

Bild des Geliebten, das sich über Nacht in Nichts auflöst, nachdem es aus dem Grab ans Licht der Welt gebracht wurde.«

»Er schreibt, das Foto hätte als ein Geheimnis für immer in der Erde begraben bleiben müssen. Kazunomiya habe es gewollt, daß sich in jener Nacht das Bild in Nichts auflöste.«

»Das glaube ich auch.«

»Diese plötzlich verschwindende Schönheit könnte von einem Schriftsteller eingefangen und reproduziert werden, so daß ein bewegendes Werk entstehen würde, heißt es abschließend in dem Essay. Hättest du nicht Lust, darüber zu schreiben, Vater?«

»Ich bin nicht sicher, ob ich das könnte«, antwortete Oki. »Vielleicht als Kurzgeschichte, beginnend mit einer Szene bei der Ausgrabung ... Aber ist dieser Essay nicht genug?«

»Meinst du?« Taichiro schien enttäuscht. »Ich habe es heute früh im Bett gelesen. Es hat mich so fasziniert, daß ich unbedingt mit dir darüber sprechen wollte. Schau mal hinein, wenn du Zeit hast.« Er legte die Zeitschrift vor dem Vater auf den Tisch.

»Ich werde ihn lesen.«

Als Taichiro zur Tür ging, fragte Fumiko: »Und was ist aus dem Skelett der Prinzessin geworden? Haben sie es ins Museum gebracht oder in die Universität, um daran ihre Forschungen zu machen? Das wäre wirklich grausam. Sie hätten es wieder begraben müssen, so wie es vorher war.«

»In dem Essay wird nichts darüber berichtet. Ich weiß es auch nicht. Vielleicht haben sie es getan.«

»Aber das Bild, das sie in ihren Händen hielt, ist

nicht mehr. Die tote Prinzessin muß sehr einsam sein.«

»Daran habe ich noch gar nicht gedacht,« sagte Taichiro. »Vater, wenn du eine Novelle darüber schreibst, würdest du sie damit enden lassen?«

»Das ist ein bißchen sentimental.«

Taichiro verließ das Arbeitszimmer. Fumiko stand nun ebenfalls auf.

»Arbeitest du nicht?« fragte sie.

»Nein. Nach einer Geschichte wie dieser brauche ich einen Spaziergang.« Oki erhob sich von seinem Schreibtisch. »Es hat wohl aufgehört zu regnen.«

»Aber es ist noch bewölkt. Auf alle Fälle wird es nach solch einem Wolkenbruch draußen kühl und angenehm sein. Wenn du losgehst, geh bitte durch die Küche und schau dir an, wie es durchgeregnet hat.«

»Du redest davon, wie einsam die tote Prinzessin ist, und im selben Atemzug sagst du mir, daß ich mir ein Loch in der Decke ansehen soll.«

Seine Holzsandalen standen im Schuhschrank am Kücheneingang. Als Fumiko sie für ihn herausnahm, sagte sie: »Meinst du, daß es gut für Taichiro ist, wenn er über ein Grab spricht und dann nach Kyoto fährt, um auch dort ein Grab zu besuchen?«

»Was redest du da?« entgegnete Oki tadelnd. »Was soll daran nicht gut sein? Du kommst wirklich vom Hundertsten ins Tausendste.«

»Nein, das stimmt nicht. Die ganze Zeit, während der er uns von der Prinzessin erzählt, denke ich schon darüber nach.«

»Aber Sanetakas Grab ist etliche hundert Jahre älter. Es stammt aus der Muromachi-Zeit.«

»Er fährt nach Kyoto, um sich mit dieser jungen Frau zu treffen.«

Oki war fassungslos. Fumiko hockte noch vor dem Schuhschrank. Jetzt, als er in die Sandalen schlüpfte, stand sie auf und schaute ihm in die Augen.

»Diese furchterregend schöne junge Frau ... Meinst du nicht, daß sie furchterregend ist?«

Oki, der die Nacht mit Keiko seiner Frau verheimlicht hatte, brachte kein Wort hervor.

»Ich habe so ein ungutes Gefühl«, sagte Fumiko. Sie sah ihm noch immer in die Augen. »Wir haben in diesem Sommer noch kein wirklich schweres Gewitter gehabt.«

»Jetzt redest du schon wieder dummes Zeug.«

»Wenn es heute abend ein Gewitter gibt, schlägt vielleicht der Blitz in das Flugzeug ein.«

»Unsinn. Noch nie hat in Japan ein Blitz in ein Flugzeug eingeschlagen.«

Oki verließ das Haus. Sein Weggehen glich einer Flucht. Der starke Wind hatte die Regenwolken nicht vertreiben können. Sie hingen immer noch tief vom Himmel herab. Die Feuchtigkeit war bedrückend. Doch auch für einen klaren Himmel hätte Oki jetzt keinen Sinn gehabt. Der Gedanke, daß sein Sohn nach Kyoto fuhr, um sich mit Keiko zu treffen, belastete ihn. Natürlich war er sich nicht ganz sicher, doch seit seine Frau ihn mit dieser Äußerung überrascht hatte, kam es ihm immer wahrscheinlicher vor.

Als er sein Arbeitszimmer verließ, hatte er zunächst die Absicht gehabt, irgendeinen der zahlreichen alten Tempel in Kamakura zu besuchen, aber aufgrund der beunruhigenden Bemerkung Fumikos gab er diesen

Plan auf. Ihm war jetzt nicht nach Gräbern – die gab es dort ja auch – zumute. Statt dessen wanderte er einen kleinen bewaldeten Hang in der Nähe seines Hauses hinauf. Nach dem warmen Sommerregen strömten Bäume und Erde einen wunderbaren Duft aus. Als er sich hinter den Blättern der Bäume völlig verborgen fühlte, erinnerte er sich plötzlich mit aller Deutlichkeit an Keikos Körper.

Zuerst sah er ihre Brustwarzen vor sich. Sie waren blaßrot, nahezu ohne jede andere Nuance. Manche japanischen Frauen haben eine helle, wunderbar fein schimmernde, äußerst feminin wirkende Haut, die vielleicht sogar noch feiner und strahlender ist als die leicht rosa schimmernde Haut der jungen Mädchen im Westen. Und die Brustwarzen mancher japanischer Mädchen sind so unvergleichbar blaßrot – diese Nuance findet man bei keiner Frau irgendeiner anderen Nation. Keiko hatte keinen sehr hellen Teint, aber ihre Brustwarzen wirkten wie frisch gewaschen und feucht, wie zwei Blüten auf ihrer hellbraunen Haut. Sie hatten keinerlei Makel und waren genau von der richtigen Größe, sie mit den Lippen zu umschließen.

Aber nicht nur wegen ihrer Schönheit erinnerte sich Oki an Keikos Brustwarzen. Obgleich sie ihm in jener Nacht in Enoshima bereitwillig die rechte Brustwarze dargeboten hatte, war sie der Berührung ihrer linken Brust ausgewichen. Als er versuchte, sie zu streicheln, hielt sie sie fest mit der Hand umschlossen. Und als er diese wegschieben wollte, wand und krümmte sich Keiko, um sich von ihm zu lösen.

»Nein. Bitte nicht. Die linke ist nicht gut . . .«

Oki zog die Hand zurück. »Was ist damit?«

»Sie kommt nicht richtig heraus.«

»Kommt nicht heraus?« Oki war ratlos.

»Sie ist nicht gut. Es ist mir unangenehm.« Keiko atmete immer noch heftig. Oki begriff nicht, was sie meinte.

Was kam nicht heraus? Was war nicht gut? Konnte es sein, daß ihre linke Brustwarze nicht anschwoll oder mißgebildet war? Hatte Keiko Angst, mißgestalt zu sein? Oder war sie nur so schüchtern, daß sie sich genierte, die Verschiedenheit ihrer Brustwarzen zu zeigen? Er erinnerte sich, daß sie, als er sie in die Arme nahm und auf das Bett legte und sie sich dort zusammenkrümmte, die linke Brust mehr als die rechte vor seinen Blicken zu verbergen suchte. Dennoch hatte er beide Brüste flüchtig gesehen, zwar nicht so genau, um zu erkennen, ob sie in der Form verschieden waren, aber es wäre ihm doch nicht entgangen, wenn die linke Brustwarze unnormal ausgesehen hätte.

Selbst als er Keikos Hand mit Nachdruck wegzog und nun die Brustwarze deutlich sah, konnte er nichts Auffälliges daran entdecken. Sie schien ihm nur eine Winzigkeit kleiner als die rechte zu sein. Das war nichts Ungewöhnliches. Warum also wollte Keiko sie vor ihm verbergen?

Ihr erneuter Versuch, sie seinen Blicken zu entziehen, machte ihn nur noch neugieriger. Er begehrte nun erst recht, sie zu berühren. »Hast du jemanden, dem allein du erlaubst, sie zu streicheln?«

Keiko schüttelte den Kopf. »Nein. Ich habe niemanden.« Mit weit geöffneten Augen blickte sie zu ihm auf. Obwohl ihr Gesicht ganz nah dem seinen war, fragte er sich, ob er richtig sehe – in ihren Augen schien ein Ausdruck von Trauer zu liegen. Ja, es kam ihm so vor, als deute sich dort ein feuchter Schimmer von Tränen an. Jedenfalls schaute sie nicht so zu ihm auf wie eine Frau, die gerade liebkost wird. Schließlich schloß sie die Augen, ergab sich ihm und überließ ihm auch die linke Brust. Doch er hatte das Gefühl, daß es mit einer gewissen Resignation geschah. Als er sie dort zärtlicher streichelte, wand und krümmte sie sich, als würde sie gekitzelt.

War Keikos rechte Brust nicht mehr jungfräulich, die linke hingegen noch unberührt? Oki hatte den Eindruck, daß sie rechts und links unterschiedlich stark empfand. Er glaubte nun zu verstehen, weshalb sie gesagt hatte, die linke sei »nicht gut«. Es war doch wohl für ein Mädchen ein aufwühlendes Erlebnis, das erstemal von einem Mann liebkost zu werden. Vielleicht war es auch nur Taktik. Jeder Mann würde in Versuchung geraten, wenn er sich vorstellte, daß es eine Frau gab, deren unterschiedlich entwickeltes Lustempfinden in den Brüsten er vielleicht egalisieren könnte. Selbst wenn das angeboren wäre und man ihr nicht helfen könnte, würde es ihn dennoch reizen. Oki war noch nie einer Frau mit so unterschiedlich sensiblen Brustwarzen begegnet.

Tatsächlich unterschieden sich alle Frauen mehr oder weniger in der Art und Weise, wie sie liebkost werden wollten. War Keikos Reaktion nicht ein besonders eindrucksvolles Beispiel dafür? Fest stand doch, daß viele Frauen in ihren sexuellen Empfindungen von den Gewohnheiten ihrer Liebhaber geprägt wurden. In diesem Fall wäre Keikos unempfindliche linke Brustwarze ein besonders faszinierendes Ziel für Oki. Bedeutete es doch vielleicht, daß diese Verschiedenheit der Sensibilität von einem unerfahrenen Liebhaber hervorgerufen worden war. Die Vorstellung, daß Keikos linke Brustwarze noch jungfräulich war, erregte ihn. Aber um sie so sensibel wie die rechte zu machen, würde er wohl viel Zeit brauchen. Er war sich nicht sicher, ob er so oft mit Keiko zusammen sein konnte.

Jedenfalls wäre es töricht, nun, da er sie das erstemal umarmte, unbedingt ihre linke Brust, die sie ihm verweigerte, zu begehren. Er ließ also davon ab und suchte nach Stellen, an denen gestreichelt zu werden Keiko gefiel. Er fand sie. Und dann, gerade als er etwas stürmischer zu werden begann, wurde er durch ihren Ruf nach Otoko ernüchtert und fortgestoßen. Keiko setzte sich im Bett auf, und dann erhob sie sich, ging zum Spiegel und kämmte sich das durcheinandergebrachte Haar. Er hatte kein Verlangen, sich nach ihr umzudrehen.

Das Rauschen des nun wieder stärker einsetzenden Regens weckte ein Gefühl der Einsamkeit in ihm. Wie unberechenbar war es doch, dieses Gefühl der Einsamkeit.

Keiko trat wieder zu ihm ans Bett, sah ihn forschend an und fragte, wie um Versöhnung bittend: »Würdest du mich in deine Arme nehmen und dann schlafen?«

Wortlos legte Oki den linken Arm um sie und streckte sich aus. Erinnerungen an Otoko kamen ihm in endloser Folge. Schuld daran war Keiko, die sich dicht an ihn gedrängt hatte. Nach einer Weile brach er das Schweigen. »Jetzt rieche ich dich.«

»Ich rieche?«

»Es ist der Geruch einer Frau.«

»Oh? Das liegt daran, daß es so schwül hier ist. Entschuldige bitte.«

»Nein, das meine ich nicht. Es ist der Duft einer Frau.«

Es war jener Geruch, der der Haut einer Frau entströmt, wenn sie in den Armen eines Mannes liegt. Keine Frau – selbst ein junges Mädchen nicht – ist imstande, diesen Geruch zu verhindern. Er wirkt nicht nur erregend auf den Mann, sondern gibt ihm auch ein Gefühl der Ruhe und Befriedigung. Vielleicht ist es die Bereitschaft, sich hinzugeben, die diesen Duft im Körper einer Frau entstehen läßt.

Oki hatte das Gesicht zwischen ihre Brüste gelegt, um ihr zu zeigen, daß der Geruch angenehm sei. Er lag ruhig da, mit geschlossenen Augen, ganz in ihren Duft eingehüllt.

Selbst jetzt, hier in diesem Wald, wo sich die Erinnerungen an ihren Körper seiner bemächtigten, tauchte als letztes wieder das Bild ihrer Brustwarzen vor seinem geistigen Auge auf. Es war so frisch und lebendig, als würde er gerade sie nie vergessen können.

»Taichiro darf sie nicht treffen«, sagte er zu sich selbst. »Er darf sich nicht mit ihr treffen.«

Er umklammerte mit einer Hand den Stamm eines Baumes.

»Was soll ich bloß tun?« Er schüttelte den Baum. Die noch an den Blättern haftenden Tropfen fielen auf ihn herab. Der Boden war so naß, daß seine Holzsandalen auch innen feucht geworden waren. Oki starrte auf das ihn umgebende Grün des Blattwerks. Plötzlich bedrückte ihn dieses undurchdringlich scheinende Grün.

Es gab wohl nur eine Möglichkeit, den Sohn davon abzuhalten, sich mit Keiko zu treffen. Er mußte ihm erzählen, daß er in Enoshima eine Nacht mit ihr verbracht hatte. Sonst könnte er noch versuchen, ein Telegramm an Otoko oder direkt an Keiko zu schicken.

Oki eilte nach Hause und fragte nach Taichiro.

»Er ist nach Tokyo gefahren«, antwortete Fumiko.

»Nach Tokyo? Jetzt schon? Wollte er nicht abends ein Flugzeug nehmen? Ob er vorher noch einmal nach Hause kommt?«

»Das glaube ich nicht. Er fliegt von Haneda ab. Noch einmal zurückzukommen wäre zu unbequem. Er sagte, er wolle noch zur Universität und einige Forschungsunterlagen holen.«

»Sonderbar.«

»Ist etwas nicht in Ordnung? Du siehst nicht gut aus.«

Er wich ihrem Blick aus und ging in sein Arbeitszimmer. Er sprach nicht mehr mit Taichiro und schickte auch kein Telegramm an Otoko oder Keiko.

Taichiro flog mit der Sechsuhrmaschine nach Osaka. Keiko erwartete ihn auf dem Flugplatz Itami.

»Guten Abend«, stammelte er ein wenig verlegen. »Du hättest mich doch nicht abzuholen brauchen.«

»Bist du mir nicht dankbar?«

»Doch. Aber ich möchte mich für die Mühe entschuldigen, die du dir meinetwegen gemacht hast.«

Als sie merkte, daß Taichiro sie forschend ansah, schlug sie die Augen nieder.

»Kommst du aus Kyoto?« fragte er noch immer etwas förmlich.

»Ja, aus Kyoto«, antwortete Keiko sanft. »Ich wohne dort nämlich. Wenn nicht aus Kyoto, woher sonst sollte ich wohl kommen?«

»Ach so.« Er fing an zu lachen. Dann fiel sein Blick auf ihren Obi. »Du siehst so unsagbar schön aus, ich könnte fast bezweifeln, daß du meinetwegen gekommen bist.«

»Wegen des Kimonos?«

»Ja, dein Kimono und dein Obi und . . .« Und auch dein Haar und dein Gesicht, wollte er sagen.

»Im Sommer ist es angenehmer, wenn ich einen richtigen Kimono mit einem enganliegenden Obi trage. Ich gehe, wenn es warm ist, nicht gerne nachlässig gekleidet.«

Ihr Kimono und auch ihr Obi schienen völlig neu zu sein.

»Im Sommer liebe ich schlichte Farben. Wie diesen Obi«, sagte Keiko. Sie ging dicht hinter Taichiro, der langsam der Gepäckabfertigung zustrebte. »Das Muster auf diesem Obi habe ich selbst gemalt.«

Taichiro drehte sich zu ihr um.

»Was meinst du, was das ist?« fragte Keiko.

»Warte mal. Wasser? Ein Fluß?«

»Es ist ein Regenbogen. Ein farbloser Regenbogen. Nur Kurven in heller und dunkler Tusche. Kein Mensch würde es wohl erkennen, aber ich wollte mich in einen sommerlichen Regenbogen einhüllen. Es ist ein Regenbogen, der kurz vor der Abenddämmerung hinter den Bergen aufsteigt.« Keiko drehte sich einmal um sich selbst und zeigte ihm ihren seidenen Obi auch von hinten. Auf dem Knoten war eine Kette grüner Berge und blaßrote Schattierungen eines Abendhimmels zu sehen.

»Die Vorderseite und die Rückseite passen nicht so recht zueinander. Ein wunderliches Mädchen hat es gemalt. Deshalb ist es auch ein wunderlicher Obi«, sagte sie, ihm noch immer den Rücken zukehrend. Taichiro war fasziniert, wie die Nuancen des blassen Rot mit der hellen Haut des schlanken Halses unter dem hochgesteckten Nackenhaar harmonierten.

Passagiere, die nach Kyoto wollten, wurden mit dem Taxi zum dortigen Büro der Fluggesellschaft gebracht. Das vor ihnen haltende Taxi war bereits besetzt und fuhr ab. Während Taichiro noch unschlüssig dastand, kam bereits das nächste, und er konnte mit Keiko einsteigen. Als sie den Flughafen verließen, sagte er: »Du kommst aus Kyoto hierher, um mich abzuholen. Da wirst du wohl noch gar nicht zu Abend gegessen haben?«

»Du redest mit mir immer noch wie mit einer Fremden. Ich wollte nicht einmal Mittagessen. Wenn wir in Kyoto sind, gehen wir zusammen aus.« Dann fügte sie leise hinzu: »Ich habe dich von dem Moment an beobachtet, wo du aus der Tür des Flugzeuges kamst. Du warst der siebente, der herauskam.«

»War ich das?«

»Der siebente«, wiederholte Keiko mit Betonung. »Du hast nur nach unten gesehen, als du die Treppe herabkamst. Nach mir hast du nicht Ausschau gehalten. Wenn du erwartest, daß dich jemand abholt, warum schaust du dann nicht umher und versuchst ihn zu finden? Aber du hast nur nach unten gesehen und bist gelaufen, als sei dir alles gleichgültig. Es war so beschämend für mich. Am liebsten hätte ich mich irgendwo versteckt.«

»Ich habe nicht erwartet, daß du zum Flughafen kommst.«

»Warum hast du mir dann einen Eilbrief geschickt und mir geschrieben, wann das Flugzeug ankommt?«

»Vielleicht, weil ich dir Bescheid geben wollte, daß ich wirklich komme.«

»Dein Brief war so kurz wie ein Telegramm. Du hast nur geschrieben, wann das Flugzeug ankommt. Ich habe mich gefragt, ob du sehen wolltest, ob ich komme. Hast du mich nicht auch getestet? Aber das ist ja egal. Ich bin jedenfalls gekommen.«

»Wenn ich dich hätte testen wollen, wie du sagst, dann hätte ich doch sofort versucht zu sehen, ob du da bist.«

»Du hast mir nicht geschrieben, in welchem Hotel du in Kyoto wohnst. Wenn ich nicht zum Flugplatz gekommen wäre, wie hätten wir uns da treffen sollen?«

»Ich ...« Taichiro zögerte einen Moment. »Ich wollte dich nur wissen lassen, daß ich nach Kyoto komme.«

»Ich mag so etwas nicht. Ich weiß nicht, was du damit bezweckst.«

»Ich wollte dich eigentlich anrufen.«

»Und wenn du mich nicht erreicht hättest, wärst du nach Kamakura zurückgeflogen? Wolltest du mich nur wissen lassen, daß du in Kyoto bist? Wolltest du mich beschämen, indem du schreibst, daß du in Kyoto bist, mich aber in Wirklichkeit gar nicht sehen willst?«

»Nein. Ich hab dir geschrieben, um mir Mut zu machen, dich zu treffen.«

»Um dir Mut zu machen, mich zu treffen?« Sie flüsterte vor Erstaunen. »Muß ich darüber glücklich sein? Oder traurig? Gib mir keine Antwort. Ich bin froh, daß ich hergekommen bin. Aber ich bin keine Frau, bei der du dir erst Mut machen mußt, um dich mit ihr zu treffen. Manchmal möchte ich schon sterben. Verachte mich. Stoße mich fort.«

»Was redest du da auf einmal?«

»Es ist nicht auf einmal. Ich bin eben so. Ich brauche jemanden, der mir meinen Stolz nimmt.«

»Ich fürchte, ich bin nicht der Typ, der den Stolz eines anderen verletzt.«

»Das scheint mir auch so. Und trotzdem ... du kannst ganz nach Belieben auf mir herumtreten.«

»Warum sagst du so etwas?«

»Ich weiß nicht.« Keiko fuhr sich mit der Hand leicht über das Haar, da durch das offene Wagenfenster der Fahrtwind hereinblies. »Vielleicht weil ich unglücklich bin. Vorhin, als du aus dem Flugzeug stiegst und zur Wartehalle kamst, hast du den Kopf hängenlassen und ganz schwermütig ausgesehen. Warum warst du so traurig? Ich war gekommen, um dich abzuholen. Für dich aber habe ich gar nicht existiert.«

So war es nun auch wieder nicht. Er hatte schon an sie gedacht. Er wollte es nur nicht zugeben.

»Eben das hat mich traurig gemacht. Weil ich egoistisch bin. Was kann ich tun, damit du zur Kenntnis nimmst, daß ich existiere?«

»Ich denke die ganze Zeit an dich«, beteuerte er. »Auch in diesem Augenblick.«

»Wirklich?« flüsterte Keiko. »Es ist seltsam, hier neben dir zu sein. Ich schweige jetzt. Sag du etwas.«

Ihr Taxi fuhr an den neuen Fabriken in Ibaraki und Tatsuki vorbei. In den Bergen, in der Nähe von Yamazaki waren die hell erleuchteten Suntory-Werke zu sehen.

»Hat das Flugzeug nicht geschwankt?« fragte sie. »Ich habe mir Sorgen um dich gemacht. In Kyoto war abends ein starker Platzregen.«

»Davon habe ich nichts gemerkt. Nur einmal hatte ich Angst, daß wir gegen einen Berg prallen. Als ich aus dem Fenster schaute, sah ich, daß wir direkt auf eine Kette schwarzer Berge zuflogen, die uns den Weg versperrten.«

Keikos Hand tastete nach der seinen.

»Es waren aber nur schwarze Wolken«, sagte er. Er zog seine Hand nicht zurück. Sie ließ eine Weile ihre Hand auf der seinen ruhen.

Das Taxi erreichte Kyoto. Kein Lüftchen bewegte die herabhängenden Zweige der Trauerweiden zu beiden Seiten der Straße. Nach dem Regen war es aber nicht mehr so drückend schwül. Ganz hinten am Ende der grünen Reihen der Trauerweiden lagen die Östlichen Berge. Tief herabhängende Wolken verhüllten die Gipfel. Schon hier am westlichen Stadtrand war die Atmosphäre von Kyoto zu spüren.

Sie fuhren in Richtung Horikawa und dann die

Oike-Straße entlang bis zum Büro der JAL-Fluggesellschaft.

Taichiro hatte ein Zimmer im Kyoto-Hotel bestellt. »Ich werde schnell meinen Koffer ins Hotel bringen. Es ist gleich dort drüben. Komm. Gehen wir.«

»Nein, ich will nicht.« Keiko schüttelte den Kopf und sagte zum Chauffeur: »Nach Kiyamachi.«

»Halten Sie unterwegs am Kyoto-Hotel«, bat Taichiro, aber Keiko fiel ihm ins Wort: »Nein. Kommt nicht in Frage. Fahren Sie bitte direkt nach Kiyamachi.«

Das kleine Teehaus, das sie von einem engen Gäßchen aus betraten, gefiel ihm auf den ersten Blick. Von dem kleinen Viereinhalbmattenzimmer, in das sie geführt wurden, konnte man auf den Kamo-Fluß hinausblicken.

»Ganz wunderbar«, sagte Taichiro und ließ den Blick über den Fluß gleiten. »Woher kennst du ein so schönes Teehaus?«

»Meine Lehrerin kommt oft hierher.«

»Du meinst Fräulein Ueno?« Er schaute sie an.

»Ja, Fräulein Ueno.« Keiko stand auf und verließ den Raum. Er dachte, sie wolle vielleicht das Abendessen bestellen. Nach ungefähr fünf Minuten kam sie zurück und sagte: »Du hast doch nichts dagegen, hier zu übernachten? Ich habe dein Hotelzimmer telefonisch abbestellt.«

»Wie bitte?« Taichiro starrte sie an.

Sie schaute zu Boden. »Entschuldige bitte. Ich wollte, daß du an einem Ort bist, den ich kenne.«

Er war sprachlos.

»Bitte, bleib hier. Du willst doch nur zwei oder drei Tage in Kyoto bleiben.«

»Ja.«

Keiko hob den Blick. Ihre ungeschminkten, schön geschwungenen Augenbrauen schienen eine Spur heller als ihre Wimpern und gaben ihren dunklen Augen einen Ausdruck von Unschuld. Sie hatte einen hellen Lippenstift nur ganz dünn aufgetragen, doch die nicht zu vollen Lippen erhielten dadurch eine vollendete Form. Sie hatte auch weder Rouge noch Puder aufgelegt.

»Warum schaust du mich so an?« fragte sie ein bißchen irritiert.

»Du hast so dichte Wimpern.«

»Sie sind echt. Zieh daran, dann wirst du es sehen.«

»Ich würde wirklich gern mal daran ziehen.«

»Bitte, dann tu es doch.« Sie schloß die Augen und hielt ihm das Gesicht hin.

Aus ihren Zügen sprach Erwartung. Taichiro aber brachte es nicht über sich, sie zu berühren.

»Öffne die Augen«, bat er. »Schau nach oben. Mach sie noch weiter auf.«

Keiko tat, was er sagte.

»Willst du mir direkt in die Augen sehen, Taichiro?«

In diesem Moment brachte die Serviererin die Getränke und ein paar appetitanregende Kleinigkeiten.

»Möchtest du Sake oder Bier?« fragte Keiko, sich entspannend. »Ich trinke nichts.«

Die *shoji* zum Balkon waren nicht ganz geschlossen. Draußen feierten einige Gäste. Auch eine Geisha war dabei. Plötzlich trat Stille ein: Von der Straße unten am Flußufer drang der Klang einer *kokyu* herauf, die von einem Straßenmusikanten gespielt wurde.

»Was hast du morgen vor?« fragte Keiko.

»Zuerst will ich ein Grab besuchen, das auf dem Berg hinter dem Nisonin-Tempel liegt. Es ist das Grab der alten Adelsfamilie Sanjonishi. Es ist sehr schön.«

»Ein Grab? Darf ich mitkommen?« Sie blickte in Richtung des Ventilators. »Ich würde auch gern zum Biwa-See und dort mit dir eine Motorbootfahrt machen. Es muß aber nicht unbedingt morgen sein.«

»Motorboot?« Taichiro zögerte. »Ich kann gar nicht Motorboot fahren.«

»Aber ich.«

»Kannst du schwimmen?«

»Falls es kentert?« Sie schaute ihn an. »Du kannst mich ja dann retten. Du rettest mich doch? Ich halte mich einfach an dir fest.«

»Wenn du dich an mir festhältst, kann ich dich nicht retten.«

»Wie soll ich es dann machen?«

»Ich werde dich festhalten. Ich werde dir von hinten unter die Arme fassen.«

Diese schöne Frau über Wasser zu halten ... Er schaute verlegen zur Seite bei diesem Gedanken. Wenn er sie nicht richtig festhielt, war ihrer beider Leben in Gefahr.

»Ich mache mir nichts daraus, wenn es kentert«, sagte Keiko.

»Ich bin mir gar nicht sicher, ob ich dich retten kann.«

»Was wird, wenn du es nicht kannst?«

»Hör auf, so zu reden. Wir wollen lieber nicht Motorboot fahren. Mir wäre nicht wohl dabei.«

»Aber es kann gar nicht umkippen, also wollen wir auch fahren. Ich habe mich schon so darauf gefreut.« Sie goß ihm etwas Bier in sein Glas nach. »Willst du nicht einen Kimono anziehen?«

»Nein. Es gefällt mir so, wie ich jetzt bin.«

In einer Ecke des Zimmers lagen, sauber zusammengelegt, zwei *yukata* – der eine für einen Mann, der andere für eine Frau bestimmt. Taichiro vermied es, dort hinzusehen. Hatte Keiko etwa ein Zimmer für zwei Personen bestellt?

Das Zimmer hatte keinen Nebenraum. Er konnte sich doch nicht vor ihren Augen umziehen.

Die Serviererin brachte wortlos das Essen. Auch Keiko schwieg.

Von dem Balkon eines flußabwärts gelegenen Hauses war nun der Klang einer *shamisen* zu hören. Vom Sake angeregt, wurden nun auch die Gäste auf dem Nachbarbalkon zunehmend lauter. Ihre im Osaka-Dialekt geführte Unterhaltung war deutlich zu verstehen.

Die sentimentalen Lieder des Straßenmusikanten und der Ton seiner *kokyu* wurden in der Ferne allmählich leiser und leiser.

Von der Stelle aus, wo sie im Zimmer saßen, war der Kamo-Fluß nicht zu sehen.

»Weiß er, daß du in Kyoto bist?« fragte Keiko.

»Mein Vater? Ja, natürlich. Aber er würde nie denken, daß du mich vom Flugplatz abholst und ich jetzt mit dir hier zusammen bin.«

»Das macht mich glücklich. Daß du dich hinter dem Rücken deines Vaters mit mir triffst.«

»Ich versuche nicht, es ihm zu verheimlichen.« Taichiro hielt einen Moment inne. »Glaubst du das etwa?«

»Aber es ist doch so.«

»Und dein Fräulein Ueno?«

»Ich habe ihr nichts erzählt. Aber vielleicht ahnen sie beide etwas. Das würde mich wirklich freuen.«

»Es ist nicht sehr wahrscheinlich. Weiß Fräulein Ueno wirklich nichts von dir und mir? Hast du ihr vielleicht irgend etwas erzählt?«

»Ich habe ihr erzählt, daß du mich durch Kamakura geführt und mir die Stadt gezeigt hast. Als ich ihr erzählte, daß du mir gefällst, ist sie ganz blaß geworden.« Keikos dunkle Augen funkelten, und auf ihren Wangen zeigte sich ein schwaches Rot. »Meinst du denn, das Kind des Mannes, der sie so enttäuscht hat, könne ihr gleichgültig sein? Sie hat mir auch erzählt, was sie empfand, als damals kurz nach der Trennung von deinem Vater deine Schwester geboren wurde.«

Taichiro sagte nichts.

»Fräulein Ueno arbeitet an einem Bild, dem sie den Titel ›Himmelfahrt eines Kindes‹ gegeben hat. Es stellt ihr Baby dar, das auf einer fünffarbigen Wolke sitzt. Ihr Kind hat aber nie sitzen können, weil es gleich nach der Geburt starb.« Sie schwieg ein Weilchen. »Wenn dieses Kind noch leben würde, wäre es älter als deine Schwester. Es wäre sozusagen deine ältere Schwester.«

»Warum erzählst du mir das alles?«

»Ich will Rache für Fräulein Ueno.«

»Rache? Du willst dich an meinem Vater rächen?«

»Auch an dir.«

Taichiro starrte geistesabwesend auf die geröstete Forelle vor sich auf dem Tisch. Seine Hand mit den Eßstäbchen bewegte sich nicht. Keiko zog seine Schüssel zu sich herüber und entgrätete geschickt den Fisch. »Hat dein Vater irgend etwas über mich gesagt?«

»Nein. Wir sprechen nicht über dich.«

»Warum nicht?«

Sein Gesicht verfinsterte sich. Ihm war, als greife eine kalte Hand nach seinem Herzen.

»Ich habe nie mit meinem Vater über Frauen gesprochen.« Er atmete heftig.

»Über Frauen?« Keiko lächelte ironisch.

»Wie willst du dich für Fräulein Ueno an mir rächen?« fragte er mit belegter Stimme.

»Das kann ich jetzt noch nicht sagen. Wie ich mich rächen werde ... Vielleicht, indem ich mich in dich verliebt habe.« Ihr Blick war, als schaue sie weit über den Fluß hinaus. »Findest du das nicht komisch?«

»Deine Rache ist, mich zu lieben?«

Keiko nickte erleichtert. »Es ist weibliche Eifersucht«, flüsterte sie.

»Eifersucht? Auf wen?«

»Ich bin eifersüchtig, weil Fräulein Ueno immer noch deinen Vater liebt. Weil sie ihm überhaupt nicht böse ist.«

»Liebst du sie denn so sehr?«

»Genug, um für sie zu sterben.«

»Ich bin nicht schuld an dem, was damals geschehen ist. Aber hat denn unser Zusammensein hier irgend etwas mit den alten Beziehungen zwischen Fräulein Ueno und meinem Vater zu tun?«

»Natürlich. Wenn ich nicht mit ihr zusammen leben würde, wüßte ich nicht, daß es dich gibt. Wir wären uns nie begegnet.«

»Mir gefallen solche Gedanken nicht. Ein junges Mädchen, das so denkt, ist von den Gespenstern der Vergangenheit besessen. Vielleicht ist deshalb dein Hals so wunderbar schlank, so geisterhaft schön . . .«

»Ein schlanker Hals bedeutet: Man hat noch nie einen Mann geliebt. Das sagt Fräulein Ueno. Ich jedenfalls kann einen dicken Hals nicht leiden.«

Er unterdrückte die Versuchung, ihren Hals zu streicheln. »Das ist das Flüstern eines Dämons. Er hat dich in seinen Bann gezogen.«

»Nein, verliebt gemacht.«

»Fräulein Ueno weiß wirklich nichts von mir?«

»Als ich aus Kamakura zurückkam, habe ich ihr gesagt, daß du das Ebenbild deines Vaters sein mußt . . . als er so alt war wie du jetzt.«

»So ein Unsinn«, entgegnete Taichiro heftig. »Ich bin meinem Vater überhaupt nicht ähnlich.«

»Ärgerst du dich darüber? Du würdest lieber nicht wie dein Vater aussehen?«

»Seit wir uns am Flugplatz getroffen haben, versuchst du, mich hinters Licht zu führen. Du willst vor mir verbergen, was du wirklich denkst.«

»Das will ich nicht.«

»Dann redest du also immer so?«

»Du bist schrecklich.«

»Du hast doch selbst gesagt, ich kann auf dir herumtreten.«

»Und das machst du nun, damit ich dir die Wahrheit sage? Ich lüge nicht. Du willst mich nur einfach nicht verstehen. Bist es denn nicht du, der etwas verbirgt? Das macht mich traurig.«

»Wirklich?«

»Ja. Es ist so. Ich weiß jedenfalls nicht, ob ich glücklich bin oder nicht.«

»Ich weiß auch nicht, warum ich hier bei dir bin.«

»Bist du nicht hier, weil du mich liebst?«

»Ja, aber ...«

»Was aber?«

Taichiro antwortete nicht.

»Was aber?« Keiko nahm seine Hand mit beiden Händen und drückte und schüttelte sie.

»Du ißt ja gar nicht«, sagte er. Sie hatte ihr *sashimi* kaum angerührt.

»Die Braut ißt nichts auf dem Hochzeitsmahl.«

»Das sagst du also.«

»Du hast doch angefangen, über das Essen zu reden.«

Sommermagerkeit

Otoko verlor im Sommer stets an Gewicht.

Als junges Mädchen in Tokyo machte sie sich keine Gedanken darüber. Aber als sie Anfang Zwanzig war und schon einige Jahre in Kyoto lebte, wurde ihr bewußt, daß sie dazu neigte, in der warmen Jahreszeit dünner zu werden. Ihre Mutter erklärte ihr: »Wie es scheint, magerst du im Sommer auch ab, Otoko. Die Konstitution, die du von mir geerbt hast, kommt jetzt wirklich zum Vorschein. Wir haben beide dieselben Schwächen. Ich halte dich schon lange für ein willensstarkes Mädchen, aber was deine körperliche Konstitution betrifft, bist du eben mein Kind. Das läßt sich nicht leugnen.«

»Ich bin überhaupt nicht willensstark.«

»Du hast ein leidenschaftliches Temperament.«

»Ich bin nicht leidenschaftlich.«

Zweifellos dachte die Mutter an Otokos Liebesaffäre mit Oki, wenn sie sie als willensstark und leidenschaftlich bezeichnete. Aber war ihr Zustand damals nicht ganz von dem starken Gefühl eines jungen Mädchens bestimmt, unabhängig von jeder Willensstärke oder Willensschwäche?

Sie waren nach Kyoto gekommen, weil Otokos Mutter die Tochter von deren Kummer ablenken wollte. Deshalb unterließen es auch beide, Okis Namen zu erwähnen. Allein in einer fremden Stadt jedoch, wo sie nur beieinander Trost suchen konnten, ließ es sich nicht vermeiden, daß jede im Herzen der anderen Oki erblickte. Für die Mutter schien die Tochter ein Spiegel zu sein, der Oki reflektierte, und für die Tochter war die Mutter auch ein solcher Spiegel. Aber jede sah auch sich selbst im Spiegel der anderen.

Eines Tages, Otoko wollte einen Brief schreiben, schlug sie das »Lexikon der japanischen Sprache« auf, und ihr Blick fiel auf das Schriftzeichen für »denken«. Als sie auch die anderen Bedeutungen dieses Schriftzeichens wie »sich sehnen nach«, »nicht vergessen können«, »traurig sein« las, spürte sie, daß ihr Herz sich zusammenkrampfte. Es konnte doch unmöglich Zufall sein, daß ihr Blick gerade auf dieses Schriftzeichen gefallen war. Sie bekam Angst vor diesem Lexikon und nahm es nie wieder in die Hand. Selbst in diesem Buch war Oki. Es gab darin unzählige Wörter, die sie an ihn erinnerten. Otoko lebte, indem sie alles, was sie sah und hörte, mit Oki in Verbindung brachte. Selbst das Wissen um den eigenen Körper war nicht zu trennen von der Erinnerung an Okis Umarmungen.

Otoko verstand sehr gut, daß die Mutter alles tat, damit sie ihn vergaß. Es war der sehnliche Wunsch einer Frau, die keinen Mann mehr hatte und nur ein einziges Kind besaß. Aber Otoko wollte nicht vergessen. Sie klammerte sich mit aller Macht an diese Erinnerungen, als könne sie ohne sie nicht mehr leben.

Vielleicht war sie auch nur deshalb aus dem vergitterten Zimmer der psychiatrischen Klinik herausgekommen, weil ihre Liebe zu Oki sich so unumstößlich in ihrem Herzen verankert hatte.

Einmal, als sie in seinen Armen lag, stöhnte sie wie von Sinnen: »Oh, ich sterbe. Ich sterbe. Hör auf. Bitte . . .« Oki löste sich von ihr, und sie öffnete die Augen. Ihre Pupillen waren weit und schimmerten feucht. »Ich kann dich gar nicht richtig sehen, mein Kleiner. Dein Gesicht ist so verschwommen wie unter wellenbewegtem Wasser.« Selbst in einem solchen Moment nannte sie, die Fünfzehnjährige, ihn, den Dreißigjährigen, »mein Kleiner«.

»Wenn du einmal stirbst, werde auch ich nicht weiterleben können.« In ihren Augenwinkeln glitzerten Tränen – nicht solche der Trauer, sondern Tränen der Hingabe.

»Wenn auch du stirbst, wird niemand mehr da sein, der sich an mich erinnert«, sagte Oki.

»Ich würde es nicht aushalten, mit den Erinnerungen zu leben. Ich könnte das nicht. Dann möchte ich lieber auch sterben.« Otoko schmiegte ihr Gesicht an seinen Hals.

Er fragte sich, ob er sie ernst nehmen solle, und schwieg eine Weile. Dann sagte er: »Wenn mich jemand mit einer Pistole bedroht oder ein Messer gegen mich zieht, würdest du dich vor mich stellen und mich beschützen?«

»Ich würde gern mein Leben für dich geben. Immer . . .«

»Das meine ich nicht. Angenommen, plötzlich taucht irgendeine Gefahr vor mir auf. Würdest du dich, ohne auch nur einen Augenblick zu zögern, vor mich werfen, um mich zu beschützen?«

»Ja.« Otoko nickte entschieden.

»Kein Mann würde das für mich tun. Aber dieses

kleine Mädchen würde ihr Leben für mich aufs Spiel setzen.«

»Ich bin nicht klein«, entgegnete Otoko. Und wiederholte: »Ich bin nicht mehr klein.«

»Wo sind denn die Stellen, an denen du nicht mehr klein bist?« fragte Oki und tastete nach ihren Brüsten.

Oki dachte dabei auch an das Kind, das sie in ihrem Leib trug und das von ihm war. Und er dachte daran, daß, wenn er jetzt plötzlich stürbe, mit Otoko auch dieses Kind sterben würde. Das aber erfuhr Otoko erst später, als sie seinen Roman las.

Otokos Mutter hoffte, daß ihre Tochter nun, nachdem sie die Erinnerung an Oki weiter hinter sich zu lassen schien, nicht mehr soviel an Gewicht verlieren würde.

Obwohl Otoko mit ihren abfallenden Schultern und ihrem feinen Knochenbau sicher von zarter Natur war, hatte sie nie an einer ernsthaften Krankheit gelitten. Nach all dem, was sie durchgemacht hatte, sah sie natürlich verhärmt aus, hatte sie einen beunruhigend ernsten Ausdruck in den Augen. Schneller als ihr Gemüt gesundete, erholte sich ihr Körper. Und ihre jugendliche Spannkraft ließ die seelischen Wunden allmählich verheilen. Wäre ihr melancholischer Blick nicht gewesen, den sie bekam, sobald sie an Oki dachte, niemand hätte ihr den Kummer, der sie quälte, angesehen. Ja, dieser melancholische Blick, der Ausdruck der Sehnsucht eines jungen Mädchens, machte sie nur noch schöner.

Seit ihrer Kindheit sah Otoko, daß die Mutter im Sommer ein wenig schlanker wurde. Sie wischte ihr oft den Schweiß von Brust und Rücken und wußte sehr gut, obwohl sie aus Zurückhaltung nie darüber sprach, daß die Magerkeit eine Folge der Hitze war. Doch sie war noch zu jung, um sich deshalb zu beunruhigen – bis sie von ihrer Mutter erfuhr, daß sie selbst diese Veranlagung geerbt hatte.

Ab Mitte Zwanzig trug sie nur noch Kimonos. Auf diese Weise war ihre Schlankheit nicht so deutlich zu sehen wie in einem Rock oder in Flanellhosen. Das konnte sie jedoch nicht darüber hinwegtäuschen, wie dünn sie in jedem Sommer wurde. In späteren Jahren erinnerte die Sommermagerkeit sie immer wieder an die tote Mutter.

Otoko hatte den Eindruck, sie habe von Jahr zu Jahr mehr unter der Sommerhitze zu leiden.

»Gibt es nicht irgendein Mittel dagegen?« erkundigte sie sich eines Tages bei ihrer Mutter. »Es wird so viel Reklame in den Zeitungen damit gemacht. Hast du selbst mal eines versucht?«

»Sie sind alle ganz brauchbar«, antwortete die Mutter vage. Sie schwieg ein Weilchen und sagte dann: »Otoko, die beste Medizin für eine Frau ist: heiraten.«

Otoko schwieg.

»Ein Mann, das ist die Medizin, die einer Frau das Leben gibt. Alle Frauen müssen sie nehmen.«

»Auch wenn es Gift für sie ist?«

»Auch dann. Du hast bereits einmal Gift genommen, doch das willst du noch immer nicht glauben. Aber es gibt ein gutes Gegengift. Und manchmal braucht man das eine Gift, um dem anderen Gift entgegenzuwirken. Vielleicht ist diese Medizin bitter.

Aber du mußt einfach die Augen schließen und sie hinunterschlucken. Selbst wenn du Brechreiz dabei empfindest und glaubst, sie rutsche dir nicht durch die Kehle.«

Otokos Mutter starb, ohne erlebt zu haben, daß die Tochter diesen Rat befolgte. Zweifellos bedauerte sie das. Fest stand eines: Otoko hatte Oki niemals als Gift betrachtet. Selbst in dem Raum mit den vergitterten Fenstern hatte sie weder Abneigung noch Haß gegen ihn empfunden. Sie war nur vor Liebe halb wahnsinnig. Die stark wirkende Droge, die sie geschluckt hatte, um sich das Leben zu nehmen, war schon bald, ohne eine Spur zu hinterlassen, aus ihrem Körper verschwunden. Oki und sein Kind in ihrem Leib waren ebenfalls fort, und sie hoffte, daß auch die Narben, die beide hinterlassen hatten, irgendwann einmal verschwinden würden. Ihre Liebe zu Oki jedoch hielt unvermindert an.

Die Zeit verging. Aber Zeit fließt in vielen Strömen. Genauso wie ein Fluß fließt die Zeit an manchen Stellen schnell, an manchen langsam dahin. Und an wieder anderen Stellen scheint sie völlig stillzustehen. So fließt die Zeit für alle Menschen gleich, doch jeder Mensch fließt auf andere Weise in diesem Strom.

Otoko ging inzwischen auf die Vierzig zu. Sie fragte sich zuweilen, ob die Tatsache, daß die Erinnerung an Oki noch immer so lebendig war, nicht bedeutete, daß der Strom der Zeit stillstand. Oder war ihr Bild von ihm mit ihr zusammen durch die Zeit geflossen wie eine Blume, die einen Fluß hinuntertreibt? Wie sie in seinem Strom der Zeit trieb, das wußte sie nicht. Obgleich auch er sie nicht vergessen haben konnte, war seine Zeit wohl anders für ihn vergangen. Selbst wenn zwei Menschen sich innig lieben – ihr Strom der Zeit würde niemals derselbe sein.

Auch an diesem Tag – wie an jedem Morgen, nachdem sie aufgewacht war – massierte sie sich mit den Fingerspitzen die Stirn, tastete danach den Nakken ab und griff sich unter die Arme. Ihre Haut war ständig ein wenig feucht. Doch ihr war, als würde die Feuchtigkeit, die sich im Schlaf auf ihrer Haut bildete, von der Nachtwäsche, die sie täglich wechselte, aufgesogen.

Keiko war fasziniert vom Geruch und von der Glätte dieser feuchten Haut und wollte Otoko zuweilen sogar die Sachen ausziehen, die diese unmittelbar am Körper trug. Otoko war es absolut zuwider, daß sie nach Schweiß roch.

Am Tag zuvor war Keiko erst nachts gegen halb eins nach Hause gekommen und hatte sich, Otokos Blicken ausweichend, nervös in eine Ecke gesetzt.

Otoko lag im Bett, schützte mit einem Rundfächer ihre Augen vor dem Licht der Deckenlampe und betrachtete ein paar Skizzen, die an der Wand befestigt waren und das Gesicht eines Babys darstellten. Sie war völlig damit beschäftigt und schaute nur flüchtig in Keikos Richtung.

»Ziemlich spät, meinst du nicht auch?«

Man hatte es Otoko im Krankenhaus nicht gestattet, ihr zu früh geborenes Baby zu sehen. Man sagte ihr nur, es habe pechschwarze Haare gehabt. Als sie die Mutter bat, ihr doch mehr von ihm zu erzählen, antwortete diese: »Es war sehr niedlich und hatte große Ähnlichkeit mit dir.« Otoko fühlte aber, daß sie das nur sagte, um sie zu trösten. Sie hatte noch nie ein neugeborenes Baby gesehen, nur auf Fotos, aber darauf sahen sie alle sehr häßlich aus. Ein Foto war sogar dabei, das ein Baby unmittelbar nach der Geburt und noch durch die Nabelschnur mit der Mutter verbunden zeigte. Otoko fand diese Fotos sehr abstoßend.

Sie hatte keine Ahnung von dem Gesicht und dem sonstigen Aussehen ihres Babys, wohl aber hatte sie ein Bild davon in ihrem Herzen. Sie wußte sehr gut, daß das Kind auf ihrem Gemälde nicht wie ihr totes Baby aussehen würde, hatte aber auch nicht die Absicht, ein realistisches Porträt zu malen. Sie wollte nur ihre Trauer über den Verlust ihres Kindes, das sie nie gesehen hatte, und ihre Mutterliebe in einem Bild zum Ausdruck bringen ... Sie trug diesen Wunsch schon so lange in sich, daß die Vorstellung von ihrem toten Kind sich zu einer Vision verdichtet hatte. Sie dachte daran, wann immer sie traurig war. Das Bild sollte aber auch symbolisieren, daß sie bis zum heutigen Tag über alle Schwierigkeiten hinweggekommen und am Leben geblieben war.

Trotz vieler Versuche war es Otoko bisher jedoch nicht gelungen, das Gesicht ihres Kindes so zu malen, wie es in ihrer Vorstellung existierte. Selbstverständlich hatte sie die Gesichter der Engel und das des Christuskindes aufmerksam studiert. Alle aber schienen ihr zu vollkommen und schon zu erwachsen. Sie wollte kein klares, Kraft ausstrahlendes, sondern ein mehr verschwommenes, visionäres Gesicht malen, ein Gesicht, von einem Heiligenschein umgeben, das weder von dieser Welt war noch von der jenseitigen. Es sollte einen freundlichen, sanftmütigen Eindruck machen, aber auch ungeheure Trauer ausdrücken. Doch sie wollte es auch nicht zu abstrakt werden lassen.

Wie aber sollte sie den faltigen Körper einer Frühgeburt malen? Und wie den Hintergrund? Noch einmal nahm Otoko ihre Bildbände über Redon und Chagall zur Hand. Aber selbst die sentimentale, feine Phantasie eines Chagall war ihr zu fremd, um ihre Vorstellungskraft anzuregen.

Erneut erinnerte sie sich an die alten japanischen Porträts jenes kindlichen Heiligen, an die Illustrationen zu der Legende von dem kleinen Kobo, der im Traum auf einer achtblättrigen Lotosblüte gesessen und sich mit Buddha unterhalten hatte. Auf den ältesten Porträts sah der Heilige rein und streng aus, auf denen aus späterer Zeit jedoch machte er einen sanften, freundlichen Eindruck; es waren sogar Bildnisse dabei, auf denen der kleine Kobo einem Mädchen ähnlich sah.

Am Abend vor dem Vollmondfest im Mai, als Keiko sie bat, von ihr porträtiert zu werden, hatte Otoko geglaubt, es sei ihre Vorstellung von der »Himmelfahrt eines Kindes«, die sie dazu inspirierte, Keiko als klassische »Heilige Jungfrau« im Stil der Bildnisse des kleinen Kobo zu malen. Später fragte sie sich, ob nicht die Faszination, die diese Bilder auf sie ausübten, die eigentliche Ursache für die Idee war, ihr Kind und auch Keiko als Heilige zu malen, und sie fragte sich auch, ob in dieser Faszination nicht eine gewisse Eigenliebe, ja Selbstsucht zum Ausdruck komme. Vielleicht verbarg sich hinter dem

Plan zu den beiden Bildern der versteckte Wunsch von einem Selbstporträt. Vielleicht bedeuteten diese Vorstellungen von Heiligen nichts anderes als die Idee von der heiligen Otoko. Der Zweifel durchbohrte sie wie ein Schwert, das sie sich gegen ihren Willen in die eigene Brust stieß. Schließlich zog sie es heraus, doch es blieb eine Narbe, und manchmal schmerzte diese.

Selbstverständlich sollten ihre Bilder keine Kopien der Porträts des kleinen Kobo werden, doch als Vorbild hatten sie sich offenbar von Anfang an tief in ihrem Herzen eingenistet. Auch die Titel »Himmelfahrt eines Kindes« und »Heilige Jungfrau« ließen erkennen, daß sie mit diesen Bildern ihre Liebe zu ihrem toten Kind und zu Keiko reinigen, ja sogar heiligsprechen wollte. Sie fragte Keiko des öfteren nekkend, ob sie sich wegen des Titels »Heilige Jungfrau« schäme und »Eine abstrakte Malerin« nicht interessanter fände. Sie hatte jedoch nie auch nur im entferntesten daran gedacht, eine solche Variante ihres Motivs in dem Porträt zum Ausdruck zu bringen. An jenem Abend aber stand ihr Entschluß fest, als sie sagte, daß sie Keiko in der Art eines buddhistischen Bildes malen würde.

Als Keiko sie das erstemal besuchte und das Porträt von Otokos Mutter sah, glaubte sie, es sei ein Selbstporträt Otokos. Später wurde Otoko durch das Bild immer wieder daran erinnert, daß Keiko sie damals mit der Mutter verwechselt und ihr gesagt hatte, sie sei schön. Aus lauter Sehnsucht hatte Otoko ihre Mutter so jung und schön gemalt, vielleicht aber war auch eine gewisse Eigenliebe dabei im Spiel gewesen.

Nicht die Ähnlichkeit war also schuld daran. Vielleicht hatte sie sich wirklich selbst gemalt.

Für einen Maler sind seine Stilleben, Landschaftsbilder und alles, was er sonst noch malt, die Selbstporträts seines Herzens, der Ausdruck seines Ich. In Otokos Bild von der Mutter jedoch war ihre Vertrautheit zu ihr und ihre kindliche Trauer verinnerlicht. So gesehen, konnte man es schon für ein Selbstporträt halten. Etwas Kindliches hatten aber auch die Bildnisse des heiligen Kobo. Die klassische japanische Malerei hat viele buddhistische Bildwerke – noch berühmtere als die, die diesen Heiligen darstellen –, aber auch ebenso viele Frauenporträts hervorgebracht. Vielleicht lag es an der kindlichen Anmut, die in den Bildnissen des kleinen Kobo zum Ausdruck kam, daß ausgerechnet sie Otoko so gefielen, vielleicht auch faszinierte sie ihre Pietät und Lieblichkeit. Möglicherweise gewann Otoko, die trotz ihrer religiösen Überzeugung nicht an den heiligen Kobo glaubte, wieder Selbstvertrauen. Die Lieblichkeit dieser Porträts verscheuchte jedenfalls ihren Kummer.

Otoko liebt noch immer Oki, ihr Baby und ihre Mutter. Aber konnte diese Liebe unverändert fortbestehen seit jener Zeit, wo sie greifbare Wirklichkeit war? Konnte nicht ein gewisser Teil von dieser Liebe sich insgeheim in Selbstliebe verwandelt haben? Dies jedoch wurde ihr nicht bewußt. Und selbst wenn sie es geargwöhnt hätte, sie hätte es nicht ändern können. Sie war durch den Tod von ihrem Kind und von ihrer Mutter getrennt worden, und sie hatte Oki verloren. Alle drei aber lebten nach wie vor in ihrem Herzen. Otoko selbst gab ihnen dieses Leben. Dort, wo Oki in ihr war, stand deshalb auch der Strom der Zeit nicht still. Ihr Bild von ihm floß mit ihr in diesem Strom. Möglicherweise hatten sich ihre Erinnerungen infolge der Eigenliebe verändert, vielleicht sich sogar völlig verwandelt. Otoko war jedenfalls nie auf den Gedanken gekommen, die Erinnerungen an die Vergangenheit könnten nichts weiter als Gespenster und Phantome sein. Vielleicht war es auch natürlich, daß eine Frau Ende Dreißig – ohne einen Geliebten und noch ledig – mit den Erinnerungen an eine unglückliche Liebe kokettierte und daß diese Koketterie die Farbe der Eigenliebe angenommen hatte.

Auch daß sie sich in eine leidenschaftliche Liebe zu ihrer Schülerin Keiko hatte hineinziehen lassen, war wohl nichts anderes als eine Form von Liebe zu sich selbst. Andererseits wäre ihr auch nicht im Traum eingefallen, eine Frau wie Keiko, die liebeshungrig war und nackt gemalt werden wollte, als buddhistische »Heilige Jungfrau« darzustellen. Wollte Otoko mit diesem Gemälde nicht vielmehr ein wohlgefälliges, reines Abbild von sich selbst schaffen? Offenbar würde wohl das Mädchen, das als Sechzehnjährige Oki geliebt hatte, immer in ihr sein und niemals erwachsen werden. Doch auch dies war ihr nicht bewußt.

Otoko war übertrieben reinlich und wäre an solch einem Morgen, wo ihr die Nachtwäsche infolge der drückenden Hitze der Nacht schweißfeucht auf der Haut klebte, normalerweise sofort nach dem Aufwachen aufgestanden. Statt dessen aber lag sie mit dem Gesicht zur Wand auf ihrem Bett und betrachtete wie am Vorabend die Skizzen. Das Thema war äußerst schwierig zu gestalten. Ihr Baby hatte nur kurze Zeit in dieser Welt gelebt, und nun wollte sie ein Kind malen, das niemals das Licht der Welt erblickt hatte, gewissermaßen den Geist eines Kindes.

Keiko schlief noch fest. Sie lag da, den Rücken Otoko zugewandt und in eine dünne Bettdecke gehüllt, die ihr unter die Brust gerutscht war. Ihre Füße schauten bis zu den Knöcheln darunter hervor. Da Keiko meist einen Kimono trug, waren ihre schlanken, geraden Zehen selten in hochhackige Schuhe eingezwängt. Ihre Zehen waren so feingliedrig und zart, daß Otoko das Gefühl hatte, sie könnten nicht zu einem menschlichen Wesen gehören. Sie vermied es deshalb auch, sie anzusehen. Aber wenn sie Keikos Füße – ohne sie anzusehen – in die Hand nahm, überkam sie ein seltsames Glücksgefühl bei dem Gedanken, daß solche Füße kaum einer Frau ihrer eigenen Generation gehören konnten.

Ein Hauch von Parfüm ging von Keiko aus, das ihr für ein junges Mädchen etwas zu stark zu sein schien. Aber sie kannte dieses Parfüm, weil Keiko es gelegentlich benutzte. Sie fragte sich, weshalb sie es am Abend zuvor benutzt hatte.

Als Keiko nach Mitternacht nach Hause kam, waren Otokos Gedanken so von den Skizzen in Anspruch genommen, daß sie ihr keine Aufmerksamkeit schenkte. Keiko ging, ohne ein Bad zu nehmen, ins Bett und schlief sofort ein. Vielleicht aber glaubte Otoko nur, Keiko sei sofort eingeschlafen, weil sie selbst noch vor ihr eingenickt war.

Otoko stand auf, ging um Keikos Bett herum, warf einen flüchtigen Blick auf die Schlafende und öffnete dann die Holzschiebetüren. Keiko war morgens immer gut gelaunt und stand sofort auf, um Otoko zu helfen, wenn sie hörte, daß diese die Schiebetüren öffnete. An diesem Morgen richtete sie sich nur im Bett auf und sah zu. Als Otoko auch die *shoji* geöffnet hatte und ins Zimmer zurückkehrte, erhob sie sich und sagte: »Entschuldige bitte, aber ich bin erst gegen drei Uhr eingeschlafen.« Sie machte sich daran, Otokos Bettzeug wegzuräumen.

»Konntest du wegen der Hitze nicht schlafen?«

»Ich weiß nicht . . .«

»Laß meinen Nachtkimono bitte draußen. Ich will ihn waschen.«

Mit dem Nachtkimono über dem Arm ging Otoko ins Bad. Keiko folgte ihr, um sich am Waschbecken zu waschen, aber selbst beim Zähneputzen schien sie sich sehr zu beeilen.

»Willst du nicht auch ein Bad nehmen?«

»Ja.«

»Du hast noch nach Parfüm gerochen, als du ins Bett gingst.«

»So? Hab ich das?«

»Ja, wirklich.« Otoko war beunruhigt über Keikos Gedankenlosigkeit. »Wo warst du gestern abend?«

Keiko antwortete nicht.

»Nimm ein Bad. Du wirst dich dann besser fühlen.«

»Ja, später.«

»Später?« Otoko blickte sie erstaunt an.

Als Otoko aus dem Bad kam, hatte Keiko einen Schrank geöffnet und war gerade dabei, aus der Schublade einen Kimono herauszunehmen.

»Gehst du fort?« fragte Otoko streng.

»Ja.«

»Du hast dich verabredet?«

»Ja.«

»Und mit wem?«

»Mit Taichiro.«

Otoko begriff nicht sogleich.

»Herrn Okis Taichiro«, antwortete Keiko, ohne zu zögern, doch das Wort »Sohn« ließ sie aus.

Otokos Stimme versagte.

»Taichiro ist gestern nach Kyoto gekommen. Ich habe ihn in Itami vom Flugplatz abgeholt. Für heute habe ich versprochen, ihm die Stadt zu zeigen. Oder er wird mich herumführen. Otoko, ich verheimliche dir nie etwas. Zuerst gehen wir zum Nisonin-Tempel. Er will dort auf dem Berg ein Grab besuchen.«

»Ein Grab besuchen? Auf dem Berg?« fragte Otoko mit schwacher Stimme.

»Es soll das Grab einer alten Adelsfamilie sein.«

»Oh?«

Keiko zog ihren Nachtkimono aus und stand nun, Otoko den Rücken zukehrend, nackt da. »Ich glaube, ich ziehe ein langes Unterkleid an. Wie es aussieht, wird es heute wieder sehr warm. Trotzdem würde ich mich sonst nicht richtig wohl fühlen.«

Wortlos schaute Otoko zu, wie sie den Kimono anzog.

»Nun noch den Obi ordentlich gemacht . . .« Keiko faßte nach hinten und ordnete den Knoten.

Otoko betrachtete Keikos Gesicht im Spiegel, während diese das Make-up auflegte. Keiko bemerkte es.

»Starr mich nicht so an!«

Otoko versuchte, ein weniger strenges Gesicht zu machen, doch es gelang ihr nicht.

Noch einen Blick in den Spiegel des Schminktischchens werfend, rückte Keiko eine Haarsträhne über einem ihrer schön geformten Ohren zurecht und beendet damit ihre Toilette. Als sie gerade im Begriff war aufzustehen, setzte sie sich noch einmal und griff nach einer Parfümflasche.

Otoko runzelte die Stirn. »Ist das Parfüm von gestern abend nicht genug?«

»Du brauchst dir keine Sorgen zu machen.«

»Du bist ziemlich nervös.«

Keiko antwortete nicht.

»Keiko, warum triffst du dich mit ihm?«

»Er hat mir geschrieben, daß er kommt. Auch wann das Flugzeug landet.«

Otoko schwieg.

Keiko stand auf, ging zum Schrank und legte hastig mehrere Kimonos weg, die sie zuvor herausgenommen hatte.

»Leg sie doch ordentlich zusammen«, mahnte Otoko.

»Ja.«

»Du mußt sie sonst noch einmal zusammenlegen.«

»Meinetwegen«, sagte Keiko, würdigte den Schrank aber keines Blickes mehr.

»Komm doch bitte mal her«, bat Otoko.

Keiko nahm ihr gegenüber Platz und schaute ihr in die Augen. Otoko blickte zur Seite und fragte: »Gehst du fort, ohne zu frühstücken?«

»Das ist nicht nötig. Ich habe gestern abend ziemlich spät gegessen.«

»Gestern abend?«

»Ja.«

»Keiko«, begann Otoko erneut. »Warum triffst du dich mit ihm?«

»Ich weiß nicht.«

»Willst du es denn?«

»Ja.«

»Dann bist du also diejenige, die ihn sehen will.« Keikos Nervosität schien ihr ein Beweis dafür zu sein. »Und warum willst du das, wenn ich fragen darf?«

Keiko gab keine Antwort.

»Mußt du ihn denn sehen?« Otoko blickte zu Boden. »Mir wäre es lieber, du würdest dich nicht mit ihm treffen. Bitte, geh nicht.«

»Warum nicht? Es hat doch nichts mit dir zu tun.«

»Doch.«

»Aber du kennst ihn doch gar nicht.«

»Du bist eine Nacht mit seinem Vater zusammen gewesen, und jetzt triffst du dich mit ihm?« Otoko brachte es nicht fertig, die beiden Namen auszusprechen.

»Herr Oki ist dein ehemaliger Freund, aber Taichiro hast du noch nie gesehen. Ihr habt nichts miteinander zu tun. Er ist der Sohn von Herrn Oki. Er ist nicht dein Kind.«

Keikos Worte versetzten Otoko einen Stich. Sie brachten ihr in Erinnerung, daß, kurz nachdem ihr Baby gestorben war, Okis Frau eine Tochter geboren hatte. »Keiko«, sagte sie, »willst du ihn verführen?«

»Er hat mir geschrieben, wann er mit dem Flugzeug ankommt.«

»Bist du schon so eng mit ihm befreundet, daß du

ihn vom Flugplatz abholst und mit ihm in der Stadt umherspazierst?«

»Hör auf. Was redest du bloß.«

»Stimmt es etwa nicht, daß du ein Verhältnis mit ihm hast?« Otoko wischte sich den Schweiß von der Stirn. »Du bist ein schrecklicher Mensch.«

Keikos Augen funkelten. »Otoko, ich hasse die Männer!«

»Geh nicht zu ihm. Bitte. Wenn du gehst, brauchst du gar nicht erst wieder zurückzukommen.«

»Otoko.« Keiko schaute sie traurig an.

»Was hast du mit Taichiro vor?« Otokos Hände fingen an zu zittern. Es war das erstemal, daß sie den Namen aussprach.

Keiko stand auf. »Ich gehe jetzt.«

»Bitte, bleib.«

»Schlag mich, Otoko. Schlag mich so wie damals im Moos-Tempel.«

Otoko schwieg.

»Otoko . . .« Keiko blieb einen Moment stehen. Dann wandte sie sich um und ging.

Otoko war in kalten Schweiß gebadet. Sie saß da und schaute hinaus auf die Blätter des Bambus, die in der Morgensonne glänzten. Schließlich erhob sie sich und ging ins Bad. Das Rauschen des Wassers erschreckte sie. Hastig drehte sie den Hahn so weit zu, daß das Wasser nur in einem dünnen Strahl floß, und fing an, sich zu waschen. Sie spürte, wie sie etwas ruhiger wurde, doch in ihrem Kopf blieb eine dumpfe Spannung. Sie preßte einen nassen Lappen auf die Stirn und in den Nacken.

Dann ging sie ins Zimmer und nahm so Platz, daß

sie dem Porträt ihrer Mutter und den Skizzen zu ihrem Kinderbild gegenübersaß. Ein Gefühl der Verbitterung überkam sie. Schuld daran war, daß sie mit Keiko zusammen lebte. Dieses Gefühl berührte sie existentiell, machte sie todunglücklich und kraftlos. Wofür hatte sie gelebt, warum lebte sie eigentlich noch?

Otoko hatte das Verlangen, nach ihrer Mutter zu rufen. Plötzlich mußte sie an Tsune Nakamuras »Porträt der alten Mutter« denken. Es war das letzte Werk des Malers, bevor er noch vor seiner Mutter starb. Otoko fand es bewegend, auch deshalb, weil sein letztes Bild seine alte Mutter darstellte. Sie hatte das Original nie gesehen, doch selbst ein Foto davon hatte sie zutiefst berührt.

Der junge Nakamura hatte kraftvolle, sinnenfreudige Bilder der Frauen gemalt, die er liebte. Er benutzte viel Rot, und es hieß, er sei von Rouault beeinflußt. Sein Porträt von Eroshenko, eines seiner Meisterwerke, brachte vollendet die Vornehmheit und Melancholie des blinden Dichters zum Ausdruck. Auch in diesem Bild herrschten warme Töne vor. Sein letztes Werk jedoch, das »Porträt der alten Mutter«, war in dunklen und kalten Farben und in sehr einfachem Stil gemalt. Man sieht darauf eine hagere, gebeugte alte Frau, die auf einem Stuhl sitzt, im Profil vor dem Hintergrund einer bis zur halben Höhe holzgetäfelten Wand. Eine Wasserkanne steht in einer Wandnische unmittelbar neben ihrem Gesicht, und auf der anderen Seite hängt ein Thermometer. Das Thermometer hing wohl nur wegen der Komposition des Bildes dort, aber Otoko war sehr beeindruckt davon; auch von der Gebetsschnur, die von den auf den Knien der Frau ruhenden Händen herabhing, die irgendwie die Gefühle des Malers darzustellen schienen, die er angesichts des Todes empfunden haben mußte. Das entsprach auch dem Gesamteindruck des Bildes.

Otoko holte aus dem Wandschrank einen Bildband über Tsune Nakamura und verglich das »Porträt der alten Mutter« mit dem ihrer eigenen. Sie hatte ein jugendliches Bild von ihrer Mutter malen wollen, obwohl diese schon tot war. Zweifellos war es nicht ihr letztes Werk, noch war auf diesem Bild ein Schatten des Todes zu ahnen. Es war im traditionell japanischen Stil gemalt, und als sie nun die Reproduktion von Nakamuras Porträt betrachtete, empfand sie die Sentimentalität ihres eigenen Bildes.

Otoko hatte ihre Mutter so gemalt, um ihr zu schmeicheln. Sie hatte sie sich einfach jung und schön vorgestellt. Wie oberflächlich und schwach kam ihr das nun vor, verglichen mit der innigen Hingabe eines Künstlers, der selbst dem Tode nahe war. Aber war sie nicht in einer ähnlichen Situation gewesen wie er?

Otoko hatte ihre Mutter nie zu deren Lebzeiten gemalt. Das Porträt war nach einem Foto entstanden. Sie stellte die Mutter viel jünger und schöner dar, als sie auf dem Foto aussah. Während sie arbeitete, schaute sie von Zeit zu Zeit in den Spiegel, da sie ihrer Mutter sehr ähnelte. Vielleicht war es ganz natürlich, daß das Porträt dadurch eine gewisse Anmut bekam. Dennoch, konnte man nicht auch erkennen, daß es dem Bild an geistiger Substanz fehlte?

Otoko erinnerte sich, daß ihr die Mutter, seit sie in Kyoto wohnten, nie erlaubt hatte, sie zu fotografieren. Als die Journalisten aus Tokyo seinerzeit für die Zeitschrift auch ein Foto machen wollten, auf dem sie beide zu sehen waren, war ihre Mutter ihnen entflohen und hatte sich versteckt. Otoko begriff erst jetzt, daß sie das aus Kummer getan hatte. Sie lebte mit ihrer Tochter in Kyoto wie eine Verbannte, abgeschieden von aller Welt, und hatte selbst zu ihren Freunden in Tokyo alle Verbindungen abgebrochen. Auch Otoko kam sich bis zu einem gewissen Grad wie eine Verbannte vor. Aber da sie erst sechzehn war, als sie nach Kyoto kam, empfand sie die Einsamkeit und Isolation anders als ihre Mutter. Auch das Fortbestehen ihrer Liebe zu Oki unterschied sie von ihr.

Während sie ihr Porträt und das von Nakamura betrachtete, kam ihr der Gedanke, vielleicht noch einmal ein Bild ihrer Mutter zu malen.

Keiko war fortgegangen, um sich mit Taichiro zu treffen, und Otoko spürte, daß ihr das Mädchen entglitt. Sie fühlte sich nicht imstande, ihre innere Unruhe zu unterdrücken.

Keiko hatte kein einziges Mal mehr das Wort »Rache« ausgesprochen. Sie hatte gesagt, sie hasse die Männer, aber das war nicht glaubhaft. Sie hatte sich selbst verraten, als sie unter dem Vorwand, am Abend zuvor noch spät gegessen zu haben, ohne zu frühstükken fortgegangen war. Was hatte Keiko mit Okis Sohn vor? Was würde mit den beiden geschehen? Und was sollte sie tun nach all diesen Jahren als Gefangene ihrer Liebe zu Oki? Otoko fühlte, daß sie nicht länger sitzen und warten konnte.

Da es ihr nicht gelungen war, Keiko am Fortgehen zu hindern, war das einzige, was sie noch tun konnte, ihr zu folgen und selbst mit Taichiro zu sprechen. Aber Keiko hatte ihr weder gesagt, wo sie sich treffen wollten, noch, wo er übernachtet hatte.

Der See

Als Keiko das Teehaus Ofusa erreichte, stand Taichiro bereits zum Ausgehen gekleidet auf dem Balkon.

»Guten Morgen. Hast du gut geschlafen?« Sie trat näher und lehnte sich an das Geländer des Balkons. »Du wartest wohl schon auf mich?«

»Ich bin sehr früh aufgewacht. Ich habe das Rauschen des Flusses gehört und bin aufgestanden«, sagte er. »Und dann habe ich die Sonne hinter den Östlichen Bergen aufgehen sehen.«

»So früh schon warst du auf?«

»Ja. Aber die Berge sind zu nahe für einen richtigen Sonnenaufgang. Das Grün der Berge wird heller, und der Kamo-Fluß glitzert im Morgenlicht.«

»Hast du so lange Zeit zugesehen?«

»Es war interessant zu beobachten, wie die Straße auf der anderen Seite des Flusses sich mit Leben füllte.«

»Du konntest nicht schlafen? Hat es dir hier nicht gefallen?« Dann sagte sie zärtlich: »Ich wäre froh, wenn du meinetwegen nicht hättest schlafen können.«

Er antwortete nicht.

»Du willst es mir nicht sagen?«

»Ich habe an dich gedacht.«

»Das sagst du jetzt, um mir zu schmeicheln.«

»Aber du mußt gut geschlafen haben.« Taichiro schaute sie an.

Keiko schüttelte den Kopf.

»Deine Augen sind ganz klar. Du siehst ausgeschlafen aus.«

»Ich bin gut gelaunt. Deinetwegen. Ein, zwei Nächte ohne Schlaf machen mir nichts aus.«

Ihre feucht schimmernden, strahlenden Augen ruhten auf ihm.

Er nahm ihre Hand.

»Oh, ist die kalt«, flüsterte Keiko.

»Deine Hand ist warm.« Er betastete jeden einzelnen ihrer Finger und staunte darüber, wie zierlich sie waren. Sie schienen ihm so unglaublich schlank und zerbrechlich, als könne man sie mühelos abbeißen. Er hätte sie gern in den Mund genommen. Sie vermittelten ihm eine Vorstellung von der Verletzbarkeit dieses jungen Mädchens. Und vor seinen Augen war ihr anmutiges Profil, ihr schön geformtes Ohr und ihr langer, zierlicher Hals.

»Mit diesen schlanken Fingern also malst du.« Er zog ihre Hand an seine Lippen. In Keikos Augen standen Tränen.

»Bist du traurig?«

»Nein, unendlich glücklich. Mir ist, als müßte ich bei der leisesten Berührung durch dich weinen. Ich habe das Gefühl, daß irgend etwas für mich zu Ende gegangen ist.«

»Aber was?«

»Frag mich nicht.«

»Nichts ist zu Ende. Es hat gerade erst angefangen. Ist das Ende des einen nicht zugleich der Anfang des anderen?«

»Ja. Aber was zu Ende ist, ist zu Ende. Was angefangen hat, ist etwas Neues. So fühlt jedenfalls eine Frau. Ich bin durch dich neu geboren.«

Er spürte das Verlangen, sie an sich zu ziehen, statt dessen aber löste sich seine Hand von ihrer. Sie lehnte sich sacht an ihn. Er jedoch griff nach dem Balkongeländer.

Vom Flußufer tönte das durchdringende Gekläff eines Hundes herauf. Ein kleiner Terrier, der von einer Frau ausgeführt wurde, bellte einen großen Akita-Hund an. Der große Spitz beachtete den Terrier gar nicht. Die Frau bückte sich und nahm ihren Hund auf den Arm. Der kleine Terrier zappelte aufgeregt und bellte noch lauter. Als sie sich umdrehte und dem Akita-Hund den Rücken zuwandte, schien der Terrier Taichiro und Keiko auf dem Balkon anzubellen. Die Frau hielt den Kopf des Hundes fest, schaute zu ihnen herauf und lächelte freundlich.

Keiko war hinter Taichiro getreten, als wolle sie sich verstecken.

»Ich kann Hunde nicht leiden. Wenn dich morgens ein Hund anbellt, wirst du einen schlechten Tag haben.« Selbst als der Hund nicht mehr bellte, hielt sie sich noch immer an ihm fest.

»Taichiro, bist du froh, mit mir zusammenzusein?«

»Ja, sehr.«

»Ob du wirklich so glücklich bist wie ich ... Ich glaube nicht.«

Er dachte gerade daran, wie feminin ihre Stimme klang, als er ihren duftenden Atem im Nacken spürte. Sie schmiegte sich noch ein wenig enger an ihn, so eng, daß er die Weichheit und Wärme ihres Körpers fühlte. Er wußte, daß sie nun ihm gehörte. Sie war nun auch keine eigenartig exzentrische Frau mehr für ihn.

»Du hast gar nicht gemerkt, wie sehr ich mich danach gesehnt habe, dich wiederzusehen«, sagte sie. »Ich hab schon gedacht, ich sähe dich nie wieder, es sei denn, ich käme selbst nach Kamakura. Es ist merkwürdig, auf diese Weise hier zusammenzusein.«

»Sehr merkwürdig.«

»Mir ist, als wären wir die ganze Zeit beisammen gewesen, weil ich seit dem ersten Tag, an dem wir uns begegnet sind, an dich denke. Du aber hattest mich vergessen. Bis du jetzt nach Kyoto gekommen bist, hattest du mich vergessen.«

»Ich finde es ungerecht, daß du so etwas sagst.«

»Wirklich? Du hast dich manchmal an mich erinnert?«

»Nicht ohne Bitterkeit.«

»Aber warum das?«

»Weil ich dabei auch an deine Lehrerin denken mußte und daran, wie meine Mutter gelitten hat. Ich war damals noch ein Kind, aber in dem Roman meines Vaters ist alles sehr genau beschrieben. Wie sie eine Reisschüssel fallen ließ und zu weinen anfing. Wie sie nachts mit mir auf dem Arm durch die Straßen lief. Vielleicht hatte sie mich dabei zu stark an sich gedrückt, denn ich weinte ununterbrochen. Und sie hat es nicht einmal bemerkt.« Taichiro stockte einen Moment. »Immerhin wird dieser Roman auch jetzt noch gut verkauft. Es ist eine Ironie des Schicksals, aber die Tantiemen haben viele Jahre lang den Familienetat aufgebessert. Mit diesem Geld wurde mein Studium und die Hochzeit meiner Schwester finanziert.«

»Was ist schlecht daran?«

»Es hat keinen Sinn, die Dinge nicht wahrhaben zu wollen. Es mag seltsam klingen, aber ich habe eine Abneigung gegen einen Roman, in dem meine Mutter als eine vor Eifersucht halbwahnsinnige Frau dargestellt wird. Und trotzdem. Jedesmal, wenn eine Neuauflage erscheint, ist sie diejenige, die jedes Exemplar mit dem Siegel des Autors stempelt. Tausende Male schon hat sie ein Buch in die Hand genommen und den Stempel hineingedrückt. Sie ist jetzt eine Frau in mittleren Jahren und macht ein freundliches Gesicht und stempelt und stempelt, damit sie noch mehr Exemplare eines Buches verkaufen kann, das berichtet, wie eifersüchtig sie einmal war. Vielleicht ist es für sie nur noch eine Erinnerung. Bei uns zu Hause herrscht jetzt wenigstens Frieden. Aber es ist seltsam, die Leute schauen nicht etwa geringschätzig auf sie herab, sondern begegnen ihr mit der allergrößten Hochachtung.«

»Sie ist eben die Frau von Toshio Oki.«

»Aber ist deine Lehrerin nicht immer noch unverheiratet?«

»Ja, noch immer.«

»Es würde mich interessieren, wie meine Eltern darüber denken. Sie haben sie bestimmt vergessen. Der Gedanke, daß auch ich von diesem Geld gelebt habe, ist mir manchmal unerträglich. Ein sechzehnjähriges Mädchen hat dafür auf sein Lebensglück verzichtet. Und du sagst mir, daß du Fräulein Ueno rächen willst . . .«

»Nein.« Keiko schmiegte ihre Wange an seinen Nacken. »Ich habe den Gedanken an Rache aufgegeben.«

Er drehte sich zu ihr um und legte ihr die Hände auf die Schultern.

Sie flüsterte: »Fräulein Ueno hat gesagt, ich soll nicht wieder zu ihr zurückkommen.«

»Warum?«

»Weil ich mit dir zusammen sein wollte.«

»Du hast es ihr erzählt?«

»Selbstverständlich.«

Taichiro schwieg dazu.

»Sie hat mich gebeten, es nicht zu tun. Sie hat gesagt, wenn ich zu dir gehe, brauche ich nicht wieder zu ihr zurückzukommen.«

Er gab ihre Schultern frei. Der Verkehr auf der Straße am gegenüberliegenden Ufer war stärker geworden. Auch die Farben der Östlichen Berge hatten sich verändert.

»Hätte ich es ihr nicht sagen sollen?« fragte Keiko und sah ihm ins Gesicht, das völlig erstarrt war.

»Doch«, antwortete er mit tonloser Stimme. »Ich habe nur den Eindruck, ich würde für meine Mutter Rache an Fräulein Ueno nehmen.« Er trat ins Zimmer.

Keiko folgte ihm. »Nicht einmal im Traum hätte ich an solch eine Art Rache gedacht. Was redest du da für einen Unsinn.«

»Wollen wir nicht gehen? Oder vielleicht willst du lieber nach Hause?«

»Sei nicht grausam zu mir.«

»Diesmal bin ich derjenige, der Fräulein Ueno etwas Böses antut.«

»Es war nicht richtig von mir, daß ich gestern abend von Rache gesprochen habe. Verzeih mir bitte.«

Taichiro hielt vor dem Teehaus ein Taxi an und empfand es als selbstverständlich, daß Keiko mit einstieg.

Während der Fahrt durch die Stadt zum Nisonin-Tempel in Saga sprach er kein Wort.

Auch Keiko sagte nichts. Nur einmal fragte sie, ob sie die Scheibe ein wenig herunterlassen dürfe, damit frische Luft hereinkomme. Aber sie hatte ihre Hand auf die seine gelegt und streichelte ihn mit dem Zeigefinger. Ihre weiche Hand war ein bißchen feucht von Schweiß.

Das Haupttor des Nisonin-Tempels soll, so wird berichtet, im Jahre 1613 aus der Burg Momoyama in Fushimi hierher gebracht worden sein. Es hatte das imponierende Aussehen eines großen Burgtores.

Keiko sagte, es werde heute wohl wieder ein heißer Tag werden, und fügte hinzu: »Ich bin zum erstenmal hier.«

»Ich habe mich ein wenig über Fujiwara-no Teika belesen«, sagte Taichiro. Während er die steinernen Stufen, die zum Tor führten, hinaufstieg, drehte er sich um und blickte auf Keikos Füße. Er bewunderte, wie der Saum ihres Kimonos leicht hin- und herschwang. »Man weiß, daß Fujiwara-no Teika am Fuß des Ogurayama ein Landhaus, den sogenannten ›Herbstregen-Pavillon‹, besessen hat. Nun gibt es aber an drei verschiedenen Stellen Überreste von Häusern, und man kann nicht genau sagen, welches das richtige ist. Eines ist auf dem Berg hinter uns, ein anderes bei einem Tempel nicht weit von hier und das dritte bei einer Einsiedelei.«

»Dort war ich schon einmal mit Fräulein Ueno.«

»Wirklich? Dann hast du auch den Brunnen gesehen, aus dem Fujiwara-no Teika Wasser für seinen Tintenstein entnommen haben soll, als er die Anthologie ›Je ein Gedicht von hundert Dichtern, am Ogurayama kompiliert‹ zusammenstellte.«

»Daran kann ich mich nicht erinnern.«

»Das Wasser ist berühmt. Man nennt es ›Weidenwasser‹.«

»Wasser aus diesem Brunnen hat er benutzt?«

Fujiwara-no Teika war ein Genie, und es gibt viele Legenden über ihn. In der Muromachi-Zeit wurde er als Gott der Dichtkunst verehrt.«

»Ist sein Grab auch hier?«

»Nein, im Shokokuji-Tempel. Aber es gibt hier in der Einsiedelei eine kleine Steinpagode, die an die Einäscherung seiner sterblichen Überreste erinnern soll.«

Keiko sagte nichts. Offenbar wußte sie wenig über Fujiwara-no Teika.

Zuvor, als ihr Auto am Hirosawa-Teich vorbeifuhr, mußte er beim Anblick des schönen, mit Kiefern bewachsenen Berges, der sich am gegenüberliegenden Ufer im Wasser spiegelte, an die tausendjährige Geschichte und Literatur dieser Region von Saga denken. Jenseits des niedrigen Ogurayama mit seinen sanft abfallenden Hängen konnte er den Arashiyama sehen.

Mit Keiko an seiner Seite schien die klassische japanische Literatur um so lebendiger zu sein. Ihm war plötzlich zumute, als sei er erst jetzt wirklich in die alte Hauptstadt Kyoto gekommen.

Hatte sich nicht selbst Keikos leidenschaftliches Temperament, das erst an diesem Morgen schuld an einem Streit mit Otoko gewesen war, in dieser Landschaft wieder beruhigt? Taichiro blickte zu ihr hinüber.

»Was schaust du mich so an?« Sie schien verlegen und hob die Hand schützend gegen seinen Blick vors Gesicht. Er schob ihre Hand sanft ein wenig zur Seite.

»Es ist seltsam, hier mit dir zusammen zu sein. Ich frage mich, wo ich bin.«

»Das frage ich mich auch. Und wer dieser Mann neben mir ist.« Keiko grub ihre Fingernägel in seine Hand.

Dunkle Schatten fielen auf die breite Allee, die vom Haupttor zum Eingang des Tempels führte. Zu beiden Seiten der Allee standen herrliche Rotkiefern und vereinzelt auch Ahornbäume. Ihre Schatten huschten über Keikos Gesicht und ihren weißen Kimono, während sie die Allee entlangschritt. An manchen Stellen hingen Ahornzweige so tief, daß sie sie fast berührten.

Als sie an das Ende der Allee kamen, sahen sie eine Steintreppe, die an einer mit Ziegeln abgedeckten Lehmmauer endete. Das Rauschen von Wasser war zu hören. Sie stiegen die Treppe hinauf und gingen dann an der Mauer entlang nach links. Aus einer Öffnung am Fuß der Mauer in der Nähe eines Tores floß ein Rinnsal in die Tiefe.

»Hier ist nicht ein einziger Mensch weit und

breit«, sagte Keiko und blieb oberhalb der Steintreppe an einer Pforte stehen.

»Für einen so berühmten Tempel kommen sehr wenig Besucher. Ich begreife das nicht.« Auch Taichiro blieb stehen.

Vor ihnen lag der Ogurayama. Das kupfergedeckte Dach des Haupttempels wirkte ruhig und würdevoll.

»Der Baum dort ist wirklich schön«, sagte Taichiro und ging langsam auf ihn zu. »Eine alte Steineiche. Sie gilt als der berühmteste Baum in den Westlichen Bergen.« Von der Wurzel bis zur Spitze ragten aus dem verwachsenen Stamm knorrige Äste hervor, jeder Ast war dicht belaubt. Die Eiche schien vor Kraft zu bersten.

»Ich habe diesen Baum schon immer sehr gern gehabt. Aber es ist lange her, seit ich ihn das letztemal gesehen habe.« Er sprach nur von der Steineiche, erwähnte mit keinem Wort die Geschichte des Tempels.

Als sie auf dem Rückweg am Tempel der Göttin Benten vorbeikamen, betrachtete er nachdenklich eine steil nach oben führende steinerne Treppe. »Kannst du mit deinem Kimono dort hinaufgehen?«

Keiko lächelte und schüttelte den Kopf. »Ich glaube nicht.« Doch dann fügte sie hinzu: »Nimm meine Hand. Wenn es gar nicht geht, kannst du mich ja tragen.«

»Wir gehen langsam.«

»Ist es dort oben?«

»Ja, am Ende der Treppe ist Sanetakas Grab.«

»Du bist nur nach Kyoto gekommen, um dir dieses Grab anzusehen, nicht meinetwegen.«

»Nein, wirklich nicht.« Er ergriff ihre Hand, ließ sie aber sofort wieder los. »Ich werde allein hochgehen. Warte hier auf mich.«

»Ach nein. Ich schaffe es schon. Du sollst wissen, diese Treppe macht mir überhaupt nichts aus. Selbst wenn sie auf den Gipfel des Ogurayama führt, ich kehre nicht um.«

Sie faßte seine Hand und stieg vorsichtig, Stufe für Stufe, mit ihm die Treppe hinauf.

Offensichtlich wurde diese alte Treppe nur noch selten benutzt. Auf jeder Stufe wuchsen Unkraut und Farne. Hier und dort blühten gelbe Blumen.

»Ist es hier?« fragte Keiko, als sie schließlich an einer Stelle anlangten, wo auf der einen Seite der Treppe drei Grabmale in einer Reihe standen.

»Nein, noch etwas höher«, antwortete Taichiro, trat aber näher. »Sie sind wirklich schön. Es sind die ›Gräber der drei Kaiser‹. Die drei Grabmale sind Meisterwerke ihrer Art. Dies hier vor uns und das in der Mitte mit den fünf Steinlagen finde ich besonders beeindruckend.«

Keiko nickte.

»Die Steine haben im Laufe der Zeit eine wunderbare Farbe angenommen«, erläuterte er weiter.

»Die Gräber stammen aus der Kamakura-Zeit?«

»Ja. Aber das eine mit den zehn Schichten scheint etwas jünger zu sein. Man sagt, es habe ursprünglich dreizehn Schichten gehabt.«

Die Feinheit und Eleganz der Grabmale entsprach Keikos geschultem Geschmack. Sie stand selbstvergessen Hand in Hand mit ihm.

»Hier sind auch viele Gräber von Hofadligen, wie

zum Beispiel die der Nijo, Takatsukasa und Sanjo, aber auch die Gräber von Ryoi Suminokura und Jinsai Ito. Doch sie sind nicht alle so großartig wie diese hier.«

Oberhalb der Treppe erreichten sie den kleinen Schrein des Gründers des Tempels, der nur einen großen Grabstein enthielt, auf dem die Taten des Priesters Tanku eingraviert waren. Taichiro schenkte diesem Gebäude keine Aufmerksamkeit, sondern ging direkt auf eine Reihe von Grabsteinen zu, die rechts davon standen.

»Hier ist es. Das sind die Gräber der Familie Sanjonishi. Hinten rechts, das ist das von Sanetaka. Da steht es auch: ›Fürst Sanetaka, ehemals Geheimsiegelbewahrer‹.«

Keiko blickte in die angegebene Richtung und sah einen kleinen, gerade kniehohen Grabstein, an dessen Seite ein noch kleinerer mit dem eingravierten Namen des Fürsten stand.

Die beiden Grabsteine daneben waren auf die gleiche Weise gekennzeichnet mit den Inschriften »Fürst Kineda, ehemals Minister zur Rechten des Kaisers« und »Fürst Saneeda, ehemals Geheimsiegelbewahrer«.

»So hohe Regierungsbeamte haben so einfache Grabsteine?« fragte Keiko.

»Ja. Und mir gefällt diese Schlichtheit.«

Abgesehen von den beigestellten Namenstafeln unterschieden sie sich nicht von den Grabsteinen der Unbekannten, die im Nembutsu-Tempel in Adashino begraben liegen. Die Steine hier sind ebenfalls alt und moosbedeckt und im Laufe der Zeit verwittert und erdfarben geworden. Taichiro kniete vor Sanetakas Grab nieder, als wolle er versuchen, eine ferne, schwache Stimme aus der Vergangenheit zu hören. Von seiner Hand gezogen, kniete sich Keiko neben ihn.

»Es ist ein ansprechendes Grab«, sagte er. »Ich beschäftige mich schon eine ganze Weile mit Sanetaka. Er ist zweiundachtzig Jahre alt geworden und hat sechzig Jahre lang Tagebuch geführt. Diese Tagebücher sind ein großartiges Quellenmaterial zur Geschichte des sechzehnten Jahrhunderts. Sein Name wird oft auch in den Tagebüchern von anderen Hofadligen und Dichtern erwähnt. Es war eine ereignisreiche Zeit, eine Periode kulturellen Aufschwungs inmitten von Kriegen und politischen Unruhen.«

»Deshalb gefällt dir dieses Grab so?«

»Ja.«

»Wie lange beschäftigst du dich denn schon mit ihm?«

»Drei Jahre. Nein, ich glaube es sind jetzt wohl schon vier ... oder fünf.«

»Und dieses Grab hat dich inspiriert?«

»Dazu inspiriert ... Ich weiß nicht ...«, murmelte Taichiro nachdenklich.

In diesem Augenblick ließ Keiko sich in seinen Schoß fallen. Taichiro geriet ins Wanken. Sie aber legte beide Arme um seinen Nacken.

»Direkt vor deinem interessanten Grabstein ...«

Er schwieg.

»Findest du nicht, daß dieses Grab auch für mich durch ein paar zärtliche Erinnerungen wertvoll werden sollte? In diesem Stein ist dein Herz. Es ist gar kein Grabstein.«

»Kein Grabstein?« Er wiederholte ihre Worte wie geistesabwesend. »Im Laufe der Jahrhunderte verändern sich selbst Grabsteine und sind eines Tages gar keine mehr.«

»Was sagst du da?«

»Es ist wahr. Irgendwann kommt die Zeit, wo ein Grabstein seine Bedeutung verloren hat.«

»Wie bitte?«

»Du bist mir zu nahe . . .« Er näherte seinen Mund ihrem Ohr, bis er es fast berührte.

»Bitte nicht. Ich bin so kitzlig.« Sie schüttelte sich. »Du willst mich mit deinem Atem kitzeln. Du bist boshaft.« Sie rieb ihr Gesicht an seiner Brust und schaute aus den Augenwinkeln zu ihm auf. »Ich kann Männer, die so etwas tun, nicht leiden.«

»Ich kitzle dich doch gar nicht.« Er wollte gerade lachen, als ihm bewußt wurde, daß er sie umarmt hatte, um sie zu stützen. Er spürte die Schwere ihres Körpers auf seinem Schoß, aber auch ihre erregende Weichheit.

Taichiro, der noch immer kniete, war dadurch, daß sich Keiko auf seinen Schoß gelegt hatte, in eine unbequeme Lage geraten. Um nicht hintenüberzufallen, spannte er abwechselnd Zehen und Fersen an.

Keikos weite Kimonoärmel waren etwas hochgerutscht, ihre nackten Arme hielten seinen Nacken umschlungen. Er spürte die Kühle ihrer glatten, feuchten Haut.

»Ich puste dir in dein hübsches Ohr?« Er versuchte, den Atem zu dämpfen.

»Ich bin da ein bißchen empfindlich«, flüsterte Keiko.

Ihre Ohren sahen wirklich verführerisch aus. Er faßte sie vorsichtig mit den Fingerspitzen. Keiko blickte ihn mit großen Augen an und bewegte sich nicht.

»Wie eine geheimnisvolle Blume«, sagte er, mit ihren beiden Ohren spielend.

»Ja?«

»Hörst du etwas?«

»Ja. Etwas wie . . .«

»Wie was?«

»Warte, wie eine Biene, die sich gerade auf eine Blüte setzen will. Oder vielleicht ein Schmetterling.«

»Das kommt, weil ich sie berühre.«

»Faßt du gern die Ohren einer Frau an?«

Seine Hände erstarrten.

»Machst du das gern?« wiederholte sie flüsternd.

»Ich habe noch nie so schöne Ohren gesehen«, antwortete er zögernd.

»Ich mache gern anderen die Ohren sauber«, sagte sie. »Ist das nicht komisch? Ich kann das sehr gut. Soll ich deine irgendwann einmal saubermachen?«

Taichiro antwortete nicht.

»Es ist völlig windstill«, fuhr sie fort.

»Ja. Eine ruhige Welt, nur von der Sonne beschienen.«

»Ich werde mich immer an diesen Morgen erinnern, an dem du mich vor einem alten Grab umarmt hast. Wie seltsam für ein Grab . . . eine neue Erinnerung zu hinterlassen.«

»Sind Gräber nicht angelegt, damit Menschen sich erinnern?«

»Ich bin sicher, du wirst diesen Morgen schon bald vergessen haben.« Sie bemühte sich, aufzustehen.

»Warum glaubst du, daß ich alles vergessen werde?«

»Es tut mir weh, so zu sitzen.« Als sie versuchte, sich aus seinen Armen zu lösen, hielt Taichiro sie nur noch fester und versuchte, sie zu küssen.

»Nein, nein!«

Er erschrak über ihre heftige Weigerung.

Um ihre Lippen vor ihm zu verbergen, preßte sie ihr Gesicht fest gegen seine Brust. Er strich ihr mit der Hand über das Haar rund um die Stirn und versuchte, ihr Gesicht von seiner Brust zu lösen, doch sie widersetzte sich.

»Oh, du drückst mein Auge«, jammerte sie. Sie hielt beide Augen geschlossen.

»Welches denn?«

»Das rechte.«

»Tut es noch weh?«

»Ich glaube ja. Siehst du nicht die Tränen?«

Taichiro betrachtete das Lid, konnte aber nichts entdecken. Über ihr Gesicht gebeugt, küßte er ihr Auge.

Keiko seufzte, aber widersetzte sich nicht.

Er spürte ihre langen Wimpern zwischen seinen Lippen. Ein wenig verlegen ließ er sie los. »Dagegen hast du nichts? Aber deinen Mund durfte ich nicht küssen.«

»Ich weiß nicht. Wie kannst du so etwas sagen?« Sich gegen seine Brust stützend und ihn dabei fast umstoßend, richtete sie sich auf. Ihre weiße Handtasche lag auf der Erde. Taichiro nahm sie und stand ebenfalls auf.

»Deine Tasche ist ziemlich groß.«

»Ich habe meinen Badeanzug mit.«

»Deinen Badeanzug?«

»Du hast versprochen, daß wir zum Biwa-See fahren.« Keiko holte einen Spiegel aus ihrer Handtasche und warf einen prüfenden Blick auf ihr rechtes Auge. »Nichts zu sehen«, sagte sie und betastete vorsichtig das Lid. Als sie merkte, daß er sie unverwandt ansah, errötete sie und schlug die Augen nieder. Dann fuhr sie leicht mit ihrem Finger über sein weißes Oberhemd, auf dem eine Spur ihres Lippenstiftes zu sehen war.

»Was machen wir nun?« fragte er und nahm ihre Hand.

»Es tut mir leid. Der Fleck läßt sich nicht entfernen.«

»Wenn ich die Jacke zuknöpfe, sieht man ihn nicht. Ich meine, was wollen wir jetzt machen?«

Keiko senkte den Kopf. »Ich habe nicht die leiseste Vorstellung.«

»Wir könnten heute nachmittag zum Biwa-See fahren.«

»Wie spät ist es jetzt?«

»Drei Viertel zehn.«

»So früh noch? Wie die Sonne durch die Bäume scheint, könnte man denken, es wäre schon Mittag.« Keiko blickte in die Runde. »Das dort drüben ist der Arashiyama. Im Sommer wird er von vielen Menschen besucht. Warum kommt jetzt niemand hierher?«

»Selbst wenn sich Leute den Tempel ansehen, werden sie wohl kaum bis hier heraufsteigen.« Er wischte sich den Schweiß von der Stirn, erleichtert darüber, daß das Gespräch eine andere Wendung nahm.

»Wollen wir dort hingehen, wo der ›Herbstregen-Pavillon‹ gestanden haben soll? Ich war bereits mehrere Male hier, hatte aber nie Lust, dort hochzusteigen.«

Ein hölzerner Wegweiser, der den Weg dorthin anzeigte, stand direkt hinter ihnen.

»Gehen wir noch höher?« Sie schaute den Hang hinauf. »Mir macht es nichts aus. Wenn es mir zu schwierig wird, laufe ich barfuß.«

Der Pfad schlängelte sich durch dichten Wald bergauf. Taichiro hörte, daß Keikos Kimono die Zweige streifte. Er drehte sich zu ihr um und nahm sie bei der Hand.

Bald kamen sie an eine Stelle, wo sich der Pfad gabelte.

»Vielleicht sollten wir nach links gehen«, sagte er. Aber der nach links abzweigende Pfad führte am Rande eines Abgrundes entlang. Taichiro zögerte. »Es ist zu gefährlich.«

»Ich habe Angst«, sagte Keiko und hielt sich mit beiden Händen an seinem Arm fest. »Vielleicht stürze ich ab. Wir wollen lieber den rechten Pfad nehmen.«

»Ich weiß nicht, welcher von beiden der richtige Weg zum ›Herbstregen-Pavillon‹ ist, aber der rechte scheint direkt auf den Berg zu führen.«

Dieser Abzweig war unter niedrigen Bäumen nahezu versteckt. Taichiro ließ sich jetzt von Keiko führen. Plötzlich blieb sie stehen. »Muß ich in einem Kimono durch solch ein Dickicht gehen?«

Etwas weiter entfernt hinter niedrigen Bäumen standen drei hohe Kiefern. Zwischen ihnen konnten sie die Nördlichen Berge und unterhalb derselben die Häuser der Außenbezirke der Stadt erkennen.

»Ich möchte wissen, welche Gegend das ist«, sagte Taichiro, mit dem Finger in die Ferne zeigend. Keiko lehnte sich an ihn.

»Ich habe keine Ahnung.« Langsam sank sie ihm in die Arme. Er schwankte und ließ sich unter ihrem Gewicht zur Erde niedergleiten. Als sie sich dann umarmten, faßte Keiko hinter sich und strich den Saum ihres Kimonos glatt.

Er näherte seine Lippen ihren Augen, sie schloß die Lider. Selbst als er sie auf den Mund küßte, machte sie keinen Versuch, ihm auszuweichen, preßte aber die Lippen fest zusammen.

Er streichelte ihren zarten, schlanken Nacken und ließ dann die Hand unter ihren Kimono gleiten.

»Bitte nicht.« Sie griff nach seiner Hand und hielt sie fest. Er tastete nun auf ihrem Kimono nach ihrer Brust. Sie aber, die noch immer die Hand umklammert hielt, führte diese zu der anderen Brust. Sie öffnete die Augen ein wenig und schaute zu ihm auf. »Bitte nicht die rechte. Ich mag nicht, wenn du sie berührst.«

»Oh.« Irritiert nahm er die Hand auch von ihrer linken Brust.

Keiko schaute ihn noch immer aus halbgeöffneten Augen an. »Wenn jemand meine rechte Brust berührt, werde ich traurig.«

»Traurig?«

»Ja.«

»Aber warum?«

»Ich weiß nicht. Vielleicht, weil mein Herz nicht auf dieser Seite schlägt.« Sie schloß die Augen und drängte ihre linke Brust an seinen Körper. »Vielleicht ist der Körper einer Frau an manchen Stellen unvollkommen. Selbst der Verlust dieser Unvollkommenheit macht traurig.«

Taichiro wußte natürlich nicht, daß Keiko seinem Vater nicht erlaubt hatte, ihre linke Brust zu berühren. Die Verweigerung ihrer rechten Brust wäre ihm dann wohl erst recht unverständlich vorgekommen. Die Begründung, der Körper einer Frau sei an manchen Stellen unvollkommen, erregte ihn.

Die Art und Weise, wie Keiko mit ihm sprach, schien ihm ein Beweis dafür, daß er nicht der erste Mann war, der ihre Brust berührte. Auch das lockte ihn. Sie fest bei den Haaren nehmend, gab er ihr einen Kuß. Ihre Stirn und ihr Nacken waren schweißbedeckt.

Beide schritten langsam bergab, an den Gräbern der Familie Suminokura vorbei in Richtung Gio-Tempel. Dort kehrten sie um und gingen zum Arashiyama.

Im Restaurant Kitcho aßen sie zu Mittag.

Später kam die Kellnerin mit der Nachricht, das Taxi sei eingetroffen.

Etwas überrascht schaute Taichiro Keiko an. Als sie zur Toilette gegangen war, hatte sie offenbar auch die Rechnung bezahlt und ein Taxi bestellt.

Als sie durch Kyoto fuhren und in die Nähe des

Nijo-Palastes kamen, sagte Keiko plötzlich: »Ich hätte gar nicht gedacht, daß wir so früh dort sind.«

»Wo?«

»Sei nicht so zerstreut. Am Biwa-See natürlich.«

Das Auto fuhr in Richtung der hohen Pagode des Östlichen Tempels. Sie kamen am Bahnhof von Kyoto und dann am Tempel selbst vorbei. Sie befanden sich nun im südlichen Teil der Stadt. Eine Weile folgten sie dem Kamo-Fluß auf einer für diese Gegend ganz und gar unüblich holprigen Straße. Der Fahrer erzählte ihnen, daß der Berg, der vor ihnen lag, der Ushio sei, was mit den Schriftzeichen für »Kuhschwanz« geschrieben würde. Nachdem sie links daran vorbeigefahren waren, überquerten sie den südlichen Teil der Östlichen Berge. Links unter ihnen breitete sich der See aus.

»Das ist der Biwa-See«, erklärte Keiko lebhaft. »Endlich habe ich dich hierhergeschafft. Endlich.«

Mehr als Keikos Bemerkung überraschte ihn die Vielzahl der Schiffe, Segelboote, Motorboote und Ausflugsdampfer auf dem See. Das Taxi fuhr hinunter in die alte Stadt Otsu. In der Nähe eines Aussichtsturms bogen sie nach links ab, kamen an einer Motorbootrennstrecke vorbei, fuhren durch Hama-Otsu und erreichten schließlich die Allee mit dem Hotel »Biwa-See«. Beiderseits der Straße parkten Autos.

Taichiro war von Beginn der Fahrt an, als Keiko wortlos eingestiegen war, beunruhigt bei dem Gedanken, daß sie schon bei der Bestellung des Taxis im Restaurant das Hotel »Biwa-See« als Fahrtziel angegeben hatte.

Ein Hoteldiener kam und öffnete die Wagentür. Taichiro blieb nichts anderes übrig, als das Hotel zu betreten.

Ohne sich nach ihm umzudrehen, ging Keiko direkt zur Rezeption und sagte sehr selbstsicher: »Ich habe aus dem Restaurant Kitcho am Arashiyama angerufen und ein Zimmer bestellt. Auf den Namen Oki.«

»Ja, bitte«, antwortete der Empfangschef. »Für eine Nacht war es wohl, glaube ich.«

Keiko schwieg und trat zurück, um Taichiro die Anmeldeformalitäten zu überlassen. Nach dem, was sie gesagt hatte, fühlte er sich verpflichtet, seinen richtigen Namen und seine Adresse anzugeben. Nachdem er seinen Namen »und Keiko« hinzugefügt hatte, fühlte er sich erleichtert.

Der Hoteldiener, der die Zimmerschlüssel hatte, erwartete sie am Fahrstuhl und fuhr sie nach oben. Den Fahrstuhl zu benutzen wäre aber gar nicht nötig gewesen, da das Zimmer im ersten Stock lag.

»Schöne Zimmer«, sagte Keiko.

Außer einem Schlafzimmer war da noch ein großer Raum, dessen eine Fensterfront den Blick auf den See freigab. Von dem anderen Fenster aus blickte man auf die Berge um Kyoto. Vielleicht um in der Giebelarchitektur dem Momoyama-Stil, in dem das Hotel gebaut war, zu entsprechen, waren die Balkone mit einer roten Balustrade umgeben. Die niedrig getäfelten Wände, die Schiebefenster und die Glastüren mit den dicken Holzrahmen – all das harmonisierte in seiner altmodischen Art wunderbar miteinander. Jedes der breiten Fenster nahm eine ganze Wand ein.

Eine Kellnerin brachte heißen Tee. Keiko stand reglos an dem Fenster, von dem aus man eine weite Sicht über den See hatte. Mit beiden Händen hielt sie den mit Spitzen besetzten Rand der Gardine umklammert.

Taichiro saß in der Mitte des Sofas und beobachtete sie. Keiko trug einen anderen Kimono, aber denselben Regenbogen-Obi, mit dem sie ihn vom Flugplatz abgeholt hatte.

Hinter ihr auf dem See waren Segelboote zu sehen. Die meisten Segel waren weiß, einige rot, dunkelblau, violett. An manchen Stellen zogen Motorboote ihre Bahn, weiße Gischtwellen aufwerfend und Schaumspuren im Kielwasser hinterlassend. Durch das Fenster drang der Lärm der Motoren, aber auch Stimmen aus dem Swimmingpool des Hotels. Irgendwo tuckerte ein Rasenmäher, im Zimmer summte die Klimaanlage.

Eine Weile wartete er darauf, daß sie etwas sagen würde. Dann nahm er ein Schälchen und fragte, ob sie etwas Tee wolle.

Sie schüttelte den Kopf. »Warum sagst du nichts?« fragte sie.

»Warum schweigst du? Das ist grausam von dir.« Sie zerrte gereizt an der Gardine. »Ist das nicht eine schöne Aussicht? Meinst du nicht auch?«

»Ja. Es ist sehr schön hier. Aber ich habe gerade bewundert, wie schön du bist. Dein Nacken, dein Obi . . .«

»Erinnerst du dich noch, daß ich im Nisonin-Tempel in deinen Armen gelegen habe?«

»Ob ich mich daran erinnere?«

»Ich nehme an, du bist böse mit mir. Ich kann mir vorstellen, daß ich dich schockiert habe.«

»Vielleicht.«

»Ich bin auch erschrocken über mich selbst. Eine Frau hat Angst, sich ganz hinzugeben.« Und flüsternd fragte sie: »Kommst du deshalb nicht zu mir?«

Taichiro stand auf und trat zu ihr ans Fenster. Er legte den Arm um ihre Schultern und führte sie sanft zum Sofa. Sie setzte sich und rückte dicht an ihn heran, blickte aber zu Boden. »Ich möchte etwas Tee«, flüsterte sie. Taichiro nahm das Teeschälchen und hielt es ihr hin, so daß sie daraus trinken konnte.

»Nein, aus deinem Mund.«

Taichiro nahm einen Schluck und ließ ihn langsam zwischen ihren Lippen hindurchfließen. Mit geschlossenen Augen und zurückgelegtem Kopf trank sie und rührte sich nicht.

»Mehr«, forderte sie, ohne sich zu bewegen. Taichiro nahm noch einen Schluck und ließ ihn auf gleiche Weise in ihren Mund fließen.

»Ah, das hat gutgetan!« Keiko öffnete die Augen. »Jetzt könnte ich sterben. Wie schön, wenn es Gift gewesen wäre ... Ich bin verloren. Verloren. Und du auch.« Nach einer Pause sagte sie: »Setz dich anders hin.« Sie rückte seine Schulter zurecht und lehnte ihr Gesicht dagegen. Dann legte sie den Arm um ihn und suchte nach seiner Hand. Taichiro ließ es geschehen. Er nahm ihre kleine Hand und betrachtete sie.

»Entschuldige bitte«, sagte Keiko. »Wie gedankenlos von mir! Du würdest sicher gern ein Bad nehmen. Ich lasse das Wasser ein.«

»Ja, gerne.«

»Oder willst du lieber duschen?«

»Rieche ich sehr nach Schweiß?«

»Ich mag dich so, wie du bist. Ich wüßte keinen Geruch, den ich so liebe.«

Er schwieg.

»Aber du willst dich bestimmt erfrischen.«

Keiko verschwand im Schlafzimmer. Wenig später hörte er aus dem angrenzenden Bad das Geräusch von fließendem Wasser.

Als er gerade einen Ausflugsdampfer beobachtete, der sich der Anlegestelle des Hotels näherte, kam Keiko und sagte, das Bad sei bereitet.

Taichiro säuberte seinen verschwitzten Körper gründlich.

Ein unerwartetes Klopfen an der Badezimmertür ließ ihn zusammenschrecken. Wollte Keiko hereinkommen? Dann hörte er sie sagen, er werde am Telefon verlangt.

»Ich? Am Telefon? Das kann nicht sein. Wer ist am Apparat? Das muß ein Mißverständnis sein.«

»Es ist für dich«, entgegnete sie.

»Das ist ja seltsam. Keiner weiß, daß ich hier bin.«

»Aber es ist für dich!«

Er trocknete sich flüchtig ab, zog den Bademantel über und verließ das Bad. »Das Gespräch ist wirklich für mich?« fragte er, immer noch im Zweifel.

Auf einem der Nachttische zwischen den beiden Betten stand ein Telefon. Er näherte sich ihm, da sagte Keiko: »Nein, bitte hier nebenan.«

Dort stand ein Telefon mit abgenommenem Hörer auf einem kleinen Tisch neben dem Fernsehapparat.

Als Taichiro den Hörer aufhob, sagte Keiko: »Ein Gespräch aus Kamakura, von dir zu Hause.«

Er wurde blaß. »Wie ist das möglich?«

»Deine Mutter ist am Apparat«, antwortete sie und fügte hinzu: »Ich habe sie angerufen und ihr gesagt, daß wir hier im Hotel ›Biwa-See‹ sind und daß du mir versprochen hast, mich zu heiraten. Und ich habe ihr gesagt, ich hoffe, daß sie ihre Einwilligung dazu gibt.«

Taichiro starrte sie fassungslos an.

Natürlich konnte seine Mutter hören, was Keiko gerade gesagt hatte. Als er ins Bad ging, hatte er beide Türen – die zum Schlafzimmer und die zum Bad – geschlossen. Deshalb und wegen des Plätscherns des Wassers hatte er nicht hören können, daß Keiko telefonierte. War das geplant, als sie ihn überredete, ein Bad zu nehmen?

»Taichiro? Bist du es, Taichiro?« Die Stimme seiner Mutter tönte aus dem Telefonhörer. Er starrte Keiko an, doch sie erwiderte, ohne mit der Wimper zu zucken, seinen Blick. Ihre schönen Augen schienen ihn zu durchbohren.

»Taichiro, ist er nicht da?«

»Ja, Mutter. Ich bin am Apparat«, sagte er und hielt den Hörer ans Ohr.

»Taichiro. Bist du es?« Die Stimme klang erregt. »Tu es nicht! Taichiro, bitte, tu es nicht!«

Er antwortete nicht.

»Diese Frau ... Du weißt doch, was für ein Mensch sie ist. Du mußt es wissen.«

Noch immer sagte Taichiro nichts. Keiko legte von hinten ihre Arme um ihn. Dann schob sie mit der

Wange den Hörer beiseite und preßte ihre Lippen auf Taichiros Ohr.

»Mutter«, sagte sie sanft, »Mutter, ich wüßte zu gern, ob du verstehst, warum ich dich angerufen habe.«

»Taichiro, kannst du mich hören?« fragte seine Mutter. »Wer ist dort?«

»Ich bin es«, sagte er, Keikos Lippen ausweichend.

»Was für eine Frechheit, dir direkt in den Apparat hineinzusprechen! Warum erlaubst du, daß sie hier anruft?« Sie ließ ihm keine Zeit zu antworten. »Taichiro, komm sofort nach Hause. Verlaß das Hotel und komm auf dem schnellsten Weg nach Haus! Sie hört mit zu? Meinetwegen. Soll sie ruhig zuhören. Taichiro, gib dich nicht länger mit dieser Frau ab. Sie ist ein schlechter Mensch. Ich weiß es. Ich möchte nicht noch einmal etwas derart Schreckliches wie damals durchmachen. Diesmal würde es mich ins Grab bringen. Ich sage das nicht, weil sie die Schülerin von Fräulein Ueno ist . . .«

Während er der Mutter zuhörte, spürte er Keikos Lippen auf seinem Nacken. »Wäre ich nicht Fräulein Uenos Schülerin, hätte ich dich nie kennengelernt«, flüsterte sie.

». . . sondern weil sie böse ist. Ich glaube, sie hat auch versucht, deinen Vater zu verführen.«

»Was?« fragte er mit versagender Stimme und wandte sich zu Keiko um. Sie machte die Drehung mit und hielt die Lippen noch immer auf seinen Nakken gepreßt. Er fühlte, daß er seine Mutter beleidigte, wenn er von Keiko geküßt wurde, während er ihr zuhörte. Aber er konnte nicht einfach den Hörer auflegen. »Wir können darüber sprechen, wenn ich wieder in Kamakura bin.«

»Ja, und komm sofort. Du kannst dich doch unmöglich mit ihr abgeben wollen. Du kannst doch unmöglich die Nacht über dort bleiben.«

Er antwortete nicht.

»Taichiro, schau in ihre Augen. Denk darüber nach, was sie sagt. Warum, meinst du, will sie dich heiraten, wenn sie doch Fräulein Uenos Schülerin ist? Siehst du nicht, daß es der infame Plan einer Intrigantin ist? Mag sein, daß sie sonst ganz nett ist, aber unserer Familie gegenüber führt sie nichts Gutes im Schilde. Ich bin mir dessen sicher! Es ist keine fixe Idee von mir. Ich hatte eine Ahnung, daß diesmal etwas passieren wird, wenn du nach Kyoto fährst. Und nun die Geschichte mit dieser Frau. Auch dein Vater macht sich Sorgen. Auch ihm kommt die ganze Sache nicht geheuer vor. Taichiro, wenn du nicht sofort nach Hause kommst, nehmen wir beide, dein Vater und ich, das nächste Flugzeug und kommen nach Kyoto.«

»Ich verstehe.«

»Was verstehst du?« Und um sich zu vergewissern, fragte sie: »Du kommst doch nach Hause? Du kommst doch wirklich nach Hause?«

»Ja, gut.«

Keiko ließ ihn los, eilte ins Bad und schloß die Tür hinter sich.

Taichiro stand reglos am Fenster und schaute hinaus auf den See. Ein kleines Flugzeug kreiste ziemlich niedrig über dem Wasser und verschwand dann in der Ferne. Einige Motorboote rasten mit so hoher Geschwindigkeit, daß der Bug hoch aus dem Wasser ragte und sie über die Wellen zu springen schienen. Auch eine Frau auf Wasserskiern ließ sich von einem Boot quer über den See ziehen.

Vom Swimmingpool her hörte er Stimmen. Drei junge Frauen im Badeanzug lagen ausgestreckt in provokatorischer Pose auf dem Rasen direkt unter seinem Fenster.

Da hörte er, daß Keiko ihn aus dem Bad rief. Als er die Tür öffnete, stand sie in einem weißen Badeanzug vor ihm. Er hielt den Atem an und blickte zur Seite.

»Es ist schön heute«, sagte sie und ging hinüber zum Fenster. Der Badeanzug ließ ihren ganzen Rükken frei. »Sieh doch, wie schön der Himmel ist dort über den Bergen.«

Wie mit Goldfarbe gemalt, fielen die Sonnenstrahlen schräg über den Rand der Berge. »Ist das dort nicht der Hiei-Berg?« fragte Taichiro.

»Ja. Er erinnert mich an einen Speer, der unser Schicksal durchbohrt. Und was ist mit dem Anruf deiner Mutter?« Sie drehte sich zu ihm um. »Ich will, daß sie herkommt. Auch dein Vater . . .«

»Was redest du da!«

»Doch. Ich meine es ernst.« Plötzlich klammerte sie sich an ihn. »Komm mit. Wir wollen baden gehen. Ich will jetzt ins kalte Wasser! Du hast es versprochen. Du hast mir auch versprochen, daß wir zusammen Motorboot fahren. Es war ein Versprechen von Anfang an, als ich dich vom Flugplatz abgeholt habe.« Sie schmiegte sich dicht an ihn. »Fährst du nach Hause, weil du mit deiner Mutter gesprochen hast? Niemand wird zu Hause sein. Weil sie beide inzwischen auf dem Wege hierher sind. Dein Vater mag vielleicht keine Lust dazu haben, aber deine Mutter kommt bestimmt.«

»Keiko, hast du ihn verführt?«

Ihr Gesicht gegen seine Brust gedrückt, schüttelte sie den Kopf. »Habe ich dich verführt? Habe ich das?«

Er legte den Arm um ihren nackten Rücken. »Ich spreche nicht von mir. Es geht um meinen Vater. Wechsle nicht das Thema.«

»Wechsle du es nicht! Ich frage dich, ob ich dich verführt habe. Ist es nur das, wovor du Angst hast?«

Er wußte nichts zu antworten.

»Wie kann es nur so einen Mann geben, er hält eine Frau in den Armen und fragt sie, ob sie seinen Vater verführt hat!« Sie weinte. »Was willst du von mir hören? Ich glaube, ich gehe ins Wasser und nehme mir das Leben.«

Als er ihre bebenden Schultern umfaßte, spürte er in der Hand den Träger ihres Badeanzuges. Er schob ihn herunter, und ihre Brust kam zur Hälfte zum Vorschein. Da streifte er auch den anderen Träger herunter. Keiko, nunmehr mit nackten Brüsten dastehend, drehte sich ein wenig zur Seite und ließ sich gegen ihn fallen. »Bitte nicht. Nicht die rechte. Verzeih mir bitte.« Sie weinte mit geschlossenen Augen.

Keiko hatte sich ein großes Badetuch um die Schultern gelegt, als sie zum Schwimmen gingen. Taichiro war hemdsärmlig. Sie schritten nebeneinander durch die Hotelhalle hinaus in den Garten. In unmittelbarer Nähe stand ein großer Baum, über und über mit Blüten bedeckt, die Lotosblüten ähnelten.

An beiden Seiten des zum See hin angelegten Gartens waren Swimmingpools. Der eine, völlig von Rasen umgeben, wurde von Kindern benutzt. Der andere befand sich links auf einer kleinen Anhöhe und war eingezäunt.

Taichiro blieb am Eingang des linken Swimmingpools stehen.

»Kommst du nicht mit?« fragte Keiko.

»Nein, ich warte auf dich.« Es stärkte sein Selbstbewußtsein, eine Frau an seiner Seite zu haben, die durch ihre Attraktivität die allgemeine Aufmerksamkeit auf sich zog.

»Oh! Ich will nur kurz hineinspringen«, sagte sie. »Es ist mein erstes Bad im Freien in diesem Jahr, ich will mal sehen, ob ich noch schwimmen kann.«

Auf dem Rasen entlang des Ufers standen in unregelmäßigen Abständen Trauerweiden und Kirschbäume.

Taichiro setzte sich auf eine Bank im Schatten einer alten Ulme und schaute hinüber zum Swimmingpool. Er suchte Keiko zunächst vergebens, dann aber entdeckte er sie: Sie stand auf einem niedrigen Sprungturm und war im Begriff, hinunterzuspringen. Ihre Gestalt hob sich gegen den Biwa-See und die in der Ferne liegenden Berge ab, die in leichten Dunst gehüllt waren. Ein schwaches Rot spiegelte sich in dem nun schon dunkler werdenden Wasser des Sees. Auch auf den Segeln der Yachten lagen bereits die ruhigen Farben des Abends. Keiko sprang, und das Wasser spritzte nach allen Seiten.

Nachdem sie den Swimmingpool verlassen hatte, lieh sie ein Motorboot aus und lud Taichiro zu einer Fahrt ein.

»Es wird schon dunkel«, entgegnete er. »Wollen wir nicht lieber morgen fahren?«

»Morgen?« Ihre Augen funkelten. »Du willst nicht mitkommen? Willst du wirklich hierbleiben? Wer weiß, was morgen sein wird. Bitte, halte nur dieses eine Versprechen. Wir kommen auch gleich wieder zurück. Ich möchte nur für kurze Zeit mit dir zusammen da draußen auf dem Wasser sein. Ich möchte mit dir über die Wellen des Schicksals treiben. Was morgen sein wird, liegt noch vor uns verborgen. Komm, wir fahren jetzt.« Sie nahm ihn bei der Hand. »Schau, wie viele Motorboote noch draußen sind.«

Drei Stunden später erfuhr Otoko Ueno aus den Rundfunknachrichten von dem Motorbootunfall auf dem Biwa-See. Sie nahm sich sofort ein Taxi und fuhr zum Hotel. In den Nachrichten war gesagt worden, eine junge Frau namens Keiko sei von einem Segelboot aus dem Wasser gerettet worden. Als Otoko das Hotelzimmer betrat, lag Keiko im Bett. Ein Zimmermädchen war bei ihr.

»Ist sie bei Bewußtsein? Wie geht es ihr?«

»Sie hat ein Beruhigungsmittel bekommen und schläft«, erklärte das Zimmermädchen.

»Dann ist sie außer Gefahr?«

»Der Arzt hat gesagt, es bestehe kein Grund zur Beunruhigung. Als sie ans Ufer gebracht wurde, schien sie tot zu sein, aber sie ist künstlich beatmet worden und kam bald wieder zu sich. Sie war nur etwas durcheinander und hat dauernd den Namen des Mannes gerufen, der mit ihr auf dem Wasser war.«

»Und was ist mit ihm?«

»Man hat ihn noch nicht gefunden. Er wird immer noch gesucht.«

»Er ist noch nicht gefunden worden?« Otokos Stimme zitterte. Sie ging zurück ins andere Zimmer und schaute hinaus auf den See. Auf der links vom Hotel liegenden großen, jetzt nachtdunklen Wasserfläche waren die Lichter kreisender Motorboote zu sehen.

»Alle Motorboote sind draußen, nicht nur die von unserem Hotel«, sagte das Zimmermädchen. »Auch die Polizei ist mit ihren Booten draußen auf dem See, und sie hat überall am Ufer Signalfeuer aufgestellt. Aber es besteht kaum noch Hoffnung . . .«

Otoko hielt sich an der Gardine fest.

Abseits der unruhig hin und her huschenden Lichter der Motorboote näherte sich langsam ein mit roten Laternen geschmückter Ausflugsdampfer der Anlegestelle des Hotels. Am anderen Ufer stiegen bunte Feuerwerksraketen in den Himmel.

Otoko spürte, daß ihr die Knie schwach wurden. Dann begann sie am ganzen Körper zu zittern, und der laternengeschmückte Dampfer schien zu schwanken. Sie gab sich einen Ruck und wandte sich vom Fenster ab. Die Tür zum Schlafzimmer stand offen. Ihr Blick fiel auf Keikos Bett, und sie eilte zu ihr ins Zimmer, als hätte sie vergessen, daß sie dort schon gewesen war.

Keiko schlief friedlich. Ihr Atem ging ruhig.

Otoko hingegen wurde immer nervöser. »Können wir sie hier so liegen lassen?«

Das Zimmermädchen nickte.

»Wann wird sie wieder aufwachen?«

»Ich weiß es nicht.«

Otoko legte die Hand auf Keikos Stirn. Die kühle, feuchte Haut fühlte sich etwas klebrig an. Abgesehen von einem schwachen Rot auf ihren Wangen wirkte Keiko sehr blaß.

Ihr Haar lag so, wie sie aus dem Wasser gekommen war, ungekämmt in Strähnen auf dem Kopfkissen und wirkte so schwarz, als sei es noch naß. Hinter den halbgeöffneten Lippen waren ihre schönen Zähne zu sehen. Beide Arme lagen ausgestreckt unter der Bettdecke. Otoko war beim Anblick des unschuldigen, schlafenden Gesichts zutiefst erschüttert. Dieses Gesicht schien Otoko und dem Leben ade zu sagen.

Otoko streckte schon die Hand aus, um sie wachzurütteln, da hörte sie, daß an die Tür des Nachbarzimmers geklopft wurde. Das Zimmermädchen ging und öffnete.

Herein kamen Toshio Oki und seine Frau. Als er Otoko erblickte, blieb er wie angewurzelt stehen.

»Sie sind also Fräulein Ueno«, sagte Fumiko.

Beide sahen sich zum erstenmal.

»Sie sind also diejenige, die meinen Sohn umbringen ließ.« Sie sprach ruhig und ohne jede Emotion.

Otoko bewegte die Lippen, brachte aber kein Wort heraus. Sie stand über Keikos Bett gebeugt und stützte sich mit einer Hand auf. Als Fumiko sich näherte, wich Otoko zurück.

Fumiko faßte mit beiden Händen Keikos Nachtkimono und schüttelte sie. »Aufwachen! Aufwachen!« Als sie sie noch heftiger schüttelte, drehte sich Keikos Kopf zur Seite. »Warum wachst du nicht auf? Warum wachst du nicht auf?«

»Es hat keinen Zweck«, sagte Otoko. »Sie hat ein Schlafmittel bekommen.«

»Ich muß sie etwas fragen.« Fumiko schüttelte sie noch immer. »Es geht um Leben und Tod meines Sohnes.«

»Warten wir doch«, sagte Oki. »Er wird von so vielen Leuten gesucht.« Er legte den Arm um Fumikos Schultern, und beide verließen das Zimmer.

Otoko sank mit einem Seufzer auf das Bett, starrte in Keikos schlafendes Gesicht und fing zu weinen an.

»Keiko!«

Keiko öffnete die Augen. Langsam füllten sie sich mit Tränen, als sie zu Otoko aufblickte.

Anmerkungen

Basho Matsuo Basho (1644–1694); berühmter Haiku-Dichter, dessen Verse bis heute als Vorbild gelten

»Die Geschichte vom Prinzen Genji« Titel eines Romans der Dichterin und Erzählerin Murasaki Shikibu (978?–1015?), der als das bedeutendste Prosawerk der klassischen japanischen Literatur gilt. Das »Kogetsusho«, eigentlich »Genji Monogatari Kogetsusho« (Kommentare zur Geschichte vom Prinzen Genji), wurde 1673 von dem Gelehrten und Dichter Kigin Kitamura (1624–1705) verfaßt

Fujiwara-no Teika (1162–1241); japanischer Lyriker

funa-no-tsukuri in Scheiben servierte rohe Karausche

Haiku japanische Gedichtform aus drei Zeilen zu 5 – 7 – 5 Silben

hakama weites Beinkleid, das zu feierlichen Anlässen getragen wird

Heian-Zeit 794–1192

Ito, Jinsai (1627–1705); japanischer Philosoph; bedeutender Interpret und Verfechter der Lehren des Konfuzius

»Je ein Gedicht von hundert Dichtern, am Ogurayama kompiliert« Titel einer Lyriksammlung, die wahrscheinlich von Fujiwara-no Teika um 1230 kompiliert wurde

Jizo volkstümlicher Bodhisattva, der als Gottheit des Erbarmens auch den Seelen der Verstorbenen beisteht, deshalb häufig Jizo-Skulpturen an Grabstätten

Kamakura-Zeit 1192–1333

kanji Bezeichnung für die aus dem Chinesischen übernommenen (seit dem 3./4. Jh.) und der japanischen Lautstruktur angepaßten Wortschriftzeichen, die zusammen mit der im 9. Jh. entwickelten Silbenschrift (kana) das japanische Schriftsystem bilden

Katsuobushi-Brühe katsuobushi: getrockneter Blaufisch (Bonito), der als Suppengrundlage verwendet wird

Kishida, Ryusei (1891–1929); japanischer Maler

Kobayashi, Kokei (1883–1957); japanischer Maler traditionellen Stils

»Kokinshu« (Sammlung japanischer Gedichte aus alter und neuer Zeit), die erste offizielle, d. h. auf kaiserliches Geheiß 905 bis 914 zusammengestellte Lyrikanthologie. Ein Teil des von vier Dichtern kompilierten Werkes trägt den Titel »Koyagire«

kokyu Streichinstrument mit drei Saiten

kotatsu in den Fußboden eingelassene, mit einer gitterähnlichen Vorrichtung und einer Steppdecke versehene Heizstelle unter dem Eßtisch. Wird heute elektrisch betrieben

Meiji-Zeit 1868–1912

Miso-Suppe Suppe aus Sojabohnenpaste mit verschiedenen Gemüsen, Fleisch oder Fisch

Muromachi-Zeit 1338–1573

Nakamura, Tsune (1887–1924); japanischer Maler europäischen Stils

Onin-Unruhen kriegerische Auseinandersetzungen zwischen rivalisierenden Feudalherren seit der Onin-

Zeit (1467–1468), die elf Jahre dauerten und durch die Mißwirtschaft des Shoguns Ashikaga Yoshimasa (regierte 1449–1474) begünstigt wurden

Saikaku Ihara Saikaku (1642–1693); japanischer Haiku-Dichter und Erzähler

sashimi Gericht aus in Scheiben geschnittenem rohem Frischfisch, Meerrettich und Sojasoße

Sechsmattenzimmer Japanische Zimmer werden nach der Anzahl der genormten (180 cm × 90 cm), mit feinem Binsengeflecht überzogenen Strohmatten gemessen, mit denen sie vollständig ausgelegt sind

shamisen Zupfinstrument mit drei Saiten

»Shinkokinshu« (Neue Sammlung japanischer Gedichte aus alter und neuer Zeit; 1205) offizielle Lyrikanthologie, die von fünf namhaften Dichtern, darunter Fujiwara-no Teika, kompiliert wurde

shoji Schiebetür bzw. verschiebbare Wand, die durch Leisten in kleine, mit Papier bespannte Quadrate unterteilt ist

Sogi (1421–1502); einer der bedeutendsten japanischen Lyriker seiner Zeit

Suminokura, Ryoi (1554–1614); japanischer Arzt und Schiffsbauer, der sich durch die Regulierung einiger wichtiger Flüsse Verdienste erwarb

sushi Schnitten oder Bällchen aus fein gesäuertem Reis, die mit Fleisch, Fisch oder verschiedenen Gemüsen belegt bzw. gefüllt werden

tabi knöchellange Socke, bei der die große Zehe von den übrigen Zehen getrennt ist, damit die Riemen der japanischen Sandale hindurchgeführt werden können

Taisho-Zeit 1912–1926

Tokugawa Shogune Unter dem Titel Shogun (etwa: Militärbefehlshaber) regierten von 1603 bis 1868 Vertreter der Familie Tokugawa. Seit 1192 übten Shogune aus verschiedenen Adelsfamilien die Herrschaft über Japan aus, während der Kaiser lediglich nominell Träger der Staatsoberhoheit war

Yamaguchi, Seishi (geb. 1901); namhafter Vertreter der modernen Haiku-Dichtung

yukata leichter Kimono, der vornehmlich nach dem Bad und im Sommer getragen wird